中国侦探小说
实力派作家丛书

大案告破

藏青　著

群众出版社

图书在版编目（CIP）数据

本案告破 / 藏青著. —北京：群众出版社，2021.9
ISBN 978-7-5014-6166-0
Ⅰ.①本… Ⅱ.①藏… Ⅲ.①长篇小说—中国—当代 Ⅳ.①I247.5
中国版本图书馆 CIP 数据核字（2021）第 165810 号

本案告破

藏青 著

出版发行：群众出版社
地　　址：北京市丰台区方庄芳星园三区 15 号楼
邮政编码：100078
经　　销：新华书店
印　　刷：涿州市新华印刷有限公司

版　　次：2021 年 9 月第 1 版
印　　次：2021 年 9 月第 1 次
印　　张：9.5
开　　本：880 毫米×1230 毫米　1/32
字　　数：210 千字

书　　号：ISBN 978-7-5014-6166-0
定　　价：39.00 元

网　　址：www.qzcbs.com
电子邮箱：qzcbs@sohu.com

营销中心电话：010-83903991
读者服务部电话（门市）：010-83903257
警官读者俱乐部电话（网购、邮购）：010-83901775
文艺分社电话：010-83901330　　010-83903973

目　录

楔 子

那天早晨醒来，照例懒在床上，打开手机漫无目的地浏览。突然，一份《警方通报》映入眼帘：

> 1992 年 3 月 24 日，我市鼓楼区原南京医学院发生一起残忍杀害在校女学生林某的案件，造成很大社会影响。案发后，公安机关迅速调集精干警力，组成专案组全力开展侦破工作。因破案条件不足，凶手没有明确。28 年来，专案组牢记职责使命，坚持盯案不放，采取多种措施，锲而不舍地持续攻坚。2020 年 2 月 23 日，专案组侦查取得重大破案线索，于当日凌晨抓获犯罪嫌疑人麻某某，一举破获此案。目前案件正在进一步侦办中。
>
> 南京市公安局
>
> 2020 年 2 月 24 日

我擦了擦眼睛，生怕看错，又仔细看了一遍。没错，说的就是南京“3·24”案！我顿觉血脉偾张，心情激荡，仿佛一下子又回到了28年前。

1992年2月20日，我受公安部政治部派遣，到南京市公安局挂职锻炼，被分配在鼓楼分局任副政委。3月24日傍晚，我冒着细雨，从最南边的五台山派出所骑车回到分局。分局位于一条窄巷之中，刚到门口，就见分管刑侦的副局长老张，脸色冷峻，坐上刑警队停在分局大门左边的警车，亮起警灯，一闪一闪地疾驰而去。

快半夜了，我正在收拾办公室桌上的文件，准备下楼睡觉。老张“砰”的一声把门推开，走了进来，来到他的桌子前，一屁股坐下，端起茶缸，“咕咚咕咚”就喝了一大杯。接着，又从抽屉里拿出一小盒清凉油，用手指蘸了，使劲往太阳穴上抹。

那时分局的办公条件较差，我和其他三位局长、副局长挤在一个办公室。挤也有挤的好处，一个月下来，我和老张他们已经很熟，便问他：

“这么晚了怎么还不回家休息？”

“休息？我看这段时间谁也别想休息了！”见我有些讶异，他便简要地告诉我今天出现场的情况。

下午5点左右，分局刑警队接到辖区内南京医学院保卫处的报案电话，说该校女生林伶20日晚自习后失踪，至今未归。刑警队立即派人去该校调查，最终在教学楼天井内的窨井中发现一具女尸，经辨认正是林伶。法医初步检验，被害人系被钝器击打头部并遭强奸后，倒按入窨井中窒息而死。

说罢这些，他迟疑了一下，用征询的眼光看着我说：“这几天你能不能跟刑警队一起跑跑？既熟悉熟悉刑侦工作，也多个人手。我这边要经常跟市局五处碰情况，有些事老弟你就代劳一下。”

3 月初，老局长调往市局，新局长两天前才到任。就在这个当口儿，发生了这个案子，老张确实压力很大。我就是来锻炼的，这正是个好机会，于是立刻应允。

第二天一早，老张把我带到刑警队，逐一作了介绍。

队长朱建国正好要去南医现场，便拉我一起上了车。老朱出身警察世家，父亲退休前是市局分管刑侦的副局长，南京解放后的大要案，几乎都是在他指挥下破的。大概从小受家庭影响，老朱对刑侦工作也是既痴迷又敏锐，破过不少案子。

从那时起，我就和分局刑警队一起，参加了对犯罪嫌疑人的排查摸底工作。日复一日，我从老朱和他手下的那些刑警身上，学到了很多书本上没有的东西。

我原以为排查十天半个月，疑犯就会冒出来，没想到断断续续查了三个月，虽然先后排查出过好几个，但是最后都被一一否定。

这一期间，我们每天都在南医附近的大街小巷转悠，也记不得自己走访了多少对象。由于不断跟当地人说话，我那带有上海口音的普通话，不知不觉也变成了可以乱真的南京腔。据事后统计，全市民警共走访排查了 1.5 万人。

7 月 4 日，南京市公安局在《扬子晚报》发布疑犯的模拟画像，发动市民举报线索，大规模的排查就此结束。

不知是因为劳累，还是因为生活没有规律、饮食不够卫生，9月中旬我因转氨酶居高不下，在南京钟阜医院住了一个多月仍不见好，11月20日被部里派来的同事接了回去。

我人回到了北京，心里却时常想起“3·24”案，因为这是我入警以后第一次也是仅有的一次参与调查杀人案件。

时间一年年过去，后来我每次到南京，都会跟鼓楼分局当年一块摸爬滚打的刑警问起它。然而，只要一提“3·24”案，大家原本高高兴兴的神情立刻黯淡下来。这成了我们的一块心病！

如今，水滴石穿，在一茬又一茬民警的努力下，终将凶手捉拿归案，28年的悬案一举告破，我怎能不激动?!

待心情稍稍平静下来后，我从手机里找出一个不常联系的号码，拨了过去：“是老朱吗……”

我因病回京后，朱建国曾让他妹妹来探望过我，后来听说他当了分局副局长、市局刑警支队长，之后又担任副区长、公安分局长。2004年，他还被公安部五局聘为公安部特邀刑侦专家，一直干到2014年。但遗憾的是，无论我到南京，抑或他到北京，我俩居然都参商相违，未能相见。

耳边传来了接听的声音，是老朱！他的声音一点儿没变，还是那股浓浓的南京味。

尽管多年未见，老朱也一下子听出了我的声音：“噢！老杨!!！你好啊，老杨……”

我们先说了一些彼此的近况，然后聊起了“3·24”案。当年，校卫队员在南医教学楼厕所发现一个可疑之人，问他是哪儿的，对方脱口而出：“对过的。”老朱在一次案情分析会上专门提到这个细节，认为应该重视这句话，它很有可能指的是与南医一街之隔的建邺区那一片。如今，凶手正是在建邺区的石鼓路家中被抓获的。

我提起了这件往事，老朱却不愿多谈，只是说："当时也排查了，不知怎么就没查出来。"

电话粥煲了一个多小时，最后老朱发出邀约："老杨啊！抽空来南京吧，好好聚聚！咱们现在不是都退休了嘛？"

是啊！过去大家都忙，现在都是闲人了，光是在电话里你来我往地聊，我们都觉得不过瘾。从春天等到夏天，夏天一过，新冠肺炎疫情稍有缓解，我就启程去了南京。

抵达南京的那天晚上，我行装甫定，老朱就来宾馆看我。

多年未见，他的身形相貌居然一点儿没变。简单的寒暄之后，他用不容置疑的语气对我说："这次来南京的活动我来安排，你想见哪个，我来召集。不过，明天白天先带你去转转。"

第二天，他带我参观游览了牛首山、秦淮河。别看我曾在南京待过大半年，这些地方我可都没去过。晚上，他又把好几个我熟悉的老朋友召集到风光旖旎的秦淮河畔，为我接风洗尘。当年的精干刑警，现在大多成了两鬓斑白的老者。多年不见，大家有说不完的话。说来也巧，那天正好"3·24"案凶手被法院判处死刑，回想起当年我们为此案所付出的辛苦、所承受的煎熬，大家不胜唏嘘。

次日，我告诉老朱，我要自己走走。

我第一个去的地方，是大方巷。这是一条北京胡同似的普通小巷，东西长不过五六百米，但是它却是我在南京最熟悉的地方。那时的鼓楼分局就在这条巷子的9号，它是我挂职锻炼十个月的栖身之所。不过，分局现在早已迁往他处，原先院子里的那三座赭红色民国小楼，也被拔地而起的居民楼所替代。

沿着这条喧闹的市井小巷往西走到头，是民国时期公馆集中的区域，那时我常常一走而过，熟视无睹，如今墙上都挂上了铭牌，原来它们过去的主人是薛岳、陈布雷……

穿过当年行走过无数次的街巷，我第一次进入了鼓楼公园，登上了鼓楼。这是一座始建于明代的高大宽敞建筑，鼓楼区因它而得名。环顾四周，高楼林立，只有西南方向的南京大学标志性建筑——北大楼，风格与鼓楼相映衬。继续往东，又是第一次，登上了北极阁、鸡鸣寺。北极阁顶上的宋子文公馆，尚未对游人开放，鸡鸣寺却游人如织。据介绍，该寺至今已有1700多年的历史，“南朝四百八十寺，多少楼台烟雨中”（杜牧），它就是这四百八十寺之首。从鸡鸣寺下来，穿过明城墙，终于看到了我在南京锻炼时一直没机会来的玄武湖。与杭州的西湖相比，玄武湖命运多舛。别看它现在也是一泓碧水，改革家王安石任江宁府尹时，为了增产粮食，曾经“废湖还田”，玄武湖被改造成农田，直到两百多年后的元代，才重新变田为湖。

仅仅过了一天，老朱又过来陪我。

我们聊故旧，聊往事，自然也聊到了他已经故去的父亲。那年夏天，一有空我就往老爷子那里跑，听他讲南京解放后发生的那些大案。后来根据那些访谈笔记，与友人合著了一本《金陵悬案》（群众出版社2000年出版）。

说着说着，我突然冒出个念头：“我们现在最不缺的就是时间了，这几天你就给我讲讲你办过的那些案子吧，看看能不能也像老爷子那样，把这些故事留给后人。”

因为我知道，老朱对刑侦工作的悟性，一点儿不比他父亲差，甚至可以说青出于蓝而胜于蓝，在他主政刑警支队时，又破了不少精彩的案子。

老朱马上摆摆手：“那都是过去的事儿喽，现在的技术条件比那时好太多，再讲过去的案子还有什么意思？”

我不同意他的观点：“过去的案子也自有它的魅力，描写破案的小说如《福尔摩斯探案集》，问世多少年了，现在不是照样有人读吗？我女儿小时候，为了培养她的阅读兴趣，我给她买了一本《中国古代奇案故事大观》，她居然反复读了五六遍，可见无论老少，对破案故事都喜闻乐见。况且，在现实生活中，案子都是靠人来破的，技术条件再好，也需要有责任心强、目光敏锐的人来做。从这个意义上说，你那些破案经验，在今天仍然可供后人借鉴，不把它们记录下来，有点儿可惜了！”

他还是有些犹豫，说：“我们的刑警跟国外单打独斗的侦探不一样，我们公安机关的侦破工作靠的不是哪一个人，而是集体的力量。比如说侦破思路，多数情况下都是在集体讨论研究下形成的，很难说哪个案子就是谁破的。就算我在一些案件的侦破时提出了正确的思路，也可能其他同事也是这么想的，或者他们的一些想法启发了我。”

这个嘛，我当然知道，不过老朱这个人就是谦虚，生怕掠人之美。

他这么说，也有道理，我想了一下，说：“那我们就采用小说的写法吧，隐去所有的真实姓名，主人公也不等于就是你，而是众多刑警形象的集合体。”

听我这么一说，老朱思索了一下，才微微点头：“这样还差不多，因为如果用了真实姓名，几十年前的事了，万一我记得不够准确，挂一漏万，不是给别人心里添堵吗？就算是那些涉案人员，当年法律已经给了他们相应的惩罚，如今他们有的已重返社会，有的留有后代，我们也不应该再去干扰他们的生活。”

老朱想得周全，我完全赞成。

说罢，他呷了一口茶。

见我已经打开了笔记本，期待地望着他，他便抬手指着远处的那座凸出在天际线的高楼，说道：

“你看，这是南京有名的金陵饭店，要讲，我就从发生在那里的盗窃案讲起吧！”

他这一讲不要紧，话匣子一打开就收不住了。从那天开始，老朱竟断断续续接连讲了十二天。

第一天：掐分算秒

一

你看到的这座高楼，足足有 37 层，它就是我们南京有名的金陵饭店。

这家饭店在 1983 年建成开业时，是当时中国的第一高楼，超过了你们上海的 24 层国际饭店。它是改革开放以后我们江苏省第一家由国企引进外资建起来的五星级高档宾馆，也是当时南京接待中外游客硬件设备最好的酒店。它所处的位置也非常好，在南京最热闹的新街口，坐西北而朝东南，有人用这样一句话来形容它，叫作“雄踞市中心，俯瞰石头城”。

然而，就是在这座富丽堂皇的大饭店里，从 1988 年底开始，不断发生住店客人钱财被窃的案件。

一开始，饭店方面怕这种事传出去影响自己的声誉，接到报失电话后，就没有声张，只是在内部暗中开展了调查，想悄悄地把那个小偷找出来，打发走了事。

可是还没等查出什么眉目，同样的电话又陆续打来，饭店安保部觉得靠自己的力量破不了这些案，这才向分局刑警队报告。

当时，我调任鼓楼分局刑警队队长不久，听说此事后，就立即带侦查员前去调查。

但是到了饭店，我才发现事情有些棘手。

“失主呢?”

安保部的老王两手一摊，苦笑道：“他们早就离开饭店，都是在半路上要用现金了，才发现自己被偷。”

这种手法我碰到过，我们管它叫“抽条”。小偷不把钱全部偷走，而是从中抽取若干张现钞，那些不够细心的失主，就不能及时发现，从而延缓了案发时间。

按照老王提供的号码，我们立马在饭店逐一打电话询问那些失主：到底丢了多少钱？在哪里丢的？什么时间丢的？

可是对于这些细节，没有一个失主能准确地回答我们，而且他们都在电话里对我们说，反正丢失的现金数目也不算大，现在人也不在南京，就不想再追究了。

想想也是，打个电话报个失很方便，为这个事专门再跑一趟南京，就很麻烦。

失主的考虑有他们的道理，可是我们获取不到有用的证据，侦破工作怎么推进?

不过，那次去也没有白去。饭店副总经理潘女士听说刑警队来了，主动跟我说了一件对破案有帮助的事。

一天晚上她值班，后半夜想去房间休息，可是饭店配给她的那把万能钥匙，却怎么也找不到了。从时间上看，正是这把能开所有客房的钥匙丢了以后，才陆续发生了这些盗窃案。

虽然那时还没有摄像头，但是饭店内外 24 小时都有保安值守，盗贼即使有了这把钥匙，又怎么能在他们的眼皮底下屡屡得手呢？我不免有点儿困惑。

可气的是，刑警队去了以后，这个家伙并没有就此收手。

很快，又有人向饭店反映自己在住店期间，钱包里的现金被窃。

金陵饭店是那时南京名气最大的高档涉外宾馆，在这里不断发生偷盗案件，虽然每次被盗的财物数目不大，但在社会上造成的影响却很坏。

市局分管刑侦的副局长听说后，也曾亲自率领五处的刑警先后几次到现场查看，但都因为没有明显的线索，无功而返。

二

1990 年 3 月 19 日那天晚上，轮到我在刑警队带班。

鼓楼分局在大方巷 9 号，院内有三座民国时期建造的小楼，其中一座就是刑警队。刑警队门口那盏红灯，一到天黑就亮了起来，那是我到任以后亲手挂上去的。

那天，我站在这盏红灯下，对在场的全体刑警说：“派出所门口有这盏红灯，天黑以后它就是醒目的标志，老百姓遇到急事了，就可以上门求助。我们刑警队挂这盏红灯，人家遇到坏人了，就知道这个地方可以报案。”

现在，我借着透过值班室窗户进来的泛红的光，找了一件大衣，一头躺倒在其中一张单人床上，把大衣盖上，想合上眼睛睡一会儿。

床铺上飘浮着一种特殊的味道，那是值班刑警留下的。他们经常几天几夜不回家，得空便在床上睡个囫囵觉，小时候我就经常在父亲身上闻到这种味道。

父亲是个真正的老刑警。1939 年，他在冀中老家河间县参加了八路军游击队。1946 年张家口解放，他到那里接受了整整一年的专门培训，成为一名公安保卫干部。1949 年 4 月随南下的部队进入南京，就一直在市公安局做刑事侦查工作，破过不少大要案，直到四年前 66 岁时才离休。

昨天是个星期天，我带着老婆孩子回到父母家，妹妹妹夫他们也来了。晚饭桌上，大家本来都是高高兴兴的，可是说着说着，父亲问起了金陵饭店那些不大不小的盗窃案，气氛就一下子冷了下来。

父亲见了我们兄妹，三句话就会转到工作上。这是他长期担任市公安局副局长养成的习惯，更何况我和妹妹也都是警察，所以家庭聚会时，他总会问起我们的工作。

“你看，你当刑警队长都两年了，也没破过什么像样的案子。是没有案子啊？还是案子在那里破不了啊？听说金陵饭店的盗窃案可是发生好几起了！”父亲虽然离休在家，消息还是很灵通的。

他说得很平静，我听了却字字锥心。

我当刑警队队长之前是派出所所长，这两年前辈们还都把我当作刑侦方面的新手，大一点儿的案子，市局五处就接过去了，我是有劲使不上啊！父亲当年进南京时才 29 岁，就接二连三地破大案，如今我已 36 岁，还经常只是协助五处搞些小案子。不用他说，我自己想想也郁闷。

不过破案这件事，光有干劲还不行，还得有悟性。

前几年我在派出所工作时，接手了一个案子。一个钱姓商人到南京来做买卖银元的生意，一个姓谭的人陪他四处转悠。钱某有两万元现金装在随身带的包里，须臾不离。一次，两人到影院看电影，钱某就把那只包放在脚边。看完电影，钱某拎包感觉有异，打开一看，两万元变成了两块砖头。那时人民币面额最大是10元，两万元整整二十捆，重量与两块砖头相等。

钱某立即到派出所报案，并告诉我只有谭某知道他包里有钱。我讯问谭某，他却矢口否认。

我明明知道十有八九是谭某使用了调包计，盗走了现金，但就是不知道该从哪里下手找证据。

正好这时父亲作为市公安局的顾问，到各分局巡视疑难案件的侦破工作，听我说起此案，拿起那只包看了一会儿，说："就从这只包入手！"

我恍然大悟，立即拿着那只包，沿着电影院周围商铺，挨家走访调查。

走进其中一家，女老板一眼认出就是她家的货。根据她对买包女人模样的描述，我马上确定那就是谭某的老婆，遂立即来到谭家。

谭妻见丈夫被派出所扣押，现在又来了警察，心里发虚，不用我多问，就交代了夫妻俩见财起意，用调包计窃取钱某两万元现金的事实。

看着被起获的赃款，谭某只得承认，是他授意老婆去买一只一模一样的包，装入重量相近的砖块，后将钱某诱入影院，趁黑暗之机，由其妻悄悄调包。

谭某本以为做得天衣无缝，自己一直陪在钱某身边，两手空空，就是怀疑到他，也没有证据。想不到父亲从那只包入手，指导我一举破获此案。

此后，我对侦破工作产生了浓厚的兴趣，一有案子脑子就停不下来。

后来在秦淮分局李府巷派出所当所长，辖区内的一些案子，我掂量自己能破，就先破了再说。一来二去，领导干脆把我调到鼓楼当刑警队队长。但是没想到，当了专门破案的刑警队队长以后，破获的案子反而少了。

我躺在床上，思绪漫无边际地游荡，意识渐渐朦胧……

突然，一阵刺耳的电话铃声把我惊醒。

电话是外屋值班桌上的，刑警程翔接完电话，“噔噔噔”跑进来，见我已睁开眼睛，就说：“朱队长，华侨路派出所来电话，金陵饭店有人报案被盗……”

我掀开身上的大衣，翻身起床，看了一下手表，马上就到半夜 12 点了。

三

又是金陵饭店！这次失主还没有离店，盗窃现场还在，我倒要看看，那里到底有什么鬼？

一出值班室大门，一股冷空气扑面而来，我接连打了两个喷嗖。3 月中旬的南京，后半夜还是挺冷的。

从分局到金陵饭店，不过三四公里，开车不到十分钟。步入饭店大堂，感觉比前几次来时亮堂多了，明亮而柔和的灯光让人感到温暖。

饭店一层的安保部办公室里，华侨路派出所副所长老魏和安保部的老王都已经等在那里。

深更半夜的，又出了案子，大家的表情都有点儿发木，我顾不上跟他们寒暄，直接就问老魏："怎么个情况？"

老魏的表情有点儿扭捏，但还是吭吭哧哧地把案情说了一遍。

两天前，也就是 17 日星期六的晚上 11 点 20 分，华侨路派出所接到金陵饭店安保部打来的报案电话，说有个住店客人发现被盗。老魏那天晚上正好带班，听说后立即带了一个值班民警赶到现场。

老魏在派出所分管刑侦，工作起来一向风风火火。他这么做我完全理解，金陵饭店在华侨路派出所辖区，失主向派出所报案，派出所不能不管，况且失主刚刚发现被盗，说明小偷可能还没跑远，破案条件比较好，老魏当然想趁热打铁，一举把它拿下。

失主是个香港女人，叫梁陈丽娜。她对老魏说，晚上 11 点多，她到楼下商务中心去发一份传真，因为看到排队的人比较多，就把文件交给传真室小姐，返身上楼，却见自己的房门开着，一位穿着保安制服、手持对讲机的人站在里面。她还没开口，对方却抢先说，你怎么没把门关好啊？以后一定要注意安全啊。说着，就从她身边走出房间。那人出了房间后，她觉得有些不对劲，马上检查了自己的钱包，发现少了三张面额 1000 元的港币。

在那个时候，这个数目不算小，差不多相当于基层警察一年的工资！

老魏和安保部老王一商量，立即把已经下班和正在值班的保安召集起来，让失主辨认。

失主看了以后，指着其中一个说："就是他！"

老魏本以为案子就此告破，可是一连审了两天，这个保安死活就是不承认。

眼看马上就到第三天了，老魏觉得放也不是，不放也不是，实在没办法了，这才给分局刑警队打电话。

四

还没听老魏说完，我心里就开始冒火。

案子你办可以，但是不能这么办！案发两天，你不报告倒也罢了，但是现场该勘验你得勘验，证据该收集你得收集，现在倒好，不但没有口供，其他证据如赃款、旁证，也一概没有，就把案子往我这里一丢，让刑警队给他擦屁股。这一次不比以往，失主还在，又抓了人，如果案子破不了，市局领导的板子肯定打在我这个刑警队长身上！

"老魏啊老魏，你以后少干这样的事，好不好？"我一边说，一边没好气地从他手里接过了那个案卷。

看了老魏他们做的讯问笔录，我心里就犯起了嘀咕：失主虽然把事情经过说得很详细，并坚决指认了这个保安，但是这个保安却也同样坚决地予以否认，我们到底听谁的？

照理说，我们应该听失主的，但经验告诉我，这也不是绝对的。案子发生了，让失主辨认作案人这个事，一定要结合其他因素综合考虑，不能过度依赖辨认一方。

在我过去办过的一些案子中，由于辨认人的心理因素，以及受到认知、记忆能力的限制，认错人的事情多次发生。况且，眼前这个案子即使有了失主的指认，如果没有其他证据，特别是那3000元港币的赃款找不到，我们也无法就此定案。

我合上案卷，问老魏："你们是怎么让失主辨认的？"

金陵饭店一共有18个保安，分两班值勤，上半夜10个，下半夜8个。老魏他们当天夜里就通知了所有保安到饭店来，排队从安保部办公室门口经过，让失主逐个辨认，看了十几个以后，失主一下子指认了一个。

老魏不放心，把这18个人喊到会议室，让失主透过门上的玻璃再次察看，还是那个保安。

"这个保安现在人在哪里？"我又问。

"就在他的办公室。"老魏指指老王说。

"走，去看看。"我站起身子，让老王带我去。

老王进门以后，原本坐着的那人立即站了起来，老王指了指我，对他说："这是分局刑警队的朱队长，你要跟他说老实话。"

那人五官端正，皮肤白净，名叫柳世海，就是那个被失主指认的饭店保安。我让他坐下，问道："到底是什么情况？你跟我说说。"

柳世海双眼布满了血丝，嗓音嘶哑地说："朱队长，我冤枉啊，那事确实不是我做的啊！"他抬头看了一下老王，继续对我说，"那天，我本该晚上 11 点下班，家里有点儿急事，9 点多就换衣服走了，跟我一起值班的老孙可以作证。11 点下班打卡，就是他帮我打的。"

"你既然没有干那事，那人家为什么指认你呢？"我问道。

柳世海一下子卡住了，不知该怎么回答，半天才说："人家指认我，我也没得办法，但是你们千万不要到此为止，把真正的小偷给放走了！"

我心里一动，想道："这家伙倒蛮信任我们的。"想了一想，便对他说，"你呢，要相信我们，不是你干的，我们不会冤枉你；是你干的，你也赖不掉！"

但是现在怎么处理柳世海呢？

我在心里迅速盘算：放他回家？失主肯定会认为我们在包庇坏人。继续扣押？柳世海不承认，赃款找不到，失主同样不满意，但至少可以缓和一下她的情绪。不如将计就计，先把柳世海送到刑警队，毕竟失主指认了他，如果盗贼真的另有其人，也可以麻痹那个家伙。

于是，我让程翔他们在众目睽睽之下，把柳世海带上警车，给人一个印象：小偷就是柳世海，公安局把他抓走了！

这时，已是 20 日的早上了。

五

回到分局，先到食堂吃了点儿东西，然后直接到局长办公室。那时局里的办公条件很差，四个局领导挤在一间屋子里。

分管刑侦的副局长张新华见我在门口探头探脑，就知道有事要说，立即起身把我带到隔壁会议室。

我把金陵饭店的案子向他作了汇报，他听了以后问：“这个柳世海怎么办，是不是要办刑拘啊？”

“我看先不用。”

“哦？你说说看。”

“因为我看他不像！”干刑警这么多年，这点儿感觉我还是有的。

见老张看着我，我赶紧说：“如果单独就这么一起案子，又有失主的指认，也不是不可能，但是如果把过去发生在金陵饭店的那么多案子串并起来，再来看柳世海，他不是能做那么多案子的人。就是这次，经过我们了解，那天跟他一起值班的保安证明，他确实提前了一个多小时换衣服离开了饭店，这跟他老婆说他回家的时间是一致的。案发后饭店安保部去他家找他时，他正呼呼大睡呢。”

“那你把他带回来干什么？”老张有些不解。

我把自己的考虑对老张说了，老张点点头，说：“那好！就按你的意见办，先把柳世海留在队里，但是你要抓紧办。这次失主还在，破案条件不错，不能再让那个家伙跑掉了！”

“那当然!”我答应着，从老张那里出来，到洗手间擦了把脸，回到队里，吩咐内勤小高安排柳世海住下，随即带上程翔，再次来到金陵饭店。

这次我们没有到安保部，而是直接穿过大堂，来到左手边的电梯间，乘电梯直达11层。

供住客使用的电梯共有六部，一边三部，上下很快。

我们摁响了1101房间的门铃，里面一个女人问是谁，我们说明了身份，对方通过门上的猫眼看了好一会儿，才把门打开。

“你们把我的钱找回来了吗?”梁陈丽娜上来就问。这是一个身材瘦小的女子，一口港腔。

我没有正面回答，只是说:“这个案子现在由我们分局刑警队负责，有些情况需要和你核实一下。”

“什么情况?我不是把人认出来了吗?”她有些不明白。

我只好耐着性子跟她解释:“你是指认了一个，但是我们还需要其他证据，希望你能配合。”

“好吧，让我怎么配合?”她有些不满。

我对她说:“你跟我们讲一讲到你房间那个人的特征，越详细越好。”

“那个人嘛，我没有认错。他当时穿的是保安制服，我也没记错。嗯，他手里拿着一部对讲机……”她说到这里，我马上让程翔下楼到安保部去借一部，然后示意她接着说。

“那个人胸前有牌子，但是号码没看清。对了，这两天我特意看了一下值班的保安，他们的腰上都扎着武装带，头上戴着大盖帽。那天晚上那个人，没扎武装带，也没戴帽子。”

“很好！这些情况我都记下来了。你再把整个事情经过说一下，时间说得越准确越好。”我提示她说。

“三天前，也就是17号，晚上10点45分左右，我回到饭店，先到隔壁房间跟同事打了个招呼，然后回房拿了一份函件出门下楼到一楼大堂商务中心发传真。没想到前面有好几个人在等，需要排队，我就把函件交给传真室小姐，自己上楼回房间。一进房间，就发现了那个人。等那个人走以后，我觉得有点儿不大对头，拿出钱包打开一看，少了三张1000元港币。我马上到隔壁房间，跟同事讲，由同事先打电话给前台，然后我再下楼到前台，让她们向派出所报案。”她边回忆边说。

我问：“你离开房间时，肯定自己把门关上了吗？”

“关了！”她的回答十分肯定，又晃了晃手中的钥匙牌，说，“我用它转了一圈，又拧了一下门把手，确认已经关上。”

我接过那个钥匙牌，捏在手里圆圆润润的，看了看，正反面都是房间号，递还给她，再问：“你在下楼之前检查过自己的钱包吗？”

“我到楼下发传真时怕要用零钱，特意从钱包里拿了一些。走之前钱包还是好好的，回来以后就发现丢钱了。”她肯定地说。

我环顾四周，问道：“你的钱包放在什么地方？”

她指了指床头柜上的坤包，说：“就是那里。”

说到这里，程翔拿着一部对讲机回来了。

失主一看，马上说：“对！那天晚上那个人就是拿着这样的对讲机，一模一样！”

该了解的都了解了，我们起身离开1101房间，临走时我对梁陈丽娜说："你不用急，三天之内，我一定把你丢的钱找回来！"

我和程翔先到隔壁，找梁陈丽娜的同事核实情况，然后乘电梯下楼来到大堂，让值班经理找来三天前晚上的电话记录。

最后，我俩沿着几个保安值班的点走了一遍。其中一个在饭店大堂的入口处，位于电梯间和商务中心传真室之间，我还跟在那里值班的保安聊了一会儿。

回到刑警队，我立即把队里的侦查员召集起来，让他们两人一组，对金陵饭店 18 个保安在 17 日那天晚上 11 点前后所处的位置，逐个进行了解、定位。

六

第二天上午，这些情况都汇总到我这里，我把它们一一标注出来，四天前夜里发生的事，在我心里渐渐清晰起来。

"程翔，你通知华侨路派出所，今天下午到他们那里开案情分析会，让老魏他们都参加，我们刑警队这边能去的都去。"我一边说，一边把各种材料归拢到一起。

程翔走后，我又把内勤小高找来，问道："那个柳世海怎么样？情绪还稳定吧？"

小高答道："很好啊！我们吃什么他也吃什么，昨天晚上还专门从外面斩了只鸭子呢！"

"这就对了！他也待不了几天。你呢，今天到金陵饭店执行一个任务，柳世海让别人管吧！"接着，我把任务仔细交代了一遍，小高领命而去。

七

下午的会议，由副局长张新华主持。会还没开始，派出所那间不大的会议室里已经烟雾袅绕，十多个人里至少有一半是老烟枪。

“大家先敞开了说，说错了也没关系。”接着老张的话头，我也说了几句开场白。

我必须先听听他们怎么说，否则我这个队长一开口，他们即使有不同看法，有时想想没把握，也就不说了。每个人都是这样，凡是参与了某件事，听见别人在议论，便也会有表达自己意见的欲望，我必须满足他们。

大家顿时七嘴八舌，各抒已见。

有的说，失主的辨认在案发后不久，这么短的时间，记忆应当比较清晰，柳世海作案的依据应当是充分的，应该对他加大审讯力度，迫使他交代出赃款赃物的下落。

另一种意见正好相反，认为柳世海不一定是作案人，这个案子虽然嫌疑人穿着保安服装，但有可能是外来流窜化装成保安混入饭店伺机作案，我们应当扩大侦查范围，排查以饭店为作案目标、有前科劣迹的人。

还有的说，作案人手持对讲机，会不会是内外勾结，使用对讲机进行联络便于和在外望风的同伙互通情况。

会议气氛热烈，就是没有比较集中的一致性意见。

我一边听，一边在笔记本上勾勾画画，进一步完善自己的想法。

最后，该说的都说了，众人不约而同地把目光投向我。

我把笔记本摊在面前，扫视了大家一眼，开口说道："这个案子好像是破了，有失主的指认。但是嫌疑人柳世海矢口否认，除了失主的指认，我们也没有其他证据，更不要说赃款了，所以还是不能算破。失主为什么一口咬定他呢？关于这个问题，我想会不会是这个梁陈丽娜认错了？"

此言一出，会场又活跃起来。

我停顿了一下，说："是的，大家会问，失主又不是小孩，面对一个大活人，怎么会认错呢？其实这也不奇怪，我们大家都有这样的体会，在我们南京人的眼里，广东、广西甚至福建那边的人长得都一样，反过来他们看我们这边的人，也觉得差不多，还有外国人看中国人，中国人看外国人，也是这样。不要忘了，失主梁陈丽娜恰恰就是香港人。

"另外，相貌不同的人一穿上制服，好像都变成了一个样子，具体长相往往模糊了。对不对？还有，金陵饭店因为是高档酒店，招的保安个头儿都在一米七五左右，要求五官端正。那天我到金陵饭店勘查现场，碰到几个保安，粗粗一看，长得都跟柳世海差不多。失主和作案人之间的接触也就是那么短短几秒钟，匆匆一瞥之下，能看得那么清吗？而且老魏他们安排辨认的时候，失主和保安的距离又相对比较远，灯光也和案发时不一样。更何况，对人的辨认，往往还会受到个人的观察、判断能力的局限和案发后心理因素的干扰。

"所以，我敢说，在这起案件中，失主是认错人了。这没有什么奇怪的，这种辨认错误的事，我们以前都碰到过。”

说到这里，我又停顿了一下，看大家听得很入神，反问道：“刚才有人说，从侦查方向上我们是不是应该放在内外勾结、化装盗窃上，这个可能性当然现在没法儿排除，但是在没有发现这方面的线索之前，我们从哪里入手呢？”

主张这个观点的人，听我这么一说，有点儿不好意思，马上移开了目光。

我语气肯定地说：“根据现在手头掌握的情况，我认为，第一，这起案件与过去金陵饭店发生的系列盗窃案应当是同一个人所为。为什么这么说呢？因为从这起案件的作案手段看，它与过去发生的盗窃手段和方式是一致的，都是用一把万能钥匙投锁入室，抽条盗窃。第二，这个案子，不是流窜作案，而是饭店内部人员所为。金陵饭店的盗窃案件，都发生在副总经理的那把万能钥匙失窃以后。这个不是巧合！因为，作案人需要这么一个作案工具。如果是外来人员，他对谁有万能钥匙、如何使用钥匙等情况应当是不了解的。所以我推断，这个作案人，应该是饭店内部人员！”

八

我把这两点说完以后，见有人在低声议论，便停了下来。

喝了几口水，润润嗓子，待会场重又安静下来，我继续说道：“那么我们怎么才能找出这个人？我们先来看发案时间。在这个案子里，弄清发案时间，可以进一步确定作案人的范围。那么，案子到底发生在什么时间？

“据失主说，她在晚上11点左右从楼下传真室回房，看见一个身穿保安制服、手持对讲机的人正在她房间里。11点这个时间准不准？我一再问失主，她也承认当时没看手表，只是估算的，并不确定；而饭店保安每天晚上11点交接班的时间，则是固定的，所以保安这个时间出现在她的房间，是不可能的。

“另外，失主发现被窃后，立即到隔壁房间找同事，同事打电话到大堂，大堂又打给安保部，安保部值班员当时看了一下手表，是11点15分。11点20分，安保部给派出所打电话报案，这个时间派出所也有记录。所以，这两个时间，都是确定的。

“那么我们可以从11点15分打电话报案开始往前倒推，失主先是把失窃之事跟隔壁同事讲，然后同事决定打电话跟大堂讲，大堂听后再跟安保部讲，这个过程不会超过十分钟。11点15分减去十分钟，就是11点05分。我向饭店安保部了解过，保安的交接班很简单，就是大家照个面，马上各奔东西，一般只需一两分钟。那么，从11点交接班完成，到11点05分，就是那个人的作案时间。”

说到这里，老张让我讲得慢一点儿，让大家听得更明白。

于是我放慢语速，尽量说得更清楚：“这么短的时间，能不能完成作案，我一会儿再讲。现在先讲讲这个人是什么样的。根据失主对嫌疑人的描述，这个出现在她房间的人，身穿保安制服，手持对讲机，对她说‘你怎么没把门关好啊？以后一定要注意安全啊’。这个人的说话语气，符合饭店保安的身份，而且他手里还有对讲机。这个对讲机，我特意让失主辨认过，就是饭店安保部给保安使用的那种。它是比较独特的物件，失主凭空是想象不出来的，再说，一般罪犯在作案时，手里的东西越少越好，他不会无故拿着一个多余的东西。根据那个人的语气和手里的对讲机，我认为作案人应该就是饭店的保安。”

看不少人频频点头，我继续说：“结合上面说的案发时间，我们再来看看他在什么范围里。金陵饭店的保安一共18个，分成两班，每天晚上11点换班，上半夜10个，下半夜8个。对讲机一共4部，上半夜除了主管，只有负责消防的保安才有；下半夜4部对讲机使用情况是：一个领班，一个消防保安，两个警卫保安。那天晚上11点交接班时，4部对讲机都在。如果是上一班的，11点以后他已下班，手里不可能有对讲机，所以这个作案人，应该是11点以后上班的。

“还有，我找安保部的内勤小周了解情况时，她谈了一个细节：上半夜值班的保安着装都很整齐，下半夜的就比较松散，因为下半夜没有领导来查岗。失主曾告诉我，‘那个人的制服上衣没有扎武装带，也没有戴帽子’。凭对讲机和衣着穿戴这两点，我们可以确定，这个人应当在下半夜值班的保安当中。

“因为是晚上11点以后发案，这个时间往往都是住店客人的休息时间，客人离开房间的概率很小。作案人在无法断定房间是否有人的情况下，不可能冒险开门进行偷盗，所以，这个人要想作案，必须还要具备两个条件。先说第一个，他必须能看见失主离开房间，确定房中无人。我去看过1101这个房间，它有两个特点：其一，它是个单人间，客人走出房间，屋里就不会有其他人；其二，这个房间的位置在通道的尽头，除了客人自己，别人不会经过这个地方。”

为了让大家听得更明白，我从随身带的小包里拿出一块客房的钥匙牌：“这个就是客房的钥匙牌。这块牌子大概是 7 至 8 厘米长，底色是咖啡色，淡黄色房间号，行走时拿在手里很容易被人看清上面的数字。我们既然确定是下一班的、能够手持对讲机的人作案，那么，谁能看到呢？”

我把钥匙牌放在桌上，走到黑板前，在上面画了一条路线：“这是失主从客房到大堂商务中心传真室的路线，她下了电梯往传真室行走时，在大堂值班的保安，如果有心的话，是能够很容易靠近她而看清的。我要说明一下，饭店保安值班不像军队和武警哨兵，有固定哨位，不能随意走动，保安值班时可以来回走动，住店客人往往视而不见。

“这就需要第二个条件，他必须有足够的时间。就那么短短的三四分钟，楼上楼下跑一个来回，够用吗？一开始我也怀疑自己，即使是下半夜的保安，11 点上岗，碰巧看见了失主的钥匙牌，记住了房号，上楼盗窃再回来，几分钟的时间也不够啊！

“后来我发现，我没有把电梯因素考虑进去：一个是金陵饭店的电梯十分先进快捷，从一楼到顶楼，只需要 29 秒，到 11 楼不到 10 秒；另一个是晚上 11 点以后使用电梯的客人很少，基本上随到随走，不用等。经过我在实地多次模拟，作案人完成交接班后，从大堂值班的地方进入失主的房间，完成偷盗后被失主撞见，边与失主说话边从客房脱身回到大堂，只需要三分钟。”

九

说到这里，我又有些口干舌燥，便端起茶杯，发现里面的水所剩无几，老魏赶快用热水瓶给我添上。

我喝了几口，接着说："时间问题解决了，那么我们来看，两人一班的保安，究竟是哪个，在案发的这个时间段，脱离了同伴的视线三分钟？"

是哪个呢？大家屏息静气地望着我，满脸期待。

我一字一句地说出了答案："根据我在现场反复模拟，满足上述条件的只有一个人，他就是那天后半夜在大堂值班的保安杜晓东。他在 11 点接班后，就对同伴说去取报纸，手持对讲机离开了大约三分钟！"

这时现场一片寂静，过了几秒钟，又都像一下子反应过来，"啪啪啪"，老魏带头给我鼓起了掌。

说老实话，在案情分析会上给人鼓掌这种事，我过去还没遇到过，所以一下子怔在那里。

坐在旁边的老张侧过身来，眉开眼笑地对我说："没想到，你这家伙能把案件分析得这么清楚，推理又这么严谨！说实话，这么多年，我还从来没见过这样的案情分析！"

老张的话让我回过神来。我也笑了一下，尽量平静地对大家说："刚才说的，还只是推理和分析，如果找不到证据，这个案子也不能算破！所以，接下来要办的事更重要，那就是找证据！

"什么证据呢？一个是作案工具，另一个是赃款赃物。作案工具就是那把万能钥匙。为了降低被人发现的风险，我想杜晓东不大会带在身上，但是为了使用方便，他又不大会放在家里，所以我推断它很有可能被藏在酒店某个地方。至于赃款赃物，应该放在家里或外面某个地方，所以我们目前还不能惊动杜晓东，不能让他把这些证据转移了。”

老张问我：“那下一步你准备怎么办?”

“这个嘛，我已经有安排，大家等我消息。”等大家陆续散去后，我对老张说，“今天正好轮到杜晓东值班，我已经派小高到金陵饭店暗中盯住他。小高从来没有在金陵饭店露过面，不会引起杜晓东的怀疑。”

“好！你就放手去干吧!”老张赞许地点点头。

十

当天半夜，小高赶回刑警队，向我报告：杜晓东今天在值班时，曾几次到二楼雨花茶座的一幅壁画前转悠，而当时他的巡查路线，并不需要经过这个地方。

哈！狐狸尾巴露出来了！我一看手表，已经过了 12 点，杜晓东这时已经下班回家，于是马上带了几个人赶到饭店二楼的雨花茶座。

这时茶座已空无一人，我让他们在两边扶住这幅大型壁画，自己走上前，把它的下端小心翼翼地从墙壁挪开一条缝，用手在后面的边框上慢慢滑动。

果然，手指在角落处摸到一个硬物，拿出来一看，是把万能钥匙。拿去让正在饭店值班的潘副总经理一辨认，正是她失窃的那一把。

我们立即在上面采集了指纹，又原封不动地把它放回原处，挂好壁画。这时我才看清，原来它就是大名鼎鼎的《韩熙载夜宴图》。

出了饭店大门，我对大家说："除了技术员回队里比对指纹，其他人都回家休息！"

这几天，大家连续工作，已经好几个晚上没有好好睡觉了，明天是收官之战，必须保持充沛的体力和清醒的头脑。

说老实话，这时我也感到浑身酸软，脑袋发木，必须回家好好睡它一觉。

十一

22日星期四早上，一到分局，技术员就向我报告，经过比对，万能钥匙上的指纹就是杜晓东的。

我马上把材料报到老张那里，获批后，立即派人把杜晓东直接从家里带到刑警队。

进了审讯室，杜晓东眼珠滴溜溜地乱转，打量着四周。这是个头脑灵活的家伙，只可惜没把聪明用到正道上。

我平静地问他："杜晓东，你知道为什么把你带到这里？"

"不知道啊！?"杜晓东摆出一副无辜的样子。

"不要再装了！我们让失主再次辨认，她最终确认那天晚上看到的是你。"这家伙和柳世海长得还真有点像，难怪失主一开始认错了。“说说吧，那天晚上你怎么会在她的房间里?”

“我是看到房门没关，里面又没有人，就进去查看了一下。”杜晓东虽然还在狡辩，但实际上已经承认自己到过失主的房间。

我马上讥讽道：“你不是去一楼办公室取报纸了吗？怎么跑到11楼去了?”

杜晓东一时无语。

我走近他，一字一句地对他讲：“杜晓东，我们还掌握了你的其他证据，现在给你一次最后的机会，希望你不要错过了！”

杜晓东抬头看了我一眼，随即心虚地又低下了头，沉默不语。

这么僵着也不是办法。我站起身子，挥手让程翔等把他架着，从刑警队带上警车，一言不发，开车往金陵饭店疾驰而去。

来到饭店二楼雨花茶座的《韩熙载夜宴图》前，我对杜晓东说：“怎么样？在这里喝个茶?”

杜晓东看了看那幅《韩熙载夜宴图》，又看了看我的脸色，张望了一下四周，服务员和茶客都往我们这边看，终于开了口：“行！那我就说吧，不过别在这个地方。”

审讯当然不能在大庭广众之下。趁热打铁，我们把他带到上次讯问柳世海的那间办公室。

原来，那天晚上，杜晓东接班后刚上岗，就看见梁陈丽娜手拿1101的钥匙牌从眼前经过，进入复印室。他知道1101房间是个单人客房，眼前这个女人去了复印室，说明房内已没有人了，而且她去复印文件，肯定要在那里待上十来分钟，于是马上对同伴谎称去拿报纸，迅速来到11层，用那把万能钥匙打开房间，从床头柜上的坤包里翻找出现金。得手后正要离开，却被提前返回的梁陈丽娜撞见，幸亏他反应快，摆出保安的派头，才把对方蒙骗过去。这个意外，也就耽误了几秒钟。下楼以后，他又对同伴谎称办公室没人，报纸没拿到。因为这个过程时间很短，同伴毫无察觉。

后来柳世海被分局的警车带走，他以为自己逃过了一劫。那把万能钥匙，那天晚上用完后，他便趁无人之时把它藏在老地方，但又怕万一被人发现，所以这两天每次轮到他值班，总要有事没事到那里看一眼，看有没有人动过。

他万万没有想到，就是这个细微动作被我们抓住了尾巴。

交代完这起案子，我趁热打铁对他说："你把以前的事也讲讲吧！"

这两天，我派人到安保部，把以往发生盗窃案的时间和杜晓东值班时间比对，结果发现每次案发，都有杜晓东的值班记录。

当我把这些证据拿出来后，他又低下了头，不过很快又抬起头来说："来金陵饭店的客人，都很有钱，男的西装革履，女的穿金戴银，我天天站在大堂为他们服务，从他们那里拿走几张钞票，也没什么。如果在国外住大饭店，他们也是要给我小费的。"

他倒挺会为自己开脱的！

我忍不住教训道："人家给你，才是小费；自己到人家钱包里拿，是盗窃！"说完，一摆手，"你就不要狡辩了，一件一件交代吧！"

杜晓东瞟了我一眼，想了想，跟我要了纸和笔，在上面勾勾画画，然后开始一五一十地供述。

他的一系列盗窃，开始于在潘副总经理办公室窃得那把万能钥匙，以后就专挑住单间的客人下手。为了不让失主马上察觉自己被盗，他从不拿走整个钱包，而是在一沓钞票里抽取几张，而且每干完一次，总要停一段时间，看看没有什么反应，再找目标下手。有几次偷盗刚得手，失主就与他擦肩而过，但因为他穿着保安制服，来回巡视也很正常，所以失主事后报案，都没有怀疑到他。

他一件一件讲，我们一件一件记，前后相加，居然将近二十起，明显大于我们接到的报案数，看来有些失主事后或是没有察觉自己被窃，或是没有报案。

我问了最后一个关键问题："那些钱在哪里？"

"我带你们去吧。"他越来越配合。

我们押着杜晓东，由他带路，先来到饭店二楼的雨花茶座，让他自己亲手把钥匙从《韩熙载夜宴图》后面拿出来交给我们，再到同一楼层的男厕所，从天花板里取出了赃款。

这时，已是 22 日中午，距离我 20 日上午对梁陈丽娜承诺三天内帮她把钱找回来正好 48 小时。

十二

24 日是个星期六，那时候还没有实行双休日，周六仍是个工作日。下午，程翔按我的要求，把所有关于杜晓东案的材料一起送到办公室。我把它们在办公桌上摊开，逐页审看。

这个案件在移交检察院起诉之前，我要再看一看，特别是那些失主证言，还有哪些需要补上，以免报去被退回。

“队长，这个案子你推理出来的那三分钟，可以和松本清张写的‘四分钟’相媲美！”

听到有人说话，我吃了一惊，抬头一看，原来程翔送完材料没走，还笑嘻嘻地站在那里，便疑惑地问：“你说什么？”

“我是说，日本推理小说《点与线》里面有个情节，说的是办案刑警根据手头掌握的一些线索，进行深入分析推理和实地调查核实，终于在东京火车站不同线路的列车停靠时间上，找到四分钟的间隙，推断出有人在故意制造目击者，为情死假象作铺垫，最后破了一个贪污腐败大案。你通过掐分算秒的推理，把杜晓东的作案时间固定在那三分钟里，不是也很精彩吗？”程翔说得头头是道。

“瞎讲，人家松本清张写的是经典推理小说，我们破的是小毛贼的盗窃案，怎么能相提并论？”

当刑警的，都比较喜欢看推理小说，程翔尤甚，说起松本清张、森村诚一这些日本推理小说作家，头头是道。但是小说毕竟是小说，里面有太多的巧合和戏剧性情节；而现实中的侦破工作如果你不用心去做，则往往单调枯燥，有时甚至沉闷得让人抓狂。

我们两人正说着，窗外传来声音：“朱队长，有人找！”是小高在楼下喊。

我探身往外一看，见是柳世海，边上还有一个女人。

前天早上去抓杜晓东时，我就让小高告诉住在队里的柳世海可以回家了，他怎么还没走？

我刚走下楼梯，柳世海和那女人就朝我鞠了一躬，嘴里说道：“前天从刑警队回家，没见到你。我和我老婆今天来，就是特意来谢谢你！这次如果没有你朱队长，我就是跳进黄河也洗不清啊！”

“你配合我们工作，应该感谢你！”我连忙上前一步止住他们。

这是真心话，如果不是将计就计，把他留在刑警队，说不定会惊动杜晓东，他或逃逸，或转移、销毁证据，我们就被动了。

第二天是星期天休息日，上午我睡了个懒觉起来，照例又带着老婆孩子到父亲家去。

老爷子正在忙活，给院子里那棵无花果树松土浇水，我忙上前接过他手里的铁锨和水桶，让他休息。

他乐呵呵地拍了一下我的后背，说：“小子，行！不出一个礼拜，就破了这么多案子！”说罢，扭头朝屋里喊道，“老婆子，今天中午多弄俩菜，咱爷俩喝几盅！”

老爷子也有点儿夸张，不就是破了一个吗，怎么就成了“这么多”？你说是不是？

第二天：大海捞鱼

一

1998年1月19日，星期一，也是四九第一天，农历腊月二十一。黄昏时分，彤云密布，像是要下雪。天气很冷，寒风是从西北方向的长江江面上刮来的，中保村村委会的食堂里却热气腾腾，一片欢声笑语。

中保村位于鼓楼、雨花两区交界处，原属于雨花区江东乡，前些年刚划给鼓楼区，由于它在外秦淮河以西，南京人把这一片称为“河西地区”。1994年，我由刑警队队长提任为分局副局长，分管刑侦。这两年，我经常到那里去研究以前未破的积案，一来二去，就跟那些村干部熟了。

前不久，他们听说我要离开鼓楼，由分局副局长调任市局刑警支队副支队长，说什么也要为我饯行。今天来的，不光有中保村的支书、村委会主任和治保主任、妇联主任等人，还有老魏和鼓楼分局刑警队的一帮弟兄。对了，老魏已是分局刑警队队长。

席开两桌，每张桌子上都已摆好鸡鸭鱼肉好几个冷盘，中间是个烧炭的大火锅，锅里的水已经开了，正沿着锅盖嗤嗤地冒热气。酒杯碗筷也都摆放停当，就等我们落座，大厨就开始上热炒了。

村支书老黄，一个五短身材的壮实汉子，拽着我在主宾位子上坐下，打开一瓶五粮液，笑呵呵地用他那特有的粗嗓子说道：“朱局长……哦，不对，朱支队长，这顿饭你一推再推，让我很没得面子。这些年，你帮我们破了那么多的案子，要走了，大家一起喝顿酒，我们心里也过得去一点儿！……”

盛情难却，其实到这里搞案子，老黄他们对我们分局的支持和帮助更大。

我接过老黄给我斟的那杯酒，正准备说几句感谢的话，偏偏这时腰间的手机响了。

那时手机还不普及，我到刑警支队任职后，为了 24 小时能找到我，支队给我配了一部。

已经落座的众人，都放下了手里的酒杯看着我，看着我接听这个稀罕玩意儿。

电话是从刑警支队值班室打来的，说刚才玄武饭店有案子发生，市局李局长和张支队长让我立即过去。

老黄一看我接电话的神色，知道今晚这顿酒喝不成了，懊恼得要命。

我合上手机，拍拍他的肩膀，对村干部们拱拱手，说：“没得办法哎，只好下次了，下次我请大家！”又对老魏他们说：“你们代表我吧，好好敬老黄他们！”

话音刚落，老魏也接到了电话，他边接听边朝我走来，俯身低声说："是分局指挥室打来的，说玄武饭店发生了特大盗窃案。"

玄武饭店虽然冠名"玄武"，却不在玄武区，而在玄武湖畔中央路鼓楼区一侧，所以老魏也得去现场。

二

从中保村到玄武饭店，不过半小时车程。我坐在车里，用手机向值班室大致了解了一下案件的情况。

一个住在玄武饭店的香港商人，随身携带的 24 万美元，今天下午被盗。因为数目巨大，市局指挥中心接到报警后，立即转到了刑警支队，同时报告了市局领导。

进了玄武饭店，饭店安保部经理大老李立即将我带到饭店二楼的会议中心。支队长张新华和副支队长老曹他们都端坐在会议室，听几个侦查员的汇报。

看见我进来，老张立刻扬手招呼："快来，正好一块儿听听。市局李局长刚来过电话，说此案直接影响到港商对我们南京营商环境的印象，让我们务必尽快破案。"

前些年，老张从鼓楼分局副职调任秦淮分局一把手，去年又改任刑警支队长，把我调到刑警支队还是他的主意。

我落座后，刚才正在汇报案情的侦查员小顾又继续往下讲，我一边听一边在脑子里复原这起案件。

报案人阎思轩，是香港松城企业有限公司董事长。1 月 6 日，他接到深圳中电投资股份有限公司驻香港工作人员阮某的电话，说是内地的江苏省机械进出口公司，要进口一批复印机，数量很大。如果感兴趣的话，可以和一个名叫刘兵的联系，刘兵是负责这个项目的经理。阮某以前曾给阎思轩揽过好几单大生意，所以阎思轩对他比较信任，很快就跟刘兵取得了联系。因为数量较大，阎思轩觉得好多具体问题在电话里说不清楚，正好自己马上要到天津办事，就约刘兵到那里面谈。

1 月 10 日，两人如约在天津凯悦大酒店见面。刘兵称要进口一万台日本复印机，初步谈妥价格后，刘兵提出要阎思轩在合同的价格上每台加价 50 美元，把这笔加价的钱作为回扣返还给他。阎思轩觉得这是笔大买卖，利润丰厚，也就答应了。于是，刘兵约阎思轩 1 月 19 日到南京，届时要把这笔总共 50 万美元带去，刘兵可以用公司的名义，将其中的一部分兑换成 100 万元人民币，作为保证金交给阎思轩，然后双方正式签订合同。

1 月 19 日下午两点多，阎思轩从香港乘飞机抵达南京，刘兵坐着一辆进口奥迪轿车，在禄口机场接阎思轩。

见面之后，刘兵就问："你钱带来了没有？"

阎思轩说带来了，还打开包给他看了一眼。实际上阎思轩只带了 24 万美元，因为他考虑另外一半反正要作为保证金交给自己，也就没必要带这么多现金往返了。

对此，刘兵也没有多问。

两人一起坐车到玄武饭店，由阎思轩出面登记开房，进了 1014 房间。

坐定以后，刘兵说："今天晚上公司领导要请你在这里吃饭，再敲定一些细节，就正式签合同。"

过了一会儿，刘兵又说："你先洗把脸，我下去到礼品部给女朋友买个礼品，你的房卡借我用一下，那里凭房卡可以打85折。”

后经办案刑警查证，实际上刘兵下楼后，马上到服务台，谎称两人用一张房卡不方便，让服务员复制了一张。拿到另一张房卡后，刘兵立即上楼，回到1014房，对阎思轩说：“挑了半天，没有满意的礼品，下次再说吧。”把房卡还给了阎思轩。

过了一会儿，刘兵看看手表，用手机打了个电话，然后对阎思轩说：“领导已经出发了，我们下楼到餐厅吧。”

在餐厅定好座位以后，刘兵又拨打电话，煞有介事地说：“你们到啦，那我到门口去接你们。”然后转身对阎思轩说：“你在这儿等着啊，我去把他们接过来。”

实际上，他走出餐厅，就快步乘电梯上楼，拿那个复制的房卡开了1014房门，打开那个装有24万美元的包，将美元迅速放入事先准备好的另外一个包内，然后把自己触摸过的茶杯、烟缸丢进坐便器内浸泡，随即背上包逃之夭夭。

那边阎思轩在楼下餐厅等了又等，见刘兵一去不回，心中起疑，赶快上楼回1014房，打开房间柜门一看，原先装钱的那个包，已经空空如也，遂立即拨打110报警。

三

听到最后，我心里不禁想起了说书人常说的两句话：“鳌鱼脱却金钩去，摆尾摇头不再来。”

这个刘兵，不就是这样的“鳌鱼”吗？

我正在出神，肚子却“咕噜咕噜”地响了起来，坐在一旁的大老李耳尖，一下子嚷了起来：“啊呀，不好意思，各位领导还没吃晚饭吧？我们都去餐厅吧！”

老张看看众人，说：“大家都是顾不上吃晚饭就赶过来的，也就不客气了。不过也别复杂，每人弄碗面条就行了。”

大老李说：“那怎么行？我们有这个条件，很快的。”

老张坚持道：“你们是星级酒店，当然有这个条件，但是今天的日子不对，我们还要抓紧时间研究工作，就听我的，一人一碗面条。不然，我们就回支队了！”

大老李只好依言而去，不一会儿，就来请我们到餐厅用餐。

面条没什么出奇的，但是上面青椒肉丝浇头，看上去翠绿可爱，香气扑鼻，吃得我额头上开始冒汗。

老魏一边吃，一边还忘不了跟我嘟囔：“中保村的大火锅，便宜了刑警队那帮小子！”

四

从餐厅回到会议室，老张对大伙儿说：“肚子填饱了，现在大家说说，下一步怎么办？”

也不知是谁，说能不能让画像师按照事主阎思轩的描述画个模拟像，我们登报发动市民提供线索。

我一听就皱起了眉头，前些年为了破“3·24”案，在《扬子晚报》上刊登了嫌犯的模拟画像，让市民举报，结果耗费了大量精力，没有一个是有用的，现在还想搞这个？

老张知道我对这个不感兴趣，也没接这个话茬。

这时正好小顾递过来一个文件夹，说是支队值班室刚派人送来的。老张匆匆看过，又递给我，说：“老朱啊，你看，这是市局指挥中心传过来的李局长批示。”

我接过来一看，只见上面写着：“此案数额巨大，性质恶劣，刑警支队要抓紧时间，全力破案。”

老张接着说：“怎么办？你说说你的意见。”

“我刚到支队工作，还是先听大家的吧！”我推让了一下。

“你别给我谦虚，你在支队就是负责现行案件侦破的，你不说哪个说？”老张过去当过我的领导，现在又是我们领导班子的班长，对我说话就比较随便。

我只好开口：“现在我们必须抓紧做的，还是那几板斧：一，马上跟江苏省机械进出口公司核实，到底有没有刘兵这个人；二，尽快找到那辆进口奥迪轿车，这是搭载过刘兵的交通工具，看能否找到一些线索；三，部署警力，搜集案发当天下午，全市范围内突然离开宾馆饭店可疑人员的情况；四，在玄武饭店周边范围内查找，有没有出租车在案发后搭载过刘兵这样体貌特征的乘客；五，调看禄口机场、机场高速公路出口处及玄武饭店的监控录像带，看有无可疑情况。”

我根本不提画像的事，因为那个太不靠谱。根据事主的描述，刘兵说话带有东北口音，很可能是个外地人，只是到南京行骗作案，你画得再像，到什么范围去找？

老张立即拍板：“就这么办！老朱啊，这个案子就由你牵头抓，有什么需要协调的，随时说！”

就这样，这个案子就成了我到刑警支队后负责的第一个大案，我不得不倾注全力。

各项工作连夜开展，第二天各路消息陆续传回专案指挥部。

那辆进口奥迪轿车，很快就找到了。但是据司机讲，他是某单位的公车司机，昨天到禄口机场送领导，有一个人给他200块钱，让他回程时送自己和朋友到玄武饭店。根据他的描述，那两个人就是刘兵和阎思轩。玄武饭店楼内没有摄像头，查看那个时段面向进出口的两处监控录像，并没有拍到刘兵的面部。

至于阎思轩提到的那两家公司，即江苏省机械进出口公司和深圳中电投资股份有限公司，经侦查员查证，他们提供的情况是这样的：

1月4日，深圳中电投资股份有限公司经理赵某，接到一个来自南京的电话，对方自称是电子工业部常务副部长的侄子，叫刘兵，在江苏省机械进出口公司当经理，现在想进口一批质量好一点的复印机。经中国电子进出口总公司原任总经理介绍，希望深圳公司能介绍一位香港商人代理进口。深圳公司的赵某知道电子工业部确实有一个姓刘的副部长，中国电子进出口总公司又是他们的上级单位，原任总经理的名字也对，而且对方没别的要求，只是请他们从中介绍一下，便没有多想，马上指示其下属的驻香港工作人员阮某代为寻找港商。没一两天，阮某就向刘兵介绍了香港松城企业有限公司董事长阎思轩。

但是经过调查，江苏省机械进出口公司根本没有刘兵这个人。

这些情况说明，这个名为“刘兵”的人，只是利用人们的某种心理，以假冒的副部长侄子身份，让正规的中资公司出面，介绍香港商人。而香港商人阎思轩见是素有业务往来的中资公司介绍来的生意，便放松了警惕，着了骗子的道。

五

开头那几板斧砍是砍下去了，但是没有见到明显的效果，刘兵这条“鳌鱼”，依然踪迹全无。

他是怎么来的？又是怎么走的？我们还是毫无头绪。

虽然我坚信，只要是人，在经过的地方，都会留下一定的痕迹，但是这些痕迹在哪里？怎样才能把它找出来？

这几个问题没日没夜地缠着我，搞得我茶饭不思，但是每当我走进专案组办公室，望着专案民警忙碌的身影，我又充满了信心。有这么多刑警在行动，我们早晚能够找到刘兵这个骗子！

那天，我听说失主阎思轩还在南京，就带刑警小顾又去了一趟玄武饭店。

玄武饭店是一座带弧形的三面体建筑，底层的走廊弯弯曲曲，像迷宫一样，也难怪刘兵得手后，能够顺利逃脱，因为餐厅和大堂之间隔着重重回廊，刘兵不用担心被阎思轩看见。

坐电梯上楼到 1014 房间，敲门进去，只见阎思轩正在收拾行李。

见我们来了，他以为找到了刘兵的下落，等听我说明来意，顿时面露失望之色。

这是个相貌忠厚的中年人，我很能理解他的心情，千里迢迢到南京来做生意，却上当受骗，巨款被窃，心里一定既着急又懊恼，就安慰道："阎先生，出了这样的事，我们也感同身受。请你相信我们，给我们一点儿时间，我们一定能侦破此案，替你追回损失。"

阎思轩只是出于礼貌，"哦哦"应答了两声。

他的表情告诉我，我的话他并不相信。敷衍了几句后，他指指行李，对我说："马上就要过年了，我已经订好机票，明天就回香港。"

阎思轩家在香港，春节肯定要回家团聚，我们不可能一直让他在南京等候，况且这个案子现在也没什么头绪，谁都没有把握能不能破，什么时候破。

不过他毕竟是失主，既然还没走，我还是要尽可能从他那里了解一些有用的情况，就问："阎先生，为了尽快破案，我们想了解一下，你在和刘兵打交道的过程中，有没有发现比较反常的情况？"

听我这么一问，阎思轩想了一下，说道："19 号上午，就是我到南京来的那天，我在香港上飞机前，刘兵好几次拨打过我的手机，问我是不是正常起飞，钱款准备好了没有？听他的语气，很是关心。我手机上显示他打的是座机，可是见了面，我发现他也有手机。想到以前跟他联系，他用的也都是座机，现在看来，他是怕我知道他的手机号码。"

阎思轩讲得没错，刘兵就是怕案发后警察通过他查到自己的手机，才特意使用座机。不过那天他用的那几个座机电话，又是在哪里打的呢？

我要过阎思轩的手机，打开一看，那个时段刘兵打来的电话号码果然还在。

我马上掏出笔记本，把它们记了下来。之后，我一边翻看手机上的通话记录，一边问："这里面还有哪些电话是刘兵打给你的？"

阎思轩说："我和他联系，一般都是用座机，手机上没有记录，即使刘兵打到我手机上，这么长时间，我也记不住，上次你们的警官已经把1月6日以后我和内地联系的电话号码都抄去了。"

那些电话可以慢慢查，但是案发那天上午打的那几个电话，是刘兵与阎思轩最后的电话联系，比较重要，说不定能从中找出刘兵的活动轨迹。

从阎思轩那里告辞出来，回到车里，我马上把刘兵使用过的电话号码发回支队，让负责联系电信部门的小苏去查。

车子离开玄武饭店后不一会儿，小苏就来电话告诉我，刘兵在案发那天给在香港机场的阎思轩打电话，用的是南京古都饭店402房间的座机。

我立刻让小顾的车折向古都饭店。

到那里一查，发现这个房间的客人在案发当天就已经离开，前台登记的身份证上名字叫龙伟。根据服务员描述，龙伟的体貌特征，跟阎思轩所描述的刘兵一样。回支队再一查，发现这个龙伟的身份证是假的。

专案指挥部根据这个情况，决定立即在全市对所有宾馆饭店进行清查。第二天，情况陆续汇总上来。这个使用名为龙伟假身份证的人，从1997年11月18日到1998年1月19日，先后在南京住宿过五次，其中虹桥饭店一次，西华门饭店两次，古都饭店两次，他每次办理住宿登记时留下的字迹也被我们获取。

此外，我们也了解到，在这五次抵离南京的时间段里，他从饭店客房拨打出去的电话号码，一共有 114 个。经逐一比对，这些电话涉及北京、上海、广州、深圳、湖北孝感和香港地区。

为了查证这些电话，刑警支队组织力量分别上北京，下广州，去上海，到天津，赴深圳，奔孝感。结果查明，这些被叫号码大多是贸易单位和港商代理。这个自称刘兵的人拨打这些电话，目的就是想以骗盗阎思轩巨款的类似手法，欺骗盗窃其他人。

有一次，办案民警在调查时听一个港商说，在最后快要见面的时候，他及时识破了对方的企图，立即中断了联系。还有一次，另一位港商告诉办案民警，他因为见面时未带现金，对方立即借故离去。

由此可以断定，1 月 19 日那天，如果阎思轩身上没带巨额现金，刘兵在禄口机场肯定也会撇下对方，溜之乎也，不会再有后来玄武饭店那一幕。

通过逆向调查刘兵与阎思轩等人联系的电话，发现刘兵除了用南京这三家宾馆的客房座机打过电话外，他还使用过别处的电话与行骗对象通话。经我们对这些号码逐一查证，发现这些可疑的号码，都是北京等地的公用电话或磁卡电话。

经过好几个昼夜的不间断工作，专案指挥部分析认为，刘兵都是通过查电话号码，打电话给国内的大贸易单位，然后找中介人，找港商，因此发案后谁也说不清刘兵的身份，而其住宿使用的是假身份证，打电话均使用公用电话和宾馆客房电话。

六

这是我到刑警支队后负责的第一起大案，对手十分狡猾，侦破工作一时陷入困境，我感到压力山大。

但是这条狡猾的“鳌鱼”，却也激起了我与之斗一斗的雄心！在侦查员外出走访调查时，我就待在专案指挥部里，把各种材料摊在桌上，反复比对，苦苦思索，找寻案件的突破口。

各方汇总的材料看了又看，我最后归纳出此人行骗盗窃必需的三个条件：电话、住宿和交通工具。

对于电话和住宿，我们已掌握一些线索，但是它们的价值有限，无法引导我们就此破案。但是交通工具呢？

这个刘兵打电话的地点分布比较广泛，忽而在北京，忽而在天津，他应当是流窜作案，而在两个月内五次进出南京所利用的交通工具最有可能的是飞机。如果乘坐飞机，就必须持本人身份证购票登机，机场对于乘客身份证的查验十分严格，刘兵出于安全考虑，应该不会使用假身份证购票登机。这样，我们就可以从他可能乘坐的航班中找到他，但是他乘坐的具体航班我们并不清楚。怎么办？

再一想，我又有点儿兴奋。尽管我们不知道刘兵乘坐的具体航班，但是，通过走访他所住过的旅馆工作人员，我们已经掌握了他每次来南京登记住宿和离店结账的日期。这是一个已知条件，能不能通过这个已知条件推断出他可能乘坐的航班呢？

应该是可能的！刘兵五次往返南京共十个时间段，我们可以对这十个时间段中抵离南京的航班乘客进行交叉比对，如果某个人重复出现在这些航班中，那么他很可能就是那个自称刘兵的作案人。

我的这个思路立即得到了老张和老曹他们的认可。

大家紧张的情绪一下得到了释放，都认为案子有了突破口，破案就在眼前。

专案组立即行动起来。通过梳理，列出了这五次往返共十个时间段进出南京的乘客名单，一共有 300 多个航班 3 万多人次。为此，电脑技术人员编制了比对程序，将它们逐一输入电脑，代替人工操作。

想法虽然不错，现实却很无情。比对工作开始后，出现了一个我事先没有想到的问题。航班机票登记名单，都是由汉语拼音组成，如李军、李君、李俊、李骏、黎军……都被写成 li jun，这样，汉语拼音相同的乘客人数远远大于汉字姓名相同的乘客人数。在这些航班的乘客名单中，我们发现拼音字母两次相同的人有 6000 多个，三次相同的有 2600 多个，而要查证这些人的身份更是困难重重！那时买机票都在各航空公司的售票点，这些售票点分布在全国各个城市，要查一个人，首先要确认这张票是从哪一个售票点卖出的，然后再到这个售票点去调阅购票人留下的记录，才能查到他的真实身份，这 300 多个航班涉及全国各地，我们要动用多少力量，才能把作案人找出来？

想起前几年在侦破金陵饭店盗窃案的时候，范围划定后，我们只需在 18 个饭店保安里面筛查，而今天这个案子，刘兵这条“鳌鱼”和玄武饭店并没有瓜葛，要想把他从饭店之外的无限范围里捞出来，堪比大海捞针！

但是，面对这不大可能实现的任务，我不甘心就此放弃。

春节一天天临近，南京城里的节日气氛越来越浓，但我一点儿过年的心思都没有，脑子里只是想怎么在这个大海里划分出一些范围小一点儿的区域，便于我们打捞这条“鳌鱼”。

七

1 月 30 日，是大年初三，案发至今，已经整整十天过去了。

一大早起床，我用冰冷的自来水洗了一把脸，脑子里忽然灵光一闪。

我匆匆吃了点儿过年剩下的残羹冷炙，只身一人来到了鼓楼分局，对正在值班的老魏说：“你把队里的侦查员能来的都给我召集过来，今天我要把案子破掉！”

老魏似信非信地看着我，傻傻地问：“真的？”

“我让你去，你就去！”我胸有成竹地说。

我敢说这个话，是因为我觉得自己已经给这个浩瀚无边的大海划出了一片区域。前段时间我们试图在刘兵五次往返南京共十个时间段的所有航班中排查出这个对象，范围确实太大，乘坐航班的对象太多，难以找出作案人。但是如果能确定其中两个相对比较准确的时间段抵达南京的航班，把 6000 多个人缩小到几百人，这个排查比对的范围不就小得多了吗？

老魏和值班刑警立即分头打电话找人，对方一听老领导今天要带他们破案，能来的都来了。

刑警们到齐后，我对他们说：“案子没破，大家也没心思过年，但是今天，我已看到了胜利的曙光！”

听我这么一说，大家个个摩拳擦掌，跃跃欲试。

我很理解他们，当刑警的，就怕没有目标，有了目标，再苦再累都不在话下。

接着，我详细摆出了我的理由：“在前一阶段的电话查证材料中，我发现这个刘兵曾于1997年12月2日上午10时27分至11时19分，在南京禄口机场用公用电话连续三次打电话到香港找一名中介人。结合刘兵在南京的住宿情况，这个信息告诉我们，他应该是在这天上午10点27分之前乘飞机抵达南京的，对不对？”

众人点点头。

我继续说：“我查了一下，在这个时间段内，南京禄口机场共有三个进港航班。如果把这一点作为已知条件，那么它就像在地图上确定了一个‘经度’，我们只要通过类似办法找到刘兵另一次抵达南京的时间，就相当于确定了‘纬度’，把‘经度’和‘纬度’放在一起，它们的重合之处，就应该能够找到这个自称刘兵的人。对不对？”

众人又都点点头。

我又说：“在前一段的调查中，我们已经掌握了他每次来南京登记住宿和离店结账的日期，但是查下来以后，发现范围太大。为什么呢？因为饭店对客人入住时间的登记不是很精确，往往只记个日子，没有具体时间，要查就得去查那天整整一天的航班。怎么缩小呢？先把他离店的这五天放一边，这就减少了一半，再把他五次来南京登记住宿的时间，减去 1997 年 12 月 2 日这一天，就只剩下四天。如果我们把这四次来南京的日期进一步定位在具体的时间段上，比如上午几点，下午几点。这样，范围不是又缩小了吗？”

大家频频点头。老魏冒出一句：“是的哎，那怎么弄呢？”

我看着老魏，说：“你别急！我告诉你们。”转而向众人，“你们今天的任务，就是分头到虹桥、西华门和古都这三家饭店，去了解这个叫‘龙伟’的人，来南京这四次登记住宿的准确时间，上午还是下午，大概几点？我们只要找出哪怕一次准确的时间，就可以拿这个时间段飞抵南京的航班和 12 月 2 日上午的那三个进港航班进行比对，找到这个家伙。”

刑警们都兴奋起来，凑在一起商量了一下，分别前往。

这次我暂时没让他们查刘兵离店的时间。因为从到达酒店的时间反过来推算飞抵南京的航班相对比较容易，离店之后什么时候飞离南京，就很难说了。

八

一个上午过去了，刑警队里那间办公室静悄悄的，过去它属于我，现在属于老魏。

我一杯接着一杯，老魏给我泡的那杯浓茶已经喝得像白开水。老魏还要给我重泡一杯，我摆了摆手，站起了身子。

今天是大年初三，正是春节探亲访友最热闹的日子，刚才老婆来电话说家里来了亲戚，催我回家吃午饭。

正在这时，我的手机又响了，是程翔。

他在电话那头兴奋地说："领导，我在虹桥饭店找到一个了！"

我也一下子兴奋起来，说："你待在原地等我，我们马上过去！"

等我和老魏赶到虹桥饭店，刑警支队也接到我的通知，来了几个刑警。

大家找了一间屋子，迫不及待地听程翔汇报情况。

程翔拿出一张纸，向我们说："这是'龙伟'在11月18号入住虹桥饭店的住宿登记单，上面没有具体时间，但在背面有'出租车送来'这几个字。我问饭店这是什么意思，饭店经理有点儿不好意思地说，他们有个规定，出租车每拉一个客人，就付给他们100元，所以就在背面标注了一下。我再问，那这个出租车司机是哪个？他又找来了一张住房确认单，就是这张。"程翔又拿出一张纸，这上面有出租车车牌号和司机姓名。

我急切地问："结果怎么样？"

程翔说："我已经找到这名司机。据他回忆，是11月18号11点多，在民航班车从机场到市区的终点站拉上那人的。那人大包小包，操外地口音，应当是刚从民航班车上下来的。司机为了多挣车费，故意在市区里绕了一大圈，11点55分才把他拉到虹桥饭店，所以记得比较清楚。"

由此看来，11月18日11点之前，应该就是刘兵乘飞机来南京另一个比较确切的时间，把这个时间段到达南京的航班，和12月2日上午抵宁的航班作比对，不就可以从中找到我们想要找的人了吗？

想到这里，我不由得一拍桌子，说："程翔，你立功了！"

这时已经过中午 12 点了，老魏要请大家在这里吃饭。现在的当务之急，是马上回支队比对航班名单，哪还有闲工夫在外面四平八稳地吃饭？

我瞪了老魏一眼，也不管大家怎么想的，直接就说："这几天过年，天天大鱼大肉，不如都到支队食堂，让师傅下点儿面条，早点儿吃完，早点儿干活儿！怎么样？"

大家纷纷说好。

九

回到支队，我把老魏和程翔带到食堂去用餐，支队的小顾他们则立即到电脑室调取航班乘客名单进行比对。

食堂的沈师傅手脚麻利，一边烧开水下面条，一边切肉丝青椒丝，起油锅翻炒。不一会儿，几碗热气腾腾的面条连同一大碗浇头，就端到了我们面前。

我刚端起碗，手机铃声响了，放下碗打开一看，是老婆打来的。

坏了，家里还有客人，老婆肯定是来催我的！我只好说软话："现在工作上有重大突破，大家都在这里忙呢！中午回不去了，你就替我跟客人打个招呼吧！"

老婆也是干公安的，应该能明白我说的"重大突破"指什么。

"呼噜，呼噜，"老魏一边吸吮着面条，一边口齿不清地说："上次玄武饭店吃的就是面条，今天到支队食堂还是面条，而且浇头也是一样。领导，你是不是把玄武饭店的师傅请到这里来了？”

老魏倒也不是瞎猜，上次在玄武饭店吃过青椒肉丝浇头面后，味道让我难忘。这些日子为了办这个案子，吃住在支队，经常让食堂沈师傅做这个浇头面。

我们这边面条还没吃完，小顾就喜滋滋地跑来告诉我：“支队长，结果出来了！11 月 18 日和 12 月 2 日这两天的上午 10 时 01 分，从沈阳飞抵南京的航班乘客名单里，有一个姓名拼写一模一样的汉语拼音：yu xiao song。”

我三口两口把面条吃完，一边往电脑室走，一边问小顾：“这个 yu xiao song 是不是我们要找的那个自称刘兵或者龙伟的人？”

小顾说：“这两张机票是沈阳飞南京的，它上面的汉字姓名和身份信息只能在沈阳的售票点才能查到。如果要查这个 yu xiao song 的身份信息，最好是查从南京飞外地的航班，因为只有从南京起飞的航班才可能在南京售票。”

“好！我们暂时先不管刚才查到的这两个飞抵南京的航班。现在马上把这个叫刘兵或者龙伟的作案人离开南京的五个时间段航班调出来，把这个 yu xiao song 放到里面去进行比对，哪个航班中有这个 yu xiao song，我们就可以顺藤摸瓜，去查这张在南京出售的机票上面的身份信息。对不对？”我一边说，一边在电脑室的电脑前坐下。

小顾一边听一边点头，随后就按我说的在电脑上操作。

以前我们在电脑上比对，只是在找相同的姓名，而我们自己手里并没有一个具体的名字。现在则不同了，我们有了 yu xiao song 这三个汉语拼音，把它输入电脑，很快就有了发现。

第一个蹦出来的，是这个 yu xiao song 于 1997 年 11 月 26 日飞往北京。

看到电脑屏幕上的这行字，小顾二话不说，立即抄起电脑边上的电话，向航空公司查询，这张机票是从哪里卖出的？

这时老魏吃完饭，抹着嘴，也来到了电脑室，见大家屏声静气地盯着小顾手里的电话，也站在一旁倾听。

终于，对方在电话里说："不好意思，让你们久等了！这张 11 月 26 日从南京飞往北京的机票，是在禄口机场售票处售出的。"

现场顿时一片欢腾，老魏马上踅摸到我的身边，主动请缨："领导，我和程翔不能白吃支队的饭，让我们去禄口机场查吧！"

哈哈，老魏立功心切啊，我笑了笑，说："也好，你们快去快回！"

老魏他们走后，我让小顾他们几个分头在电脑上操作，把 yu xiao song 其他几次乘飞机抵离南京的时间，和刘兵（龙伟）五次往返南京登记住宿和离店的时间逐一进行比对，最后发现，两者的时间完全吻合。

yu xiao song，你这条"鳌鱼"终于浮现了！

突然，我想起小顾他们现在还饿着肚子，马上说："快，快到食堂吃饭，吃完饭抽空回家一趟，说不定今晚就要行动。"

这是我的一条经验，一旦作案人身份查明，侦查员很可能马上就要出发，前去抓捕。

正想给老婆打个电话，问问家里的亲戚走没走，手机却先响了，是老魏打来的。

他在那头兴奋地说："领导，我们查到了！这个 yu xiao song，汉字是'于小松'三个字。'于'，干钩'于'，'大小'的'小'，'松树'的'松'，他的身份证号是××……××。"

我一边让支队的值班刑警去查他的身份信息，一边把这个重大情况向支队长老张汇报。

等到老张闻讯赶到支队，我们已经查明，这个于小松系辽宁省阜新市人，30 岁，户籍地址是阜新市海州区中阜路××号。

老魏他们也从禄口机场回来了。

他带回来的于小松购机票时留下的字迹，经文检技术人员把它与那个龙伟办理住宿登记时所留字迹进行鉴定，两者完全一致。

至此，先后化名刘兵、龙伟真实姓名为于小松的"1·19"特大盗窃案的作案人，这条骗盗香港商人阎思轩 24 万美元的"鳌鱼"，终于被牢牢锁定，并且很快就要被我们捕捞进网。

十

在接到老张关于案情有了重大突破的报告后，市局李局长在电话里高兴地说："太好了！事不宜迟，你们再辛苦一下，马上派人去辽宁，把人抓回来。"

放下电话，老张对我说："老朱啊！这些天你茶饭不思，年也没过好，抓人的事，我来办吧！辽宁那边我熟，你就在家好好休息几天！"

当天晚上，老张亲自带队，带上小顾和另外几名刑警，从支队直接去了禄口机场。

第三天晚上，轮到我值班。

半夜时分，我听见汽车进院的马达轰鸣声，从办公室探头往外一看，只见几台汽车鱼贯而入，车灯把刑警支队的院子照得亮如白昼，肯定是老张他们回来了。

我赶紧披衣下楼，正看见老张一行风尘仆仆地从车上下来，押着一个脑袋上戴着黑色头套的家伙。不用问，这应该就是那条“鳌鱼”于小松了！

老张一边吩咐小顾把于小松带到审讯室，一边朝我走来。

我迎上前问：“怎么这么快就回来了？”

从案发到把人抓回来，前后不过十二三天，老张因此显得十分高兴，笑呵呵地说：“前天我们赶到机场，当晚已经没有飞沈阳的航班了，只好先飞到大连，然后又从大连飞沈阳。昨天上午，顶着大雪，从沈阳赶往阜新。辽宁同行真不错，要车给车，要人给人。昨天晚上，就在派出所民警的带领下，找到了他家。”

我忙问：“要不要组织连夜突审？”

老张笑着说：“老朱啊，这个事你就别管了！我在路上已经跟老薛打了电话，让他连夜审讯。他负责这一块，我们不能抢他饭碗啊！”

我刚到支队，情况还不大熟悉，副支队长老薛就是专门负责预审的。老张不提醒，我差点儿忘了。

老张和我来到审讯室外间，一边通过电视屏幕看老薛审讯，一边继续跟我说抓捕细节：“这个于小松啊，没想到我们这么快就找到他，昨天晚上还美滋滋地在家里和亲友喝大酒呢。敲开门后，他家里人还以为我们是他朋友，一个劲地往里请。于小松出来一看，这么多陌生面孔，转身就跑。到后门一看，也有两个便衣警察守着，笑着对他摆摆手，‘你还是回去吧’。他只好束手就擒。”

“他盗走的那24万美元呢？”我想到了那个香港商人阎思轩愁苦的样子，希望老张能把这笔巨款一块儿追回来。

“我们搜了，从他家搜出168万元人民币存款，2.9万元人民币和4900美元现金，都带回来了。其他的嘛，他都挥霍掉了。”老张有点儿无奈地说。

老薛还真有两下子，经过一夜审讯，于小松不但承认了“1·19”玄武饭店一案是其所为，还交代了另外以同样手法作案四次的事实。其中：1993年8月9日，在太原市山西大酒店盗窃港商价值130余万元人民币的财物；1995年9月29日，在武汉市亚洲大酒店盗窃港商25万美元。后经我们与太原、武汉两地公安机关查证，确有其事。这是后话。

我看着于小松一件件交代，不知怎么想起了那天把他拉到虹桥饭店的出租车司机。那个司机为了多收出租车费，故意在南京城里绕远兜圈子，其实也是一种欺诈行为，只不过没有相应的法律条文进行制裁而已。这种心术不正的人，如果像于小松那样自认为自己见多识广，机警善变，说不定也会耍小聪明，去诈骗别人。从古到今，形形色色的骗子，就像落叶一样，扫掉一批，又会落下一批。善良的人啊，一定要警惕！

十一

2月4日大年初八，早上，办公室桌上的电话响了，一接听，是不常听到的港腔：

“朱警官哪，我系阎思轩，我刚刚接到了你们的通知，让我择日到南京办理赃款返还手续。谢谢你啦朱警官，没想到你真的这么快就把案子破了！”

“阎先生，不要客气，我还要感谢你及时给我们提供线索呢。”这倒不仅仅是客套话，我们就是依靠阎思轩提供的临上飞机时于小松打的那两个电话，找到了于小松在南京以“龙伟”名字落脚的宾馆，找出了他进出南京的航班，查到了他的真实姓名，最终将他从千里之外捉拿归案。

放下桌上的座机，手机又响了。

一接通，原来是中保村支书老黄，话筒里传来他的大嗓门儿：“支队长啊，我们在报纸上看到了，你又破了个大案子……”

我连忙打断他的话：“是大家一起破的！”

他马上说：“对，对，大家一起破的，但是你的功劳也摆在那里哎！上次你酒没喝成，现在年还没过完，哪天我们为你再摆一桌庆功酒，啊好？”

第三天：张网擒兽

一

那天晚上，难得按时下班，走到巷子口，见熟食店老板正把刚从锅里捞出来的盐水鸭一只只挂在那里沥干，就上去跟他打招呼："老板，给我斩半只，啊好？"

胖老板答应着说："没得问题，每天来半只，最好！"

他摘下最先挂上的那只，拿起剁肉的刀，先把长长的鸭脖子砍下，然后前后看了一眼，"咔嚓"一刀下去，盐水鸭被劈成两爿。他拿过其中一爿，顺着鸭子的体势把它斩成均匀的肉块，左手张开五指把住鸭块，右手用刀贴着砧板，往左一划，一块不漏地将它们整整齐齐放入餐盒中，再把鸭脖剁成几段、鸭头从中剖开，也分成两份，把其中一份插花似的放在大块鸭肉之上。

我看得有点儿出神，成语"庖丁解牛"，描写的大概就是这个样子吧。直到胖老板合上餐盒，递到眼前："15 块！"我才回过神来。

回到家里，我把盐水鸭往桌子上一放，朝正在厨房忙碌的老婆喊了一声："你今天少炒个菜，我斩了半只鸭子!"

之后，我一屁股坐到沙发上，打开了电视。

中央电视台的《新闻联播》正在播一条消息："……北京时间1999年5月8日清晨5时45分左右，以美国为首的北约部队用B-2隐形轰炸机投下了五枚联合直接攻击弹药（JDAM），击中了位于南联盟首都贝尔格莱德樱花路3号的中华人民共和国驻南斯拉夫联盟共和国大使馆。当场炸死新华社记者邵云环、《光明日报》记者许杏虎和朱颖，炸伤数十人，造成大使馆建筑的严重损毁。……"

还有这样的事?! 我感到十分震惊。

这条新闻播完以后，国家副主席以一种十分罕见的方式出现在电视屏幕上。他神色凝重，一字一句地宣读了中国政府就中国驻南联盟大使馆遭北约轰炸一事发表的声明："5月7日午夜，以美国为首的北约悍然使用导弹从不同角度袭击了中华人民共和国驻南斯拉夫联盟共和国大使馆，使馆损坏严重，并造成三人死亡、两人失踪、二十余人受伤。以美国为首的北约对南斯拉夫四十多天的狂轰滥炸已经造成无辜平民大量伤亡，现在又发展到轰炸中国驻南大使馆，北约的这一行径是对中国主权的粗暴侵犯，也是对维也纳外交关系公约和国际关系基本准则的肆意践踏，这在外交史上是罕见的。中国政府和人民对这一野蛮暴行表示极大愤慨和严厉谴责，并提出最强烈的抗议。以美国为首的北约必须对此承担全部责任，中国政府保留采取进一步措施的权利。"

这美国佬欺人太甚，这笔血债早晚要让他们偿还!

二

那天晚上一边看电视一边吃饭，不知不觉一个人把半只鸭子都吃了。一看时间已经很晚，也就没下楼行走消食，洗洗就躺下了。

不知是电视上军事评论员的解说让我心里烦躁，还是吃到肚里的鸭肉难以消化，反正躺在床上一直辗转反侧，迟迟不能入睡。好不容易迷迷糊糊，似睡非睡，一阵手机急促的铃声又把我惊醒，一看手表，才凌晨两点。

“支队长，鼓楼分局刑警队刚才来电话，说铁路南街××号503室发生一起杀人案，你要不要去现场？”电话是刑警支队值班室打来的。

废话！不去现场这个时间你打电话给我干什么？现场我肯定是要去的，这是我在鼓楼刑警队养成的习惯。杀人案件，如果不是第一时间到现场，很可能漏掉一些细节，往往这些细节包含着重要信息，对决定侦破方向具有重要价值。

我起床洗了把脸，头脑清醒了不少。老婆在床上口齿不清地说：“带盒牛奶和饼干……”

带什么带？肚子现在还是胀鼓鼓的。

自从当上刑警以后，从睡梦中被报案电话惊醒，我已习惯。

凌晨的马路上一片寂静，车开得十分顺畅，十几分钟后就到了现场，鼓楼分局刑警队队长老魏等人，都已经在那里了。

这是一间很小的屋子，里面只有一张单人钢丝床，死者是个女性，全身赤裸，仰面躺在床上。经法医目测，死者先遭钝器击打头部，后又被掐、捂、勒，以致死亡。屋子里没有像样的家具，真可以说是家徒四壁，所以现场没有什么大的翻动，仅在地面留有几枚带灰尘的皮鞋脚印。

过去出现场，我都能保持职业的冷静，今天却很愤怒。凶手真是个畜生！昨天，美国在南斯拉夫轰炸我们的大使馆，他也不消停，跑来残杀自己的同胞！

比我先到的老魏，见我气色不对，捱了一会儿才过来把案发经过简单说了一下。

今天凌晨一点多钟，有个叫夏稚的打电话到刑警队报案，说自己的同居女友在家中被人杀死。

“夏稚人呢？”我看看周围，没发现陌生人。

“在刑警队呢！”老魏回答。

“走，回分局，看他怎么说？”我一边说，一边就往外走。

三

夏稚是个30岁左右的精瘦男人，我照例先问他的职业、年龄等基本情况。

他一开口，却让我有些吃惊。

“我今年30岁，我老婆迟晓琳24岁，但是我们没有领结婚证。我无业，就靠老婆站街拉客到家挣钱吃饭。”

站街拉客就是卖淫，这个家伙够不要脸的。我极力压制心中的厌恶，问他：“你把来报案之前的事详细说一说。”

“昨天晚上，迟晓琳到玄武饭店对面的圆梦歌舞厅那边去揽活儿，出门前让我也走，把家里的地方腾出来。个把小时以后，大概 8 点多钟，我听见外面马路上有人游行，抗议美国轰炸中国大使馆，就出去看热闹。我家是五层，刚下到二层，就看见老婆带了一个人上来，擦身而过时，我还看了那个人一眼。”

“那个人长什么样？”

“晚上了，光线不好，没看清。过去都是我出去一两个小时后回家，从来没碰上，这次是好奇。”

“后来呢？”

“我在外面看了一会儿热闹，大概个把小时，上楼回家一看，老婆光着身子，倒在床上，已经死了。”夏稚有些悲伤地说。

“那你为什么不马上报案？”因为老魏之前告诉我，夏稚是凌晨一点多报的案，这时距迟晓琳死亡至少两三个小时了。

夏稚赶快解释道：“我一看这个情况，心里就慌了，不知道该怎么办。后来才想起到我姐姐家，去跟她商量。她听我说了以后，也没得什么好办法，就劝我来报案。”

四

这时，天已大亮。

老魏跑来说食堂准备了烧饼油条，让我去吃早饭。他这么一说，我才发现自己原来有点儿发胀的肚子，现在已空空荡荡。

我让他们给夏稚也拿两个，便起身来到老魏办公室。

老魏一手拿着油条，边比画边说：“按照夏稚的说法，迟晓琳带了一个嫖客回家，最后被杀死。可是现场并没有发现这个嫖客的指纹和其他痕迹啊！这说明他没有跟迟晓琳发生性关系，这不符合逻辑嘛！嫖客是干什么去的？另外，这个案子也没有因盗窃而杀人的迹象。我看很可能就是因为夏稚与迟晓琳发生矛盾，一怒之下将其杀害，然后伪造现场报的案。”

我觉得他说的也有道理，吃了块烧饼，喝了碗豆浆，抹了抹嘴，起身说道：“那你们就再好好审审，然后把情况告诉我，今天上午我还要到市局开个会。”

中午时分，我开完会刚回到支队，老魏就打来电话：“领导，夏稚交代了！他就是因为对迟晓琳既吸毒又卖淫，一直很不满，那天为了钱的事，又吵了起来，一气之下，就把迟晓琳掐死了。”

“真的假的？不会是你逼着夏稚承认的吧？”我有点儿不相信。

老魏连忙在电话里说：“没有没有，绝对没有！是因为夏稚觉得老婆死了，自己活着也没啥意思了，就承认了。”

几天以后，老魏他们把各种材料备齐，送到我这里，我仔细看了一遍，觉得还是有两个疑点。

第一，在现场提取的一只鞋印与夏稚的鞋明显不符。老魏对我解释说，这个鞋印可能是前一个嫖客留下的。

我觉得这个倒也有可能，但是一定要认真分析，要根据现场遗留的鞋印行走痕迹，判断出它与犯罪动作有无内在联系，这样才能确定它是一般嫖客还是凶手所留。

第二，迟晓琳身上带有一串钥匙，要不然她也开不了防盗门和家门，但遇害后却不见了。如果夏稚是凶手，他没有必要把它拿走，因为他自己也有这样的钥匙。如果是他拿出去扔掉了，也应该能说出下落。但是老魏他们反复审问，夏稚就是说不出。

我让老魏把这两个疑点尽可能搞清楚，免得批捕起诉材料报到检察院那里被退回。

五

没想到，老魏那边还没消息，玄武区又发生一起类似的案件。

6 月 4 日那天下午 4 时许，住在玄武区月苑小区×村×栋 402 室出租房的女子王丽霞，回家时用钥匙打开房门，发现同住一房的女性室友徐娜被杀死在床上。

我赶到现场，发现死者全身赤裸，但是她的肛门、阴道内插着口红等物，说明凶手有性变态倾向。经法医勘验检查，死者生前遭殴打，后被掐、捂、打击头部致死。

报案人王丽霞面对我们的讯问，一直支支吾吾。

后来我们拿出屋内找到的避孕套等物品，再三追问，她才开口说出了实情："我和徐娜，都是东北老乡，到南京没多长时间。我俩平时都到玄武饭店对面的圆梦歌舞厅站街，有人跟我们搭话，就领到这里来。今天下午，徐娜先拉到一个客人，就回这里了。后来我也搭上一个，想到徐娜在这里，不方便，就跟对方到了一个小旅馆。完事以后，回到这里就看见徐娜死在了床上。"

原来她们都是做皮肉生意的卖淫女，我皱了皱眉头，问道："你看见徐娜带回来的那个人长什么样？"

王丽霞看了我一眼，声音弱弱地说："我和徐娜隔了一段距离，而且当时正好有人跟我说话。只看见她带人走，没看清那个人的模样。”

问话完毕，我准备离开，想不到王丽霞一下子站起来，流着眼泪对我说：“警察同志，徐娜是我小姐妹，又是老乡，死得这么惨，你们一定要把那个凶手抓到。让我做什么都可以！”

六

出完现场回来，已经过了饭点，我在办公室泡了袋方便面，边吃，边一张张翻看技术室洗印出来的照片。

那枚在现场提取到的长约 28 厘米皮鞋印，让我感到似曾相识。

我放下面碗，从文件柜里找出鼓楼“5·9”案的那个脚印照片，一比对，竟十分相似。

我马上打电话叫来值班的技术员小齐，让他拿走这两个鞋印去做技术鉴定。

随后，又拨了一个号码：“老魏啊，玄武区月苑小区那边有个现场，跟你们的‘5·9’案很像，你现在就去看一下……什么？在吃饭！那就吃完饭马上去，现场那边有人在。看完后到我这边来，我等你们，有些情况要碰一下。”

吃完方便面，我收拾了一下桌子，把鼓楼“5·9”案的材料和今天这个案子做了比对，又发现了好几个相似之处：

一，作案人都是在玄武饭店对面的圆梦歌舞厅门口物色目标，而且时间基本一致；

二，侵害的对象相同，都是主动拉客的站街女；

三，行凶地点相同，都是作案人随被害人到其暂住地实施凶杀；

四，作案方式相同，都是卡、掐被害人的脖子，并伴有殴打动作。

有人敲门，进来的是技术员小齐。

“支队长，那两个鞋印由于遗留部位不同，无法作出同一认定，但它们都是28厘米，鞋底花纹相同。”说着，小齐就把两张照片递给我。

我把照片放在桌上，再次端详，两个鞋印尽管无法作出同一认定，但至少鞋底花纹相同，尺码一致，可以算一条串并案件的理由。

小齐刚出门，老魏他们就到了。

“你看完现场啦！你们说，这个案子和‘5·9’案能不能串并？”我开门见山地问他。

老魏犹豫了一下，期期艾艾地说：“领导，我们那个案子准备报检察院起诉嘞！”

“我晓得，所以让你们去现场看看，如果能串并，就不能上报，只能继续侦查！”随后，我说出了刚才思考的几点相似之处。

老魏认真听了，点点头：“我承认这两起案子有这些相同之处，但是也有几点不同：一，‘5·9’案的现场没有发现精液，而今天这个案件死者体内提取到了精液；二，‘5·9’案现场翻动较小，而本案现场翻动较大；三，本案死者阴道及肛门内塞有口红等物，表明凶手心理有一定的变态，有性虐待情节，而‘5·9’

案则无这个过程。最重要的是，夏稚已供认‘5·9’案是其所为，该案已定案，所以不能再与本案串并。”

听了他最后这句语气肯定的话，我有些冒火，马上反问：“夏稚供认就可以定案啊？那我问你，迟晓琳身上的那串钥匙，夏稚说出下落了吗？‘5·9’案的鞋印和今天这个案子的鞋印已经对上，这个怎么解释？我看你就是怕麻烦！这是人命关天的大事，怎么能怕麻烦呢？当年金陵饭店那个案子，失主指认了柳世海，如果我们不认真查，不就办错了吗？”

提起八年前的金陵饭店盗窃案，老魏脸色发红，垂下了眼皮，我马上意识到这话有点儿伤他自尊了，就端起茶杯，喝了几口水，语气缓和地说：

“老魏啊！这两起卖淫女被杀的案子，有些细节反映了本质，有些只是偶然或巧合，我们要具体分析。在‘5·9’案中，迟晓琳当时已经怀孕三个月了，很可能引起了凶手的厌恶，所以没有发生性关系。另外，迟晓琳在上楼的时候碰到了夏稚，跟他对视了一眼，很可能被凶手察觉，他就想杀人后快点儿跑。这两点决定了他很可能因为没有时间在现场进行翻动和做性变态这一套。这几点应该可以解释你的那些不同。至于夏稚供认‘5·9’案是其所为，很可能是因为迟晓琳一死，使他失去了继续生活下去的动力，或者其他什么原因，我们不能轻易定性。从物证这个角度讲，迟晓琳身上的那串钥匙始终没有找到，如果夏稚是凶手，他怎么说不出它的下落？”

听了我的分析，老魏不再坚持自己的意见，说：“好吧领导，那你说下一步怎么办吧！”

七

串并案件的好处是，它可以把原本分散于各个案件零星散乱的犯罪痕迹和物证，以及侦查线索等要素都集中起来，信息量大幅度增加，犯罪活动和作案人的暴露相对充分，可资分析推断的依据也随之大大丰富。

老魏同意鼓楼“5·9”案暂时不上报结案，和玄武“6·4”案并案侦查，两个分局还有刑警支队这三股力量就可以合并起来，我对侦破两案的信心大增。

经过思考，我有了一个想法。

那天，我又把老魏和玄武分局刑警队队长老刘找来，对他们说：“鼓楼‘5·9’案和玄武‘6·4’案留下的痕迹不多，如果拿这些痕迹去找人，我们没有那么多的警力和时间。这几天我一直在想这个问题。这两个案子的被害女子，都是在圆梦歌舞厅附近，接触作案人后带到其暂住地被杀害的，我们能不能在圆梦歌舞厅这一带重点守候呢？”

老魏一听这话，马上问：“领导，你说，怎么个守候法？我来安排。”

他这个人就是这样，思想不通时犟得要命，想通了又十分积极。

老刘笑了：“那是我们玄武的地盘，要守候也是我们派人啊！”

圆梦歌舞厅在玄武饭店马路对面，中间隔着一条中央路。路东是玄武区，路西是鼓楼区，所以两人互相争了起来。

我也笑了，摆了摆手，说："你们有你们的任务，至于守候的人嘛……"我想了一下，觉得还是先征求他们的意见，"你们觉得王丽霞这个人怎么样？"

"啊？一个站街女？"他俩异口同声地惊叫起来。

我连忙说："先别急，听我讲我的理由。这个王丽霞，虽然做过站街女，现在已被送到收容教养所，但我跟她接触过，发现她对徐娜感情很深，总想替她做点儿事情。再说，她就是干这一行的，站在那里比较自然，不大会引起怀疑。我现在还不知道她肯不肯配合我们呢？当然，靠她一个人是不行的，主要还是要靠我们的民警，才能把那个家伙逮到。我想让我们支队的女刑警李燕在一旁策应，同时也是监督和保护。你们两家呢，各出几个人手，听我统一调度，怎么样？"

听我这么一说，两人对视了一眼，说："行啊！就照领导说的去办。什么时间开始？"

我笑了："你们先回去准备，我安排好就通知你们。"

八

李燕是自己人，没有问题，关键是要做通王丽霞的工作。

几天后，我和李燕一起到收容所，让管教民警把王丽霞找来。

她看到我们吃了一惊，欲言又止。

这种场合当然是我先开口："王丽霞，在这里过得怎么样？"

"还好，"但是她马上问我，"那个害徐娜的凶手抓到了吗？"

“今天来，就是要跟你讲这个事。”接着，我把让她配合警察守候，尽快抓住凶手的事简要说了一下，然后说道，“你不要怕！你站在那里的时候，我们有很多便衣警察在你周围保护你。”说到这里，我指指李燕，“这是我们刑警支队的小李，她会一直跟你在一起。一旦那个人出现了，她马上就会跟我们联系，你的任务就完成了。那个人归案后，你就可以回家了。”

王丽霞看看李燕，李燕对她笑笑，点点头。

她低头想了好一会儿，终于抬起头，说：“我同意，只要能抓住凶手，我愿意配合你们!”

我让李燕在这里再跟她讲一些要注意的细节，自己到所里去办了一下手续，之后，便把王丽霞带了出去。

九

当天傍晚，李燕和王丽霞就站到了圆梦歌舞厅附近。李燕还按照王丽霞的指点，化装了一番，很像一个风尘女子。

鼓楼和玄武两个分局，隔天轮流，派出几名便衣，在附近秘密巡逻。遇到其他疑似站街女，就亮出身份，把她们吓退。那些日子，圆梦歌舞厅附近基本上就只有李燕和王丽霞两个人。

王丽霞同意配合我们工作时，我曾拿着根据现场采集的鞋印，向她交代了几条注意事项：“第一，先要大致看一下对方的鞋，是不是符合这种样式和大小；第二，要听到对方主动提出到你的住处去。如果有了上面两条，你就举手假装打出租车向我们发信号；如果没有这两条，你就找借口推辞掉。明白了吗?”

王丽霞点点头，表示听懂了。

可是有一天晚上，王丽霞趁李燕不在身边，没有发约定的举手信号，就跟一个人坐出租车走了。现场的便衣看到这个情况，紧张得要命，马上也打车跟在后面，一直跟到一家小旅馆，一面守候在那里，一面向我报告。

我闻讯赶到那里，听完侦查员的汇报，正准备派人到旅馆里去查看，却看见王丽霞一个人施施然地走了出来。

我下车快走几步，横在她面前。她抬头一看，吃了一惊，一时说不出话来。

我见周围没人，把声音压低但很严厉地问她："刚才怎么回事?"

王丽霞不好意思地说："刚才那个人我看挺好的，就跟他到这里开了一个房。"

原来她到这里来做皮肉生意了。

我立即严肃地对她说："王丽霞，你配合我们工作，是在协助公安机关做一件打击犯罪的好事，也是在替你被害的小姐妹伸张正义，但是你不能同时又去干那些违法的勾当！况且，你脱离我们的视线，随意行动，十分危险。你要知道，我们是在跟一个杀人凶手打交道，警察要对你的安全负责。你不能为几个钱，不顾自己的安全。想想你的老乡徐娜，是怎么死的?"

王丽霞低头不语，等我说完，眼泪汪汪地向我再三保证，以后再也不跟人走了。

十

出了这档子事以后，我向李燕和轮流守候的侦查员交代，以后看到王丽霞没发约定的信号跟人走，就设法阻止。

这样，又过了十来天，南京进入了最闷热的季节，地表温度常常在四五十度。王丽霞在李燕陪同下，每天晚上到那里晃悠。有时也碰到过几个上来跟她们搭讪的，被埋伏在那里的便衣带走一查，都不是我们要找的人。

时间长了，不光是站在外面的李燕有些动摇，就是老魏他们也觉得希望渺茫。

我只好用大道理给他们打气："事到如今，我们只有咬咬牙坚持下去。如果就此收兵，不但前功尽弃，这些天来的辛苦都白费了，而且很可能又要死一个像迟晓琳、徐娜这样的人。虽然她们堕落风尘，但是终究也是一条生命，而且迟晓琳还怀了身孕。"

当然，我也隔三岔五地到那里查看情况，顺便给守候在那里的便衣刑警送几瓶水。

那天晚上，天空好像在酝酿着一场雨，十分闷热，不一会儿，衣服就被汗湿透了。

我在支队食堂草草吃过晚饭，就让程翔开车送我去守候现场。年初在玄武饭店骗盗案中，程翔表现出色，立了功，支队长张新华很赏识，和我一商量，就把他调了过来。

圆梦歌舞厅在玄武饭店马路对面，车子沿着中央路由南向北，经过歌舞厅时，我让程翔放慢车速，隔着车窗向那边仔细观察。

歌舞厅门口霓虹灯闪烁，但是路灯稀少，而且亮度也不够，显得黑黢黢的，只隐隐约约看见李燕和王丽霞两个人影，站在那里。

车子随即左拐，进入歌舞厅对面的玄武饭店停车场。

我下车往大门走去，准备看看守候的侦查员在什么位置，忽听得耳边有人跟我打招呼："支队长，你怎么来了？"

转过头去一看，原来是玄武饭店安保部的大老李，年初在这里侦办于小松骗盗案时，没少跟他打交道。

我只是点点头，示意他小点儿声。

"快到大堂坐坐，里面有空调，比外面凉快！"大老李的声音虽然放低了，却走近我身边来拉我。

我只好跟他悄声说："现在有事，一会儿再说。"

两人正在推让之际，程翔过来低声跟我说："支队长，对面有情况。"

我马上顺着他的目光，向马路对面的圆梦歌舞厅看去。

只见两个人从不同位置，冲向一个方向，王丽霞站在路边高举手臂，一个男人站在她身边跟她说话。我和程翔三步并作两步穿过马路，两个侦查员已经饿虎扑食般地把那个人紧紧扭住。

我走上前一看，那是个三四十岁的男子，便问："你干什么来了？"

对方惊魂不定，张了半天嘴，就是说不出半个字。

"带走！"说完，我朝马路对面的玄武饭店走去，见大老李也愣愣地站立在那里。

十一

这个家伙被带到支队，我们没有马上审讯，万一他只是一个普通嫖娼的呢？而是根据从他身上搜出的身份证，到他居住地派出所进行了一番了解，并且对他的皮鞋和DNA进行了采样。

整整一天以后，我踱进审讯室，盯着眼前这个瘦小的男人，先是例行公事地问道："你的姓名、年龄、家庭住址？"

"尹三虎，36岁，家住栖霞区和燕路××号。"他老老实实地回答。

身份证上的信息表明，这家伙是1962年生人，属虎，怪不得名字里有个虎。

我随即问道："你怎么会到这里来啊？"

他一愣，随即装无辜："我也不晓得哎！"

"你不要装了！"我大喝一声，把皮鞋印和DNA比对报告往审讯桌上一摔，连珠炮般地发问，"玄武区的月苑小区你去过没有?！鼓楼区的铁路南街你去过没有?！"

听我这么一发火，尹三虎又愣了一下，随即低头不语。

这次我不着急，让他先好好想想。

审讯之前，我已经掌握了他的基本情况。这个尹三虎以前是做财务工作的，前些年，因为贪污，被判了三年刑。这次把他抓了以后，到他家搜查，当地派出所所长告诉我，尹三虎入狱服刑后，其妻因为没有固定工作，生活拮据，暗中从事卖淫活动，曾被别人举报到派出所，派出所对她进行过教育，也帮她找过几份临时工作。现在他老婆离家出走，不知去向，成了他的一块心病。

看看差不多了，我冷不丁地抛出一句：“尹三虎，你这次又进来了，你老婆怎么办？”

听我提到他老婆，尹三虎马上抬起头来，有点儿怨恨地说：“我就是这个婊子害的，要不是她做的那些丑事，我也不会这么干！”

我马上顺着他的话问：“这个怎么讲？你干的那些事，和她有什么关系？”

“怎么没关系?!”尹三虎大概也需要倾诉，不用我多问，他就把自己和老婆的关系和盘托出。

尹三虎刑满出狱后，有一天发现老婆这三年竟然当上了“鸡”，顿时怒不可遏，暴揍了她一顿。老婆哭闹一场以后，干脆离家出走，再也不回来了。

老婆在眼前晃动，尹三虎心里烦；老婆走了，尹三虎又开始想她。为了找到老婆，他开始经常到那些卖淫女出没的地方转悠，却一次也没碰上。

看着眼前这些涂脂抹粉的女人，他想到自己的老婆也是这个样子，搔首弄姿，不由得怒火中烧，“我让你们卖！”就随机跟一个回家，先奸后杀，顺便劫些财物。在他的心目中，这些女人都是人渣、垃圾，少一个是一个。

原来在尹三虎心里，他把老婆分成了两个，一个是他怀念的好老婆，一个是他憎恶的坏老婆。他要找回好老婆，杀死坏老婆，在他眼里，这些卖淫女就是坏老婆的替身。

卖淫固然为人所不齿，但谁也没有权利剥夺这些女人的生命啊！

看着这个走火入魔、变态残忍的家伙，我心里有种难以名状的厌恶，但嘴上还是平静地说：“你一件一件说吧。”

尹三虎发泄了一通对老婆的怒气后，情绪稳定了下来，听我这么问，居然微微一笑：“哪一件啊？警官你提示一下嘛！”

我心里一动：不对头！看来这家伙还不止做了这两起！

我脑子里一边飞快转动着，一边对他说：“你就先从最近的这件说吧。”

随后，让身边的程翔他们做好记录，自己站起身来，走出了审讯室。

我找来李燕，对她说：“你马上让下关分局刑警队长把去年9月4日那起案子的材料带来，我有情况要问。”

李燕答应着去了。

我随即来到监控室，坐下来看程翔他们对尹三虎的审讯。

通过电视屏幕，我看见尹三虎正在一问一答地交代。

我拿起耳机，只听见他说：“铁路南街那个女的，脱了衣裳一看，肚子都大了，我心里很讨厌，没搞她，直接就把她弄死了。弄死以后，我就稍微翻了一下，估计她也没有什么值钱的东西，就走了。因为上楼的时候，我发现有个男的看了她一眼，她也递了个眼神，估计两人有什么关系，所以我也不想久留，怕被人撞见。”他口中的那个女的，就是迟晓琳，男的是夏稚。

至于迟晓琳随身带的那串钥匙，尹三虎也交代了。原来他看到钥匙链上有个挂件挺好看，就随手拿走了，回家后把挂件摘下，钥匙就扔进了垃圾桶。

十二

门轻轻敲了一下，我扭头一看，是李燕，她把下关分局刑警队队长老赵带了进来。

我示意他坐下，然后说："老赵，你把材料带来了？"

老赵点点头，把一个卷宗交到我的手里。

我一边翻看，一边说："现在审讯的这个家伙，在鼓楼和玄武做过案，他的作案手段、选择目标及作案过程，和去年9月4日你们那里的案子很像。一会儿，你进去，和程翔他们一起审一审，我在这里看着。"

去年9月4日晚，下关分局刑警大队接小市派出所报称：小市新村×××号有一名妇女死在家中。死者颈部以死结缠绕着一根白色电线，这一点，与"5·9"案和"6·4"案卡、掐、勒人致死手段十分相似。该案被害人也是卖淫女，经常在小市街一带招嫖，并将嫖客带至家中卖淫。这个现场也有翻动，但翻动目的不明确，与侵财性案件有明显差异，与前两起案件现场翻动情况一致。

交代完老赵，我又让刑事技术室把下关那起案子的物证，与尹三虎的DNA比对。

老赵进去以后，与程翔耳语了一下，然后直接对尹三虎说："月苑小区和铁路南街的事说完了，现在再说说更早的事吧！"

尹三虎愣了一下，本能地说：“还有什么事?”

“还有什么事？你说呢?”老赵反问道。

尹三虎憋了半天，还是不吭声。

程翔接过话头，说：“尹三虎，说两件是说，说三件也是说。你不是要找你老婆嘛？痛快一点儿，你交代完了，我们帮你去找，让你俩见上一面。”

尹三虎一听这话，居然哭了，许久，终于说道：“好吧，我都告诉你们，你们一定要找到我老婆!”说完，就把下关小市新村那起杀人案也交代了。

等到DNA比对结果出来，果然和尹三虎说的一致。

我们对他家进行搜查，找到了那串钥匙上的挂件。

老魏拿着这个挂件去找夏稚，让他辨认。

夏稚这时已经释放回家，一下子认出这个挂件就是自己买给迟晓琳的。听说警察抓到了真凶，非要亲眼看看杀害他老婆的凶手，说是帮警察辨认一下到底是不是那天晚上他看见的那个人。

老魏在电话里把这件事跟我说了，然后骂道：“这个王八蛋，没有正当职业，又吸毒，全靠迟晓琳卖淫过活。迟晓琳死了，他也不想活了，就主动说人是他杀的，害得我差点儿办了个错案!现在他又想去看凶手，我当场把他怼了回去：‘你帮我们辨认？当初你不是说没看清吗？要看，等到审判大会时再去看吧!’”

程翔倒没有食言，后来在尹三虎死刑尚未执行时，设法找到了他老婆，让他们最后见了一面。

至于那个王丽霞，在这个案子办结后，也带着徐娜的遗物，回到了东北老家。这都是后话。

十三

尹三虎一案办结后不久，那天晚上回家，我特意又在巷子口的熟食店，斩了半只鸭子，边走边想：今天晚上吃完饭，一定要下楼走个把小时，免得吃到肚里不消化。

走进家门，发现老婆没在厨房忙碌，少有地端坐在沙发上看电视。

见我开门进来，她马上招呼道："老朱啊！快来看，克林顿道歉了！"

去年这个风流成性的美国总统跟一个叫莱温斯基的白宫女实习生乱搞，被人抓住后，先是矢口否认，后来人证物证俱在，又不得不在电视上因自己撒谎而向美国民众道歉。现在他又向谁道歉？

我走近一看，原来是一个电视节目主持人在采访中国驻美大使李肇星："李大使，美国总统对这次北约轰炸我驻南联盟大使馆是怎么表态的？"

李肇星说："我作为驻美大使，在事件发生后，利用克林顿总统在白宫会见我的时候，对他说：'关于这次中国驻南斯拉夫大使馆被炸，总统先生应该向中国政府和中国人民道歉。'然后，我拿出随身携带的一本吊唁簿，对他说：'中国人特别重视白纸黑字，所以请总统先生将道歉写下来。'克林顿总统有些惊讶地看了我一眼，沉默了一会儿，终于拿起笔在吊唁簿上写下'对死难者表示深切的哀悼，对其家属和中国人民表示真诚的歉意'，并签下了自己的名字。"

我走回饭桌，把手里提着的盐水鸭往上面一放，对老婆说："今天我喝点儿啤酒！"

第四天：请君入瓮

一

1999 年 8 月 15 日早上，我刚踏进白下路 101 号刑警支队大门，就被老曹一把拽住："老朱，浦口的盘城镇有现场。先上车，我到车上慢慢跟你说。"

老曹是刑警支队副支队长，我在鼓楼分局当刑警队队长时，他就是这个职务。那时刑警支队叫五处，他是副处长。我到五处后不久，五处改称刑警支队，我俩都是副支队长。去年支队长张新华提任市局副局长，由我担任支队长，老曹还是副支队长。老曹年龄比我大，从事刑侦工作的时间也比我长，我担心他有什么想法，可是这位老大哥一如既往，心无芥蒂，还是像以前一样，平时叫我"老朱"，工作上全力支持我。

浦口区在长江以北，盘城镇又位于浦口的最北边，从刑警支队到盘城镇，有三四十公里，现在又是早高峰，开车过去至少要个把小时。

车子一边在长江大桥上的车流中慢慢行进，老曹一边给我讲案发经过。

浦口区盘城镇盘城北巷×号院内，一共住了两户人家，一户叫郁大鸿，有个老婆和一个十来岁女儿；另一户姓钱，只有老两口。今天早上6点钟左右，姓钱的老头儿起床后，发现隔壁邻居郁家防盗门半开，木门半掩，门锁插着一串钥匙，窗户和窗帘却紧闭严实，屋里一点儿声音也没有，不像往常女主人起床给孩子做早饭的样子。郁家户主郁大鸿在盘城镇新街开了家“飞鸿百货商店”，平时住在店里，家中只有母女两人。钱某虽然感到有些异样，却也不便进去探看，就马上赶到飞鸿百货商店，告诉郁大鸿说：“你家房门半开，但是里面一点儿动静也没有，有点儿不大对头，你赶快回家看看。”郁大鸿听说后立即赶回家中，发现老婆和女儿都倒在血泊中，没了气息。

郁大鸿随即向派出所报案，派出所听说死了人，立即转报分局刑警队。因为一下子死了两个人，属于特大案件，分局刑警队又马上报告了市局刑警支队。

值班的老曹接报后，知道我肯定要去现场，便拉我一块儿上了车。

二

一个多小时后，我们一行三辆车，直接开到了案发现场附近，浦口分局和派出所的人已在那里等候。

我们一起步行穿过窄窄的小巷，来到盘城镇盘城北巷×号。

现场已被围了起来，报案人郁大鸿也待在邻居家，随时接受询问。

这是一个再普通不过的小镇居民院落，里面是一栋L形的红砖平房，钱某住朝南的两间，朝东的那两间就是案发现场。

郁家的防盗门和木质房门都没有撬压痕迹，凶手是用钥匙开门入室的。进入室内一看，里面是两室一厅一个厨房。

大概是天热，一进卧室，我就闻到一股血腥味。

屋内躺着两具尸体，身下都是血，经郁大鸿指认，她们就是他的妻子许敏和女儿郁飞。妻子仰面倒卧在屋中央，人体呈大字形，女孩侧卧在床脚下，呈蜷缩状。母女俩衣着完整，都穿着睡觉的衣服。妻子虽然两腿张开，但是穿着三角裤，没有性侵痕迹。值得注意的是，她左手握着一个系红绳的浅绿色塑料猪形挂件，从状态上看，像是与凶手搏斗时从对方胸前拽下来的。

经法医初步检验，妻子许敏左胸前仅有一处创口，深达心脏，一刀致命，在大腿外侧有一创口，为表皮裂创。女儿郁飞胸前三处创口，其中一处深达心脏，另两处创口未达胸腔，左颈部亦有一个创口，同样为表皮裂创。

大家都在忙碌，我又把现场周围仔细看了一遍。

郁家有两个窗户面临小巷，其中客厅那个纱窗由上至下被划开一道缺口，长20厘米。室内客厅窗下，留有一根钓鱼竿，是可以伸缩的拉杆鱼竿，善士达牌7216型，鱼竿前端有一个用铁丝固定的自制铁钩。

经郁大鸿辨认，这根钓鱼竿不是他家的东西。

郁家的防盗门半开，大门半掩，门锁上插有一串钥匙，这串钥匙为女儿郁飞平时所持有。郁大鸿对我们说，郁飞平时放学回家后，习惯将钥匙放在客厅的饭桌上。

现场的床头柜、半截橱和写字台上面，都发现了有带血匕首撬压的痕迹，而且物品被翻动的幅度较大。经现场清点，郁大鸿称共损失人民币 2000 多元，以及金项链、金耳环、金戒指等物品。

我们对现场进行了仔细勘查，除了在门口有一个带有灰尘的皮鞋印，其他各处都未发现任何指纹和足迹等痕迹。

很显然，这个现场经过凶手的处理。

三

现场勘查完毕，我和老曹在浦口分局刑侦副局长老孙的陪同下，一起来到盘城镇派出所，找了个会议室，对这个案子进行初步分析。

由于现场呈现出来的特征比较明显，大家的意见也比较一致。最后，由老曹对现场反映出来的案件特征作了初步概括：

“根据现场情况，这起案件应该是一起由盗窃转化的抢劫杀人案。作案人深夜窜至郁大鸿家，用刀划开纱窗，用前端捆绑有铁钩的鱼竿把房门钥匙钩取出来，再用钥匙打开房门，潜入屋内。在盗窃过程中，作案人惊动了熟睡中的母女，即用单刃匕首先后将两人杀害。行凶后，作案人又拉上窗帘，在室内翻寻财物并劫走。被害人许敏手握的浅绿色塑料挂件，应当是凶手随身所佩戴的物品，在搏斗中被拽断遗留在现场。还有那根鱼竿，也应该是作案人遗留在现场的。”

老曹说得言简意赅，大家纷纷点头称是。

我接着对下一步侦破工作讲了几点具体要求：

“对于这个案件的侦破，不管它是流窜作案，还是本地人作案，我们都应该围绕凶手作案的手段和现场遗留的物件、痕迹展开工作。一个是划纱窗。用刀划纱窗，是一种比较特殊的手段。一二层临街的窗户都装了铁栏杆，所以人们以为很安全，夏季晚上睡觉时往往开着窗户。作案者就用刀划开纱窗，用钓鱼竿钩窃室内的财物，或者先钩取钥匙，再开门进入室内实施盗窃。我们可以用划纱窗这样一个手段来串并类似的案件。”

串并案件的好处，大家都明白，所以也不用在这里多说，但是还有一点我必须强调：

“另一个是猪挂件。我们在串并划纱窗案件时，还要考虑到死者手里的挂件。这个猪挂件，很可能是从凶手身上硬拽下来的，所以它对于我们分析、刻画罪犯脸谱应当有重要的价值。首先，这个挂件，只有属猪的人戴，才有意义。比如说我属马，要戴也戴个马挂件，不会去戴其他属相的挂件，因为那个对我没有意义，只有马挂件对我才有意义。今年是蛇年，属猪的人今年应该是 18 岁或者 30 岁，甚至 42 岁，岁数再大就不大可能了，30 岁左右可能性最大。其次，这个猪挂件的品质，隔着证据袋，我捏了一下，轻飘飘的，就是一个很廉价的塑料制品，不值什么钱，由此推断，这个挂件的主人，经济条件不会很好。”

最后，我对下一步工作提出具体要求：“结合刚才讲的两个条件，我们先在江北的浦口、六合这两个地区开展排查摸底，重点是 18 岁或 30 岁，有过盗窃前科的，特别是有过划纱窗这样行为的违法人员。排查出来以后，逐一加以甄别。”

我说完以后，老曹又作了补充：“还有一个事儿，我们在现场门口，提取到了一个皮鞋印。我们刑警支队的同志都是穿着鞋套进入现场的，所以这个皮鞋印有可能是作案人留下来的，也可能是分局和派出所的同志进入现场时留下来的，所以会后，凡是到过现场的同志都到我们这里来留一下鞋印，以便比对后排除。”

四

两个月过去了，围绕划纱窗和猪挂件，排查了上百个嫌疑人，但是最终都被查否，案件的侦破工作陷入僵局。

我开始怀疑当初定的侦查方向是否对头。

就在这时，老曹兴奋地跑来找我，说：“那个皮鞋印的主人找到了！”

“是哪个？”我也很高兴。

“听说是盘城镇派出所指导员的。”

一听这话，我的高兴马上变成震惊：“真的？走，去看看！”

说罢，我立即和老曹带了几个人，心急火燎地赶往盘城镇。

当初在勘查现场时，门口有一个带有灰尘的皮鞋印，一直没找到主人。那天会后，凡是到过现场的民警，都留了鞋印，被一一排除，所以我们倾向于是作案人进入现场留下的。为了查找这个皮鞋印的主人，刑警支队和分局没少投入警力。

现在皮鞋印的主人找到了，却是我们自己派出所指导员的，这又是怎么回事？

我坐在车上，满腹狐疑，难道这个案子是指导员做的？这也太离谱了！

想着想着，我觉得还是稳妥一些，先到浦口分局，了解一下到底怎么回事？

浦口分局的刑警队队长姓王，很年轻，上次出现场我见过他一面。

他见我和老曹来了，立即把我们让进去，每人还给泡了杯碧螺春。

“你别忙嘞！快跟我们说说那个鞋印的事！”我摆摆手让他坐下。

小王有点儿羞赧地说：“两位领导，这个事说起来真是有点儿豁丑。这个鞋印确实是那个指导员留下的。怎么发现的呢？前些天气温下降，派出所值班室升起了炉子……”

他讲到这里，我这才感觉到办公室里确实有点儿冷飕飕的。

今年的天气冷得快，这个地方在长江以北，气温要比南京城里低好几度。

小王见我有些心不在焉，就停了下来。

我回过神来，马上说：“你讲，你讲。”

小王继续说：“盘城镇在浦口的北边，比这里更冷。那天晚上派出所几位民警围在火炉边上取暖，其中一个突然无意中发现，指导员翘起来搁在炉子边上的皮鞋鞋底，跟现在正在排查的那个鞋印很像。那个民警立即报告了刑警队，我马上带人去派出所做了比对，果然一模一样。据这个指导员讲，当时他刚从部队转业，没见过凶杀现场，出于好奇，那天就在门口张望了一下，见大家都在忙，也就没有进去。调查了解的时候，他认为自己并没有进入现场，所以也就没说。”

正说到这里，分局副局长老孙也来了，我就问他：“人呢？”

老孙明白我说的是谁，马上对我说：“人就在分局，我们对他进行了调查。那天晚上他正在派出所值班，没有时间。再说，这个人刚从部队转业，还当过营教导员，品质还是不错的，就是缺少公安业务知识。”

说着，他陪我们来到监察室。

那个指导员见我们来了，立即站起身来，满脸羞愧。

我看了一眼他脚上穿的，好像是一双军用皮鞋，很厚实，旋即抬头看着他说：“指导员，你刚从部队下来，可能不了解公安的规矩，当时你就应该及时把这个情况说明啊！你知道为了搞清楚这个鞋印，我们刑警支队和浦口分局投入了多少警力！”

五

盘城镇离市区比较远，这些日子，为了案子上的事，老曹经常过来，我主要还是在支队坐镇。

案子久侦不破，今天既然来了，就再去现场看看，看能不能有新的发现。

“8·15”案发生以后，老曹就把现场封锁起来，郁大鸿平时就住在他那个百货店里，所以这个现场除了警察，没有外人进去过。

事后证明，老曹的这个做法为后来的破案创造了条件。因为现场保留完好，侦查人员遇到一些新情况，就可以随时来到现场，围绕现场重新分析研究。

譬如今天，我和老曹在现场一边看一边议论，就发现了不少矛盾之处。

现场未留下任何指纹、足迹，说明作案人对现场进行过彻底清理，但是为什么偏偏留下了钓鱼竿和猪挂件？

先看钓鱼竿摆放的位置。从现场情况看，作案人用钓鱼竿钩取钥匙后，一般都是顺手将鱼竿放在门外窗下、现场门口，或在开门入室后的方便之处，或者干脆在作案后带走，但此案中的钓鱼竿却出现在室内钩取钥匙的窗口下方，好像生怕警察看不到，故意放在那里。如果真是这样，那他就是想以此转移警方的侦查视线，把警察的注意力引向惯用这种手法作案的外来流窜人员。

再看猪挂件，它在死者许敏左手边所呈现出来的状态也不合理。在生死搏斗中，她被利刃刺中，往后摔倒，手里拽着的这个挂件也一同落地弹跳，最后的状态不可能是现在的水平直线。

见我注视着猪挂件在地上的位置，老曹解释说："前些日子，我们几个从不同角度反复试验，最后发现，死者无论以什么样的姿势倒地，都不能形成目前这种状态。"

老曹这么一说，更加坚定了我的看法，这一定是人为摆放的结果。

还有，现场撬压痕迹与盗窃目的也不一致。室内橱柜、书桌等家具上的抽屉撬压痕迹虽然不少，但它们所反映出来的痕迹形成动作力度较小，好像是在做样子，有几个抽屉很容易就能撬开的，他都没撬开。既然屋内的人已经死了，他应该大胆地撬，怎么会撬了一半就放弃呢？这些动作与盗窃的目的明显不符。

站在当初遇害母女倒地的地方，我又清楚地记起她们的损伤情况也有差别。两人的致命伤均在心脏，妻子许敏胸前的创口直达心脏深处，一刀毙命，而女儿郁飞胸前除了一个创口深达心脏外，另外还有两处不深的创口。也就是说，凶手一共捅了三刀，头两刀很轻，最后一刀很重，才导致小女孩毙命。如果第一刀很重，后两刀也没必要捅了。这个现象透露出作案人在杀害小女孩的过程中，有犹豫手软的心理反应。

还有一个细节。死者许敏大腿右侧与郁飞右颈部各有一创口，从刀痕和血迹方向看，明显为死后躺卧状态下形成，应该是作案人在被害人倒地后试探其是否死亡所留，这与流窜盗窃转化杀人的心理状态明显不符。如果是流窜盗窃，把人捅倒以后就应该马上逃离现场，哪还有心思再去试探对方死没死？

六

我在现场看着看着，不知怎么就想起了几年前的一起杀人案。

那时候我还在鼓楼分局当刑警队长。有一天刑警队接报，南秀新村一幢四层居民楼的底层，一个姓张的女人被人杀死在家里。

我带人到了现场，发现门锁完好，窗户也没有撬拽痕迹，人被捅了好几刀，保险箱被撬开，里面的财物被洗劫一空。根据现场分析，凶手系敲门或投锁入室，属于熟人作案。经过对死者关系排查，了解到死者30多岁，是个单身女人，生前经商，经济条件不错，有个儿子，离异后由前夫抚养。经过调查，排除了前夫的作案嫌疑，也没发现死者的其他矛盾关系，案件一度陷入僵局。

有一天，派出所反映死者有个闺蜜，住在水西门那边，我听说后立即带人上门走访。

这个闺蜜姓姜，我去的那天她丈夫没在家。她对我说，她与死者张某关系的确很好，张某时常来她家玩，有时晚了，就住在她家。

听到这里，我不由得打量了一下姜某的住处，有点儿奇怪地问她："你不是有老公吗？这么一个十几平方米的房子，怎么住啊？"

她坦然地回答："这个好办，她来了，我俩就睡在床上，聊我们女人的私房话，床边拉个帘子，我老公就在床边打地铺睡。"

我又问她："你们都聊些什么？"

姜某回答："她不是离婚了嘛，主要就聊聊她的生活，儿子啦，老公啦。她告诉我，这些年一个人在水西门木材市场做生意，收入还不错。"

听了这话，我心里一动，会不会"说者无心，听者有意"，睡在地铺上的丈夫听到张某关于财物的悄悄话，起了歹意而作案啊？

我不动声色地从姜某家出来，先到派出所，了解姜某丈夫的基本情况。

一问，原来他有盗窃前科。那时候查案子，主要还是把怀疑对象找来，看他有没有作案时间。经过调查证实没有时间，就排除嫌疑。如果对方有作案时间而且还说谎，那就成了我们的工作重点。

回到刑警队，我立即派了刑警小唐带一名新警，去把姜某丈夫找来进行讯问。

不一会儿，小唐他们回来了，没见姜某丈夫。

我很奇怪："人呢？"

小唐云淡风轻地说："我看他不像。"

我勃然大怒："你说不像就不像啊！我让你去带人，没让你自作主张去看他像不像！"

说罢，我另派刑警程翔带人前去，旋即再问小唐："你说说，那个人怎么个不像？"

小唐憨憨地说："我问他张某被害那天上午他在干什么？他说在家睡觉。"

我说："这没人证明的事，不正好要查吗？你怎么说不像呢？"

小唐还是那副波澜不惊的样子："我看他神态自如，不像一个杀人凶手，所以就没把他带回来。"

一个刑警怎么能这样大大咧咧呢？

借这个机会，我耐下性子给小唐讲解如何开展走访调查，如何获取证据，怎么判断一个人像不像作案者？

讲着讲着，我感觉有些口干舌燥。

小唐这时倒乖巧，马上起身给我倒了杯茶，刚喝了两口，就听见外面传来一阵喧哗。

出去一看，原来是程翔他们押着一个人回来了，这个人手里还捧着一个箱子。

程翔让搭档把这人带到审讯室，把我推回办公室，对我讲述了事情经过。

程翔他们到姜某家的时候，姜某外出，丈夫在家。

程翔观察了一下屋子，房间很小，只有床底下能藏东西，就在跟姜某丈夫交谈时，假装点烟，从裤兜掏打火机，故意让其从手中脱落，蹦入床下。他示意搭档看住对方，自己弯腰看床下，见有一只小箱子，就直起身子，让对方拿出来打开看看。

对方顿时神色大变。

程翔见状立即让他蹲下，自己再次弯腰拽出箱子，打开一看，张某的财物连同那把行凶的尖刀都在里面。

“锒铛”一声，程翔搭档马上掏出手铐，把姜某丈夫铐上，并让他手里端着那个箱子，坐进三轮摩托，带回了刑警队。

在证据面前，姜某丈夫老老实实交代了作案经过。

原来他在床下打地铺睡觉时，好几次听帘子那边床上张某跟自己老婆讲，这些年做木材生意攒了多少钱，放在哪里，不由得心生歹念。经过暗中观察，那天上午假借送煤气罐的名义，骗开房门，将张某杀害，盗走家中所有财物。

七

眼前的这个案子，会不会也和当年南秀新村张某被杀案那样，不是流窜作案的盗窃杀人案件，而是跟死者有某种关系的矛盾杀人案？

从现场回到车里，我把自己对现场情况的新认识，很坦率地跟老曹说了：“老曹啊，我有些新的想法，你看对不对啊？这个现场现在看来，是经过伪造的，它被作案人精心伪造成一个因入室盗窃而转化为杀人的这么一个现场。既然是伪造的，那它就不是流窜盗窃杀人，而应该是矛盾杀人，对不对？”

老曹到刑警支队的时间比我早，经历的大要案比我多，而且工作严谨，办案时我很愿意听取他的意见。

听我讲完，老曹想了想，说：“你分析得对！这起案件看来很可能是矛盾杀人。”

“如果咱俩意见一致，下一步我想转变侦查方向，不要再把这个案件的重点放在划纱窗和猪挂件的串并上，而要围绕死者的关系开展调查，看这个许敏有哪些矛盾关系。”我说。

老曹马上同意：“好！”

我们回到浦口分局，把刚才商量的意见跟分局副局长老孙说了。

老孙因为指导员鞋印的事，心存愧疚，听我一说，连连点头，当场让刑警队队长小王尽快落实。

谈完工作，见我们要走，他死活不允，执意挽留，让食堂大师傅做了一桌菜，小王作陪，请我们支队的几个人吃了一顿丰盛的晚饭。

饭桌上，他还拿出了好酒，我见状马上摆摆手：“案子现在这个样子，我们也喝不下去，你先放着，等案子破了再喝！”

八

几天以后，浦口分局刑警队的小王就专门来了一趟支队，把情况向我和老曹作了汇报。

小王说："根据我们的走访调查，死者许敏是农村妇女，性格内向，本分老实，嫁了郁大鸿以后，基本就是在家操持家务，照顾女儿，除了丈夫以外，跟外界没有什么接触。总之一句话，死者的任何关系都不至于杀人。但是这个丈夫郁大鸿倒有些问题。他头脑灵活，善于经营，在镇上开了家百货商店，收入不错，所以家里既有现金，又有金银首饰。经过我们的深入调查，发现郁大鸿最近有了外遇，和镇上一个女人有不正当关系，而且对方已经怀孕，催着郁大鸿跟她结婚。"

我一边听一边想，这样看来，这个郁大鸿倒有作案的动机。他为了摆脱发妻，另结新缘，有可能下此毒手。但是转而一想，现场还有他的女儿呢，难道他连女儿也一块儿杀了吗？这个真是太残酷了，我是不是把人想得太坏了？唉，先不管这些，现在的任务就是找寻证据，只有证据才能拨开这层迷雾。

怎么才能获取证据呢？

老曹和小王走后，我一个人在办公室，思来想去，琢磨了半天。

最后，眼前终于一亮，直接跑去推开老曹办公室的门，连珠炮似的对他说："老曹啊，根据小王他们的调查，这个郁大鸿有杀人动机，对不对？我们先不要去想现场还有他女儿的事，至少他杀妻的动机是有的，杀女儿可能是附带的。但是不管怎样，我们现在没有证据，对不对？怎样才能找到证据呢？我有个想法，你看行不行？”

老曹正在翻阅小王带来的那些走访笔录材料，听我这么一说，合上案卷，有些困惑地看着我，听我继续说下去。

“老曹，你看啊，这个现场被伪造成盗窃杀人现场，郁家的现金和值钱的财物一点儿都不剩。如果是郁大鸿杀人，他会把这些东西带到什么地方去呢？会不会藏到他那个店里，或者其他什么地方？这个可能也不是没有，但是我觉得他把东西藏在现场的可能更大。一是因为是自己家，藏在家里最保险。二是他可能觉得‘大隐隐于市，小隐隐于野’，最危险的地方反而最安全。”我掰着指头跟他说。

老曹马上明白了，说：“有道理！我马上去安排。”

说罢，他抄起电话，把程翔等几个脑瓜灵活、身手敏捷的侦查员找来，一块儿商议了一下，连夜赶往盘城镇。

临走前，我特意嘱咐：“你们这次去，不要和分局、派出所打招呼，以免惊动更多的人。最好是等到后半夜，郁家隔壁那个姓钱的一家睡觉后，再悄悄地进去。”

九

第二天一早，我一到办公室，老曹就喜滋滋地跑来说：“老朱啊！被你说中了！程翔他们把东西找到了！”

我马上问：“他们人呢？”

我想听听具体经过。

“我让他们先去睡一会儿，都天亮了才回来。”老曹知道我急于知道结果，就把昨天半夜的情况一五一十地跟我说了。

昨天半夜时分，程翔一行三人到了盘城镇。当时伸手不见五指，一点儿月光也没有。

为了不引起注意，他们把车子停在一家洗浴中心门口，然后慢慢走到盘城北巷×号的案发现场，用保存在刑警支队的那串钥匙打开房门，蹑手蹑脚地鱼贯而入。

一人负责警戒，另两人各持一支笔形电筒，从里到外，从下到上，对所有房间进行了一次彻底的搜查。

最后，在卧室的天花板上，发现了一包东西。经三人点验，正是郁大鸿当时报失的现金和首饰。

拍照以后，他们又将东西放回原处，把天花板恢复原样。最后，又和进屋时一样，悄无声息地离开了小院。

“老曹，你看，现在事情已经很清楚了！只有郁大鸿杀人才会这么干。如果是外人作案的话，他要么拿走，要么就不要了，怎么会精心藏匿起来呢？对不对？”我信心满满地问老曹。

“对！但是这包东西还不足以证明郁大鸿就是凶手，两者之间必须有关联才行。”老曹同意倒是同意，但又提出一个新的问题。

这个问题其实我也想到了，但是关键是怎么来解决它？我又陷入新的一轮苦思冥想之中。

十

10 月 22 日那天，正当我和老曹为这个案子头疼的时候，老曹接到了一个电话。

电话是浦口刑警队的小王打来的，他向我们请示：郁大鸿今天跟他们说，这些天气温降得厉害，他想回家拿点儿御寒衣服，看行不行。

听完老曹转述，我一拍大腿，对他说道："这真是天赐良机！郁大鸿很可能是以此为借口，回家去看看那些东西有没有被人动过，我们正好来个请君入瓮！"

老曹有些明白，笑了。

"你不要笑，又不是我们设圈套让他钻，是他自己要回家看看，对不对？"我一本正经地说。

老曹笑得更厉害了，还用手指着我。

"你别笑了，我们商量一下怎么行动吧。"说着，我又把程翔他们叫过来，把郁大鸿要回家拿衣服的事跟他们说了，并交代他们如此这般，同时当场通过电话，和浦口刑警队的小王敲定了具体细节。

一起准备停当后，我们一行人随即分坐三辆车，又一次向浦口盘城镇出发。

十一

晚上，一切安排停当，我就坐在那辆指挥车里，看好戏上演。

大概 8 点钟，分局刑警队队长小王陪着郁大鸿进入了我们的视线。郁大鸿提出回家拿衣服，是跟分局说的，由分局的民警陪他去，顺理成章，让他觉得我们没有什么怀疑。

刚进入郁家的卧室，小王腰间的 BB 机突然响了，他拿起 BB 机一看，说："哎哟老郁，队里有事找我，我出去回个电话。"临出房门，还特意回过头来说，"哎，你不能乱动啊！除了要找的衣服，其他东西千万不要挪动，我去去就来!"说着离开了现场。

就在刚刚，我们在郁家装了几个秘密摄像头，镜头直对着关键区域，终端屏幕就在指挥车上。

这时，我在屏幕上看见郁大鸿一个箭步，拽过一把椅子，两个手套往手上"嚓嚓"一戴，站了上去，挪开天花板的一角，看里面的东西是不是还在，然后马上又把天花板照原样合上，从椅子上下来，把它放回原处，用手套擦了擦椅背，摘下手套，塞入衣袋，若无其事地去衣柜里翻找要取的衣物。

这个郁大鸿，以前看他的模样还算斯文，可现在的动作是那么可笑，又是那么可恶！

说老实话，尽管我和老曹设计了这场戏，但是内心还不大敢坚持自己的判断，总觉得郁大鸿不至于杀害自己的亲生骨肉。

可是眼前这一幕，让我这个见惯了人性丑恶的老刑警也多少有些震惊，郁大鸿果真就是杀害妻子和女儿的凶手！

郁大鸿拿了衣服走出家门以后，我们没再让他回飞鸿百货商店，而是直接把他带到了浦口分局。

十二

“郁大鸿，这些日子我们把你想得太好了！现在，你干的那些事，藏的那些东西，我们都知道了，你就老老实实交代吧！”我一进审讯室，就对他厉声喝道。

郁大鸿吓了一大跳。

他知道我是市局刑警支队长，看我一脸怒气的样子，不敢再耍什么花招，只得一句一句开始交代。

郁大鸿在镇上经营百货商店时，结识了一个姓郭的女人。一来二去，郁大鸿利用晚上住在商店的机会，和这个女人发生了关系。自从有了这个女人，郁大鸿开始嫌弃自己的老婆许敏。最近，郭某对他说自己怀孕了，逼着他和自己结婚。

说到这里，郁大鸿苦着脸说：“支队长，我也是没得办法哎！我老婆是个农村妇女，我提出来跟她离婚，她就哭着闹着要喝农药。小郭这边呢，说如果不结婚，她就去告我强奸。反正我两头都没得活路了！”

“你没得活路了？你跟别的女人快活的时候，怎么没想到啊！现在是你让自己的老婆、孩子没有活路了！你就老老实实交代吧，不要再辩解了！”我一脸严肃地正告他。

郁大鸿看了我一眼，点点头，有问必答，把整个经过都交代了。

老婆许敏不肯离婚，姘妇郭某又天天催逼，于是郁大鸿终于对许敏产生了杀意。为了实施自己的计划，他做了精心准备。他先找了一根旧的钓鱼竿，在细的那一端绑了一个铁钩，又在外面地摊上买了一个猪挂件，甚至事先物色好了藏匿钱物的地方。那天半夜，他用自己的钥匙开的门，把老婆一刀刺死后，不料惊醒了女儿。面对女儿惊恐万分的神情，刹那间他不知所措，但是稳下神来一想，自己已经没有退路，就狠狠心，朝女儿一刀捅了下去。女儿负痛，惊叫了一声“爸”，郁大鸿手一软，半途而废。女儿疼痛难忍，还在不停地呼叫呻吟，郁大鸿又产生了犹豫，但转而一想，留下女儿的命，自己就没命了，想想女儿的学习成绩也不好，将来也没啥出息，再次狠心捅了一刀。捅完之后，听她还在呻吟，又对准心脏部位，闭上双眼用力捅了最后一刀。

尽管刚才看到的那一幕，已经说明郁大鸿就是杀害自己女儿的凶手，但是现在听到他亲口供认，我还是有点儿无法接受。

要不是职务在身，我真会上去扇他几个耳光！我也是有女儿的人，实在想不通，一个男人对姘妇的爱恋怎么会压倒他作为父亲对亲生女儿的感情？俗话说，“虎毒不食子”，这个郁大鸿简直是禽兽不如！

这时，郁大鸿突然大哭起来，声泪俱下地说：“……我跟小郭好上之前，女儿是我最疼爱的人。我那个百货店，也是把女儿姓名中的‘飞’字和自己的‘鸿’字放在一起作为店名。那天本来也没想伤害女儿，只是造化弄人，让她看到了我，我一下子鬼迷心窍……”

郁大鸿杀死母女两人后，把猪挂件放在许敏的左手边，钓鱼竿放在客厅窗口下，用带血的匕首撬了几个抽屉，把现场尽可能布置成盗窃杀人的样子，将现金和首饰藏在天花板上，把可能留下足迹和指纹的地方都擦拭一遍，临出门，还戴着手套把女儿常用的那串钥匙插在门上。干完这些后，便悄悄地回到自己店里，静等案发。

郁大鸿还交代，那天回家取衣服，是因为这么长时间，不知那包东西被警察发现了没有。如果被警察拿走了，自己凶多吉少，就要准备跑路；如果东西还在，没人动过，那警察还会按照流窜盗窃杀人案件的侦破思路去调查，自己就是安全的。

十三

审讯完毕，已是凌晨，我毫无倦意，跟分局打了个招呼，当即率领刑警支队的几辆车，押解着郁大鸿，驶回市区。

车辆驶上长江大桥，眺望东方，那里已现出一些鱼肚白，它们正一点点撕开黑暗的夜。

前些日子刚读过雨果的《悲惨世界》，里面有句话恰好道出了我此刻的心声：“释放无限光明的是人心，制造无边黑暗的也是人心，光明和黑暗交织着、厮杀着，这就是我们为之眷恋而又万般无奈的人世间。”

第五天：“还我头来”

一

进入2000年，这个人类历史上跨世纪的千禧年，好像和以往的年份没有什么不同。一些专家预言的电脑千年虫并没有出现，1月份的天气还是那么寒冷。

1月14日，农历腊八，是个星期五，下午两点多，值班室给我打来电话：“刚才有人报案，中华门城堡北边的秦淮河游船码头，发现一颗死人头！”

死人头，那就意味着人命案。我二话不说，夹起个小包，对值班员说：“让一大队和技术室跟我走！”

现场在秦淮区中华门城堡的北面，镇淮东桥下的秦淮河边游船码头上。这个地方是南京著名的旅游景点，这天又艳阳高照，等我们赶到现场时，那里已密密麻麻聚集了很多看热闹的人。

不一会儿，市局副局长张新华也赶到了现场，他和我一商量，立即叫先前到达的秦淮分局副局长老魏调集警力，疏散围观群众，封锁现场。老魏刚从鼓楼分局刑警队队长提拔上来，到任才一个多月。

最早发现这颗死人头的，是秦淮区市政管理所一名姓吴的清洁工，他对我们讲了事情经过：

昨天早上7时许，他和往常一样，驾着小船在秦淮河上清理漂浮物，范围是夫子庙泮池到中华门城堡镇淮东桥之间。船到武定桥附近，他发现靠近河岸的水面上漂浮着一个黑色塑料袋，圆滚滚的，不知道里面是什么，就把它捞了上来，捏了捏，有软有硬的，还以为里面是块肉，就单独把它放在码头的垃圾场边上，心想天寒地冻的，要真是肉，说不定还能喂个猫啊狗的。今天下午两点，他分类清理完这几天堆积在码头上的垃圾，最后打开这个特意留下的黑色塑料袋，万万没想到，里面居然滚出来一颗死人头。

二

这是个男性人头，鼻子和上嘴唇均被割掉，难以辨认其原貌。经过法医勘验，认定该人头系被他人砍切而与尸身分离，被害人年龄30岁偏下，被害时间三天左右。

凶手为什么要毁容？又为什么要分尸后将头颅抛入河内？一下子有好多问题要思考，但是眼下，我觉得还是要先弄清楚作案人是在哪里抛下的这颗头颅，这样才能准确划定杀人分尸的地点，找出凶手。

秦淮河实际上有两条，经过南京市内六个城区的是内秦淮河，人们常说的秦淮河一般指的就是这条河，而经中华门绕行城外的叫外秦淮河。

内秦淮河在城区呈U形，我站的地方——中华门城堡镇淮东桥，是这个U形的底部。往北看，就是大名鼎鼎的朱雀桥。唐朝诗人刘禹锡曾有诗云："朱雀桥边野草花，乌衣巷口夕阳斜。旧时王谢堂前燕，飞入寻常百姓家。"

朱雀桥再往上就是武定桥，莫非人头是从朱雀桥漂浮到武定桥的？

我望着缓缓流动的秦淮河水，搞不清楚哪儿是上游，哪儿是下游。

出了一会儿神，我扭头对老曹说："这个包着人头的塑料袋，到底是从哪里漂浮过来的，这关系到我们下一步确定杀人分尸现场，我看还是请教专家，更保险一点儿。"

"我马上跟水文局和气象局联系，让他们派专家来。"

老曹去请专家了，我仍然顶着三九寒风望着四周。

现在正是寒冬腊月，水流缓慢，环卫工人天天要打捞漂浮垃圾，这个人头不可能在河面上漂好几天。它昨天被发现，那就很可能是前天夜里抛的。

再看朱雀桥到武定桥那一带，目力之所及，街巷纵横交错，到处都是低矮的平房。这个凶手不大可能提着包裹着人头的塑料袋，从大马路上经过这些小街小巷，跑到这个河边来。

我的直觉告诉我，杀人分尸和抛头颅的现场，应该就在武定桥附近。

三

在随后召开的侦破工作动员会上，我把这些思考跟老张说了，最后由他拍板，提出了四点工作要求：

一是根据被害人体貌特征，立即在全区范围内查找近期失踪的人员；二是立即对各垃圾站及沿河单位全面走访，以发现其他尸块；三是立足全区排查，摸排常住和暂住人口中有无矛盾激化或其他反常情况；四是沿河派出所立即组织全体民警对所有房屋进行走访排查。

气象局和水文局的专家都来了，结合案发前一周以来的有关水流、风向、风力等情况，并对不同重量和体积的漂浮物的流向和流速进行了分析研究，还做了实验，一致认定，抛头颅的位置，应该距发现头颅的武定桥现场不远。

走访工作也有进展。

当晚有一保洁员反映，曾在武定桥附近的大井巷公共厕所附近，看到一个拾荒者在垃圾堆上翻找出几床棉花胎，等到发现上面有血迹，又扔下没要。

专案民警听说后，立即在这位保洁员的带领下，将这几床棉花胎取回。经 DNA 技术检验，确认棉花胎上的血迹及黏附的人体组织碎屑正是被害人的。

大井巷一带是老城区，多为老式平房，街巷纵横交错，地形复杂，住在外面的人是不会抱着几床棉花胎，特意跑到这里丢的。

根据人头和棉花胎发现的位置，结合大井巷的地域环境以及气象、水文专家提供的情况，我进一步认为，作案人杀人分尸的位置也应当在武定桥附近，也就是北至马道街、南至中华门城墙、东至菜板桥、西至中华路这样一个比较小的范围内。

我的意见得到老张、老曹等专案组其他成员的认可后，就对一旁的老魏说："我看排查杀人分尸现场，重点应该放在大井巷、三条营、龙泉巷三个户口段。这三个户口段一共有多少人家？"

老魏刚来秦淮不久，对这里的情况还不是很熟，听我在问，赶紧转问身边的人，转而对我说大概 1000 多户。

我说："好！你给我派 130 名民警，尽快对这三个户口段的 1000 多户人家进行地毯式排查。一人负责 10 户，必须进屋。排查的要求是：一，每户定人定位，有无与死者相似的失踪人员；二，因为是分尸现场，要仔细寻找室内有无血迹；三，发现家中有无案前来访、案后突然去向不明的人员。"

四

此后三天，我每天像过堂似的一个一个听汇报，但是听来听去，就是没有听到谁家有去向不明的人员，也没有听到在哪家发现血迹。

这时，有人提出来要扩大排查摸底的范围，也有人提出来凶杀现场是不是在河对面，或者干脆是流窜作案，凶手已经跑掉了。

针对这些说法，我逐一加以分析。

"关于排查的范围问题。我划的这个范围，是根据水文专家、气象专家，以及棉花胎抛放的位置而作出这个判断的。范围太大，没有科学依据，也不符合事物的客观规律。当然啦，你老魏要是有这个警力，我也不反对。"我顺便将了老魏一军。

老魏连连摆手："玩不起，玩不起！"

"关于作案人会不会在秦淮河对面，也就是河道外侧的问题。我问你们，棉花胎是在哪里发现的？它是在秦淮河内侧的大井巷发现的，如果凶手在河对面，他为什么要抱着棉花胎，拎着头颅，舍近求远，穿街过巷，从河对面翻过桥，到这边的垃圾站扔东西？"我说到这里，那些主张杀人分尸现场在秦淮河外侧的人也不吱声了。

我继续说道："关于流窜作案的问题。我们都搞过这方面的案子，大家不要忘了，流窜作案的目的要么是侵财，要么是性侵，杀人只是附带的。即使因为侵财或性侵而杀人，凶手也没必要分尸抛尸，而且还要毁容，他完全可以一走了之嘛，费那个事干什么？"

看大家频频点头表示同意，我又接着说："经过了这一轮排查，嫌疑目标没有出现，肯定是我们的排查由于某个民警工作马虎而造成了疏漏，没有别的原因。这个嘛，等到案子破了，我们再总结，但是现在案子还没破，我划的排查范围大家刚才也同意，怎么办？没有别的办法，还是要排！不过，老魏啊，这 130 个人没有排出来，你给我再换 130 个人，坚定信心，重新再排。要求一样，每人 10 户，必须进屋。"

这样，老魏又给我派了 130 个人，重新开始排查。

令我失望的是，居然结果还是一样，没有发现半点儿值得推进的线索。

五

我坚信自己划的这个排查范围没错，但是怎么就排查不出来呢？

看来，靠老魏派来的民警排查，是不会有什么结果了，可我又无法替代他们，一户一户地去看。

我只好眼睛向内，对支队的刑事技术人员提出要求。对大井巷垃圾点现场发现的棉花胎进行详尽的检验，看能不能发现更多的附着物。

19 日上午，技术员小齐兴奋地来向我报告：“支队长，我对棉花胎进行了彻底的分离检验，发现了一条彩光纸！”

“哦？带我去看看。”我马上来到技术室，看见小齐已把它单独放在一块玻璃板上，上面的刻度显示：宽 0.5 厘米、长 4 厘米。

彩光纸是干什么的？

它是南京民间制作灯笼等喜庆物品时用的装饰材料。秦淮河畔的夫子庙，每年春节灯会从大年初一到正月十八都有彩灯出售，扎灯人一般每年三四月份就开始制作各种灯具，一直到春节灯会开始前才结束制作。这些民间艺人大部分就住在我们划定的重点排查区域，因为这里离夫子庙很近。

这条彩光纸，是在被压得很板实的棉花胎里找到的，而经仔细勘验检查，这几床棉花胎被发现的厕所及其附近地面上并未发现有类似的彩光纸，这说明它绝不是作案人抛物时后来黏附上的，而来自作案现场。它既然遗落在作案现场的床上，也就有可能遗落在现场附近的地面上。我们只要找到哪些地方有彩光纸，就有可能顺藤摸瓜，找到这个棉花胎的主人，这个查找范围不就大大缩小了吗？

但是哪些居民住户家里有彩光纸呢？让老魏他们的大部队排查，不如我们有重点地先到这些住户的家门口看看。

想到这里，我把小齐以及其他技术员全部叫上，让他们从发现棉花胎的地方开始，由近到远，对这个地面进行仔细查找。

白天没找到，晚上拿着荧光灯继续找，看看哪些地方有类似的彩光纸。

功夫不负有心人！19 日半夜，小齐他们最终在两个地方发现了这样的彩光纸。

六

情况报到专案指挥部，老魏听说后，立即对我说：“太好了！我马上就派人去查看。”

经过上两轮排查，老魏没有给我提供一点儿有价值的线索，现在我对他派来的人真有点儿不放心，便说：“还是我自己去看吧！万一派出所的人回来又说什么也没看到，这个案子还破不破了？”

老魏有些尴尬，秦淮分局的刑警队队长林舒赶紧上来说：“支队长，我陪你去吧。”

这几天在一块儿办案，我觉得林舒这个刑警队队长办事还是满细心的，就说：“好吧，人不要多，我和你，再带两个刑警。今天太晚了，明天一早，我们一起去。”

第二天一大早，我们一行四人，顶着寒风，在小巷子里转来转去，按地址找这两个地方。

第一个地方进去一看，中间一个堂屋，四周四间老式房子，住满了人家。这么拥挤的地方怎么杀人、分尸？我没有多停留，就让林舒带路，直奔第二家。

第二家在上江考棚××号。上江考棚位于中华门城堡东侧，南起新民坊，北至剪子巷。明清两代科举考试时，安徽被称为“上江”，江苏被称为“下江”，上江考棚就是安徽考生预考和居住的地方，后来就作为地名延续了下来。

上江考棚××号，是一座还比较新的三层小楼，距离发现粘血棉花胎的公共厕所很近，曲曲折折的小路全部加起来也只有30米。

穿过小楼一看，院子里还有将近十间屋子，都租给了外地来宁人员居住。

林舒悄声告诉我：“这个女房东叫陈爱梅，为人精明，凡事都很计较，得理不让人，人称‘母老虎’。前两次专案民警上门了解情况，都遭到她的冷言冷语。”

我们一进去，女房主正指挥着一个瘦小的老头儿把一大盆腌肉搬到后院去，见我们来了，就迎上来大声说：“你们警察来了多少次了？今天怎么又来了？成天来问，问什么鸟东西啊！”

女房主身材肥硕，满脸横肉，一看就是个蛮横泼辣的女人。

尽管她嘴里不干不净，骂骂咧咧，我也不跟她生气，你嘟囔两句，我就退回去了？不可能的事！

我软中带硬地对这个悍妇说："你别激动！有了案子，我们来调查，这是警察的责任，警察也有这个权力，你必须配合，晓得吗？"

我一边说，一边朝四周看，推推院子里的一个房间，发现上了锁。

"请你打开给我们看看。"林舒客气地跟她说。

陈爱梅磨磨蹭蹭，找了半天钥匙，一副极不情愿的样子。

进入房间后，我发现里面只是简单摆设了几件家具，但地面却拖得十分干净，不像有人住的样子。

"房客到哪里去了？"我问。

"几天前回老家了。"女人回答。

"他是谁？"我指指那个瘦老头儿问。

"我老公。"女人答。

我嗅了嗅鼻子，盯着女人问："这里头怎么这么臭啊？"

拿着钥匙站在一旁的陈爱梅明显有些慌乱，指着她老公刚搬到门口的大盆腌肉说："大概就是这个味道吧。"

这是刚搬过来的，和屋里的味道有什么关系？

我走过去低头闻了闻盆里的腌肉，气味也不对，便不再搭理女人，指着这间屋子，径直对林舒他们说："你们按专案组的要求，仔细检查！"

一声令下，林舒他们马上麻利地行动起来。

他们把床单掀起来，床铺上的垫被都是新换的棉花胎，揭开棉花胎一看，床板也是新洗刷的，床下的地板被擦抹过。

蹲下来查验地上，在刷成红色的地板上，他们发现几处细微的斑点，与整体的色调有微弱的反差，而在墙角的白色墙体上则有三个细小的喷溅性暗红色斑点。

再到两个屋子之间的隔断，见那里竖着几块床板，把其中一块拽出来一看，上面也有血。

我回头看陈爱梅，她立即傻了，蔫了。

这时候不是她骂我们了，而是我数落她了："现在你还有什么话说？啊？"

她扑通一下跪在地上："那家伙已经跑了，我是怕你们怀疑我，就没敢说！"

什么叫前倨后恭，这回我可见识到了。

我教训道："如果你早点儿说，还能立个功！现在想撇清，晚了！"

七

我一面让同事打电话叫技术人员来，一面就地对陈爱梅进行讯问。

陈爱梅见我们找到了证据，抵赖不掉，只得如实做了交代：

"我们家这间屋子，是租给一个叫戈玉贞的安徽女人的，她在夫子庙摆夜市卖紫砂壶，和她一起住在这里的，还有她儿子和一个20多岁小帮工，男的。

"1月7号，戈玉贞接了一个电话，随后向我借了4000块钱，讲好月息是一分的利，之后我就再也没见过她。18 号夜里，也就是前天，她家那个小帮工说要回家过年，找了一辆大卡车，将屋子里的紫砂壶和其他东西全部搬走，因为都是人家的东西，我不好不让搬，只是叫小帮工替老板娘还我钱。小帮工没有多问，连本带利给了我 4400 块钱后就走了。

"昨天下午，我进房间打扫，发现地板、床铺、床板上，还有草席上都有像血迹一样的东西，而且有一股腥臭味。联想到前一阵子民警来我家调查，外面又风传秦淮河里漂了个死人头，我就害怕了，跟老头子一商量，连忙冲洗了地板、床铺，并把铺盖换成新的，还把家里腌的咸鱼咸肉装进大盆，拿到屋里，万一警察来查，我们就讲不知道。"

"15 号和 18 号我们两次来调查，你为什么不及时报告？"我问她。

"因为没叫小帮工去办理暂住证，而且那时戈玉贞借了我钱还没还，万一是他们家出事，怕钱收不回来。后来小帮工搬家走了以后，我们更怕为这个事牵扯到自己，所以赶紧清扫了房子的地面和床铺，想把这个事糊弄过去。"陈爱梅的声音现在很温顺。

前两次民警来查没有仔细看，都被她蒙混过去了。

我带着刑警过来是第三次来查，她故意先发制人，骂骂咧咧，想分散我们的注意力，让我们尽快离去。

没想到这次是我亲自带队来的，不吃她这一套。如果这一次听了老魏的话，让他的人来看，说不定看了一圈以后，回来又跟我说，没发现什么东西。

在我讯问陈爱梅的时候，林舒他们对陈爱梅家的其他租户也进行了询问调查，证实了戈玉贞母子在案发前先后失踪。1 月 18 日夜，戈玉贞的小帮工曾雇用过一名男青年，带着一男一女将室内的紫砂壶、观赏石等物品搬上一辆汽车运走，之后即去向不明。

当初布置排查的时候，我特意跟老魏交代，凡是要离开这个地方的人，你们要仔细检查。现在果然被他们漏掉了，我气不打一处来。

正好老魏这时闻讯赶到，我就厉声质问他：“你们是怎么把守的？”

老魏面红耳赤，吭哧了半天也答不上来。

“等以后抓到这个小帮工，我们一定要搞清楚这个问题。如果是民警疏忽，你一定要追究责任！”老魏是我的老部下，我对他不用客气。

老魏连连点头：“我绝对饶不了这小子！”

我们还在询问房主和租户，技术人员就已经赶到，立即取样检验，当场认定这些斑点均为人血，且与被害人一致，由此确定此处为第一现场。

临走时，我严肃地对女房东陈爱梅说：“你听好了，这间杀人分尸的房间，我们贴了封条，你要替我们看好，不准别人乱动。你和你老公这段时间不准外出，随时听候处理。如果有戈玉贞母子的消息，马上报告派出所！”

这时候，陈爱梅低眉顺眼，连连点头答应。

走出上江考棚××号，我听到挤在门口看热闹的人群里有人在笑：“这个‘母老虎’今天吃瘪了！”

八

找到了杀人分尸现场，发现了与案件直接关联的三个人，侦破工作出现了新的转机、新的突破。专案指挥部研究后认为，不论这三个人在案件中处于什么样的角色，都非常关键。

根据上江考棚××号租户办理暂住证所留的信息，戈玉贞（45 岁）和盛嵬（19 岁）为母子关系，户籍地是安徽蒙城小涧镇，找到戈、盛母子，就可以顺藤摸瓜找到这个可疑的小帮工。

据上江考棚××号其他租户反映，戈玉贞丈夫在安徽蚌埠也是摆地摊的，但详细地址不清。

根据这一情况，我觉得有必要连夜派人前往蒙城和蚌埠开展工作。

派谁去呢？赴外地开展工作，要求具有丰富的侦查经验，并且有一定的决断能力；优柔寡断，就会贻误战机。

想了一会儿，我决定，林舒带领几名秦淮分局的刑警前往安徽蒙城，查找戈、盛母子，并在第一时间通报戈玉贞丈夫的信息；而这时已担任刑警支队大队长的程翔，则带队去蚌埠，查找戈玉贞的丈夫。

蒙城距离南京 300 公里，蚌埠稍近一些，两路人马领命后，连夜出发。

临行前，我特意叮嘱程翔："据女房东陈爱梅交代，戈玉贞到蚌埠是去照顾生病住院的丈夫。但是他到底在哪里，并没有确切信息。所以，和林舒他们相比，你们的工作难度相对大一些。

林舒他们在蒙城能查到戈玉贞丈夫在蚌埠的准确信息最好，如果查不到，你只能靠自己查。

“查的时候，你可以通过这样三条途径：第一条，是通过当地同行，查蒙城小涧镇在蚌埠的暂住人口以及各类市场、私房出租户的资料。第二条，是通过蚌埠电信部门，查当地近期与南京上江考棚××号及其附近的电话的主、被叫信息，并且把它们和从南京电信部门调出的有关情况进行比对，从中梳理筛选出有用信息。第三条，是通过戈玉贞一家的各种社会关系，查戈玉贞丈夫有可能去的落脚点。不过，这一条要注意：不要打草惊蛇！”

程翔连连点头，一一记下。

21 日，也就是两路人马出发的第二天一大早，我特意给蚌埠市局刑警支队的支队长老袁打了电话，请他们全力协助我们的行动。

与老袁通完电话，我把支队专门负责与电信部门联系的小苏找来，让他围绕上江考棚××号房主家中的电话及其附近的公用电话进行调查，争取从中发现线索。

这天下午，林舒从安徽蒙城来电向我报告：在当地同行的配合下，虽然没有找到戈、盛母子的下落，但通过走访和翻阅人口资料，得知戈的丈夫盛志国（50 岁），因在当地欠下大笔债务，房产被法院查封，1997 年举家外出，常年在外做生意，一直未回过原籍，现在可能还在蚌埠，但具体住址仍然不详。

既然丈夫盛志国有可能在蚌埠，戈、盛母子也可能在那里，我马上对林舒说：“那你们也马上赶到蚌埠，与程翔他们会合，一块儿查找盛志国的下落。”

九

仅仅过了一天，22 日上午，程翔就通过电话兴奋地向我报告："我们和林舒他们分头查找，终于找到盛志国的住处了！"

原来，通过当地公安机关查蒙城小涧镇在蚌埠的暂住人口以及市场、私房出租户的资料，一时没有什么进展，倒是走访电信部门有了收获。

他们经过梳理比对，发现蚌埠地区近期与南京的上江考棚××号联系过的电话共有四部，而且都是私人开设的公用电话。经过对这几部电话机主的走访调查了解，最终查明盛志国暂住在蚌埠市朝南路十七村施徐八组××号。

侦查工作推进了一大步，我在电话里鼓励了一番，最后也提醒道："找到这个盛志国，我们才能搞清案情。你们一定要沉住气，千万不能打草惊蛇！"

整整一个下午，我不断在脑子里想象着前方可能发生的各种情况，终于等来了程翔他们的报告。

上午他们赶到那里时，发现房门紧锁，并不见盛志国的踪影。

通过走访，侦查员们了解到一些有用的线索：

据房主及其邻居反映，盛志国在此居住了约有半年，最近半个月，却一直没有见到过盛的身影。十多天前，看见盛志国以前那个 20 多岁的帮工小尤来过几次，后来小尤又带盛的老婆戈玉贞来过。来的那天夜里听到房内有哭声和剁东西的声音，还看到烧了一些物品。第二天见小尤换了门锁后外出，从此再也没有人看见过戈玉贞。昨天，就是 21 日下午，小尤骑自行车来到盛志国的暂住处，要将室内的东西搬走。因为小尤要拿走的货物比较多，值一点儿钱，房主没有见到租户盛志国本人，便出面阻拦。

根据房主及邻居所描述的小尤体貌特征，与陈爱梅所讲的戈玉贞的小帮工相似，再结合其他情况来看，二者应该就是同一个人。

程翔最后在电话里说："现在看来，小尤这个人很关键。只要找到他，盛志国一家三口的情况就可以弄清楚。另外，这个小尤在案发前后，无论在南京，还是在蚌埠，都有人看到他的活动，但是和他联系最为密切的盛志国一家三口，却踪影全无，这两者之间到底存在着什么样的关系？我和林舒也商议过，根据过去侦办案件的经验，我们觉得这个小尤具有重大作案嫌疑。如果真是这样，那么盛志国一家三口则极有可能都已被他杀害。"

程翔和林舒他们的分析很有道理，我当即表态："我同意你们的分析。'将在外，君命有所不受。'你们可以根据实际情况，相机行事，果断处置，尽快将小尤抓获。"

程翔又说："盛志国租赁的房屋内还存放着大量货物，我们判断，这个小尤肯定还会再来，我和林舒决定轮流在此秘密守候。"

没想到傍晚时分，程翔就打来电话向我报告："半小时前，小尤已经落网！"

当时我正在专案指挥部，接到这个电话，下意识地看了一下表，时针正好指向五点半。

我来不及多问抓捕细节，就对身边的老薛说："程翔他们已把小尤抓获，你辛苦一趟，现在就去蚌埠，现场指挥对小尤的审讯。"

老薛是刑警支队分管预审的副支队长，预审经验丰富。

我考虑到许多物证可能都在蚌埠，在那里就地审讯，有利于把案子坐实。

蚌埠距离南京200多公里，预计开车需三个多小时。老薛离去后，我把抓获小尤这一重大消息报告了市局副局长老张，并通知前方的程、林二人，为老薛的工作预做准备。

程翔顺便在电话里讲述了抓捕小尤的经过，比我想象的简单得多。

今天下午5点，一个身影倏然闪入施徐八组××号的门洞，正当来人掏出钥匙开门时，守候民警一跃而上将其控制住。

"叫什么名字？"

"尤纬。"

"我们是南京市公安局的。"

一听这话，对方顿时耷拉下了脑袋。

十

老薛晚上9点多到达蚌埠，连夜对尤纬进行了审讯。

第二天一早，他打来电话："老朱啊，审完了！这个尤纬就是杀人分尸的凶手。"

原来这个尤纬，今年27岁，是安徽省颍上县古城乡××村村民。据他交代，1998 年底，他在蚌埠摆地摊时认识了盛志国，后经盛劝说，借了一万元与盛合伙来南京做生意。但盛为人刻薄狡诈，合伙后始终将尤当帮工看待，一年来仅给过尤几百元工钱。在盛志国的影响下，盛妻戈玉贞及儿子盛嵬也看不起尤，经常颐指气使。尤纬曾向盛志国索要合伙费一万元，盛拒绝归还，并于去年夏秋，独自一人返回蚌埠摆摊，南京生意交由其妻戈玉贞打理。戈在外人面前，继续称尤纬为“小帮工”。为此，尤纬怀恨在心，开始起意寻机杀害盛志国一家三口，并吞占他们的货物。

2000 年 1 月 3 日，尤纬来到盛志国在蚌埠的暂住处，晚上先骗其喝酒，于夜深人静之时，将睡梦中的盛志国掐死。次日到铁匠铺打制了一把砍刀，夜里将盛分尸八块，分别用塑料袋装好后藏于纸箱中。5、6 两日，在蚌埠市东区兰郢雪花乡雪花村物色一处房屋并租下。

1 月 7 日上午，尤纬两次打电话到南京与戈玉贞联系，谎称盛志国生病住院，将戈玉贞骗至蚌埠。当晚将戈接到盛志国的暂住处，然后又以同样的方法将戈杀害，分尸后把尸块藏入纸箱内。

1 月 8 日，尤纬携凶器返回南京。10 日夜，趁盛嵬熟睡之机将其掐死，毁容分尸，把头颅包裹后，在武定桥附近抛入秦淮河中，其余尸块均用黑色塑料袋分装裹好，装入屋内一铁皮箱内，其上铺放书籍、茶具等物进行伪装。

1 月 18 日，尤纬约了在蚌埠结识的朋友来南京，又在附近的紫金山停车场租用了一辆大货车，晚上以搬家为名，将上江考棚××号暂住处内价值两万余元的货物搬运一空，连同尸块一起运到蚌埠，放在其新租的雪花村×××号暂住处内。

获取尤纬口供后，老薛他们立即在蚌埠市局的协助配合下，前往雪花村×××号，起获了装有盛嵬尸身的铁皮箱和装有盛志国、戈玉贞尸块的四个纸箱及全部赃物，并搜获了杀人分尸的凶器和剁解尸块的砧板等作案工具。

当时正值寒冬，气温很低，尸块还没散发臭味，否则早就引起人们的警觉了。

至此，这起横跨两省、在两地分三次杀死三人并分别予以肢解，之后抢劫数万元财物的大案，终于告破，前后仅用了九天时间。

十一

尤纬被押回南京后，为了搞清一些细节，我就像下围棋复盘一样，亲自对他审了一次，还特意让老魏也来听听。

如果你不知道他曾残忍地杀害并肢解了盛志国一家三口，你会觉得眼前这个年轻人称得上清秀。

"尤纬，你和盛志国一家有矛盾，分手就是了，何至于把他们都杀了呢？"

"警官，你不晓得，我那一万块钱在他们手里，我要走，他们就是不给我，我没得办法哎！"

怎么会没有办法呢？但是现在跟他说这些也晚了，我接着问："钱是盛志国拿的，那你杀他老婆和儿子干什么？"

“钱是在盛志国手里，但是他老婆和儿子对我太坏，把我当小帮工看待。警官，你不晓得，他们就是让我搬运货品，看管摊位，生意上的钱款进出，都是盛治国老婆经手。饭也不让我吃好，成天就是白菜豆腐，他们娘俩中午却经常瞒着我在家做好吃的，把我当傻子，其实我是合伙人哎！”

那也不至于杀人哎！我正这么想，又听尤纬说：“我把盛志国杀了以后，就想，马上就要过年了，他老婆儿子到蚌埠去，找不见他，跟邻居一打听，就知道我去过，马上会怀疑到我头上，所以我干脆把平时对我很坏的娘俩都杀了。”

“你在 10 号晚上掐死盛嵬，又是在什么时候分尸？什么时候把头颅丢到秦淮河里的？”

“10 号当晚就把小盛切成几块，忙了大半夜，太累了，就等到第二天半夜才去丢人头。”

根据他的供述，头颅被抛入秦淮河的时间是 11 日深夜或 12 日零点过后。由于河流缓慢或水中其他物体的阻滞，延迟了一天，于 13 日凌晨被环卫工人发现，这也说得通。

“你为什么要将盛嵬毁容呢？”

“我本来是想把他分尸后都丢到秦淮河里的，毁容就是怕被人认出来。后来怕一趟一趟来回走，被人发现，就没有再丢。”

“带血迹的棉花胎也是同一天丢的吗？”

“棉花胎是 13 号半夜丢的。”

“你在丢这些东西时，没碰到人吗？”

“没有，都是半夜，天又冷，路上没人。”

“10 号晚上盛嵬被杀死，到 18 日晚上你离开，这么多天没人问过你，他到哪里去了吗？"

问到这里，我的眼睛余光发现，老魏显得比尤纬还紧张，因为这些问题涉及辖区民警的工作。

"好像女房东问过一次，我就说到蚌埠他爸妈那里去了，就没人再问。"他想了一下，答道。

"派出所民警来调查时问过你吗？"

"警察来的时候我不在，要问也是问房东。"

我看了老魏一眼。

如果走访民警细致一点儿，也许能了解到盛嵬突然失踪的情况，发现屋内的血迹。

"你是怎么带着盛嵬的剩余尸块，离开上江考棚这个地方的？"这个关键问题，我必须知道。

"14 号丢在河里的人头被发现后，就听说警察开始挨家挨户调查。我就把剩余的尸块装在铁皮箱的下层，上面铺着茶具，18 号晚上租了一辆卡车运走的。"

"你出上江考棚路口时，警察没有检查你吗？"我继续追问。

"检查了。但是快半夜了，一个警察让我打开箱子，看了一眼。我说都是茶具，怕摔，底下一层他就没看。还好因为天冷，尸块的味道还闻不大出来，但是当时我很紧张，大冬天的，汗都出来了！"

听了他的回答，我看了老魏一眼，老魏额头上的汗也出来了。

十二

不过，老魏倒是没有文过饰非，宣传什么“九天破案”之类的成绩，而是等到尘埃落定，专门召集全分局的科所队长会议，对这个新千年第一案进行了总结，非要让我去讲一讲。

我借这个机会，讲了几点侦破此案的经验教训。

“这个案子，从尤纬抛尸到将他抓获，前后只花了九天时间，这里面有成功的经验，也有必须吸取的教训。

“所谓成功经验，一是工作方向，排查范围比较合理。我们划的这个范围，是根据案发地点的地理环境特点，结合水文专家、气象专家对水流、气象的分析，作出这个判断的。范围太大，不符合实际情况，也没法儿操作。事后证明，我们的这个分析是正确的。由于对现场环境的选择分析正确，划定的排查范围比较小，从而明确了排查重点，大大节省了排查时间。

“二是技术工作起到了关键作用。杀人现场就是在技术人员从棉花胎里检测到彩光纸后，才找到的。

“但同时，这也是一个教训，因为本来这个现场，是可以通过我们民警的走访发现的。就是由于个别民警的工作不够仔细，导致我们差一点儿与现场失之交臂。安排100个人排查，只要有一个人不认真不仔细，那就只能说百分之百都不认真不仔细。只要有一个人漏掉了，就是百分之百漏掉了。这就像一个水桶，它的容量取决于那块最短的木板。短板短板，就是这个意思。

“如果我们民警的工作认真仔细，即使上江考棚××号这个杀人现场没有被及时发现，尤纬连同那辆载着尸块的卡车，不也可以在上江考棚那个路口被截下来吗？"

十三

对尤纬这起跨省杀人抢劫案的审理，费了一些时日。我们刑警支队把该准备的文书案卷连同物证，都移交给了检察院，检察院正式批捕，向法院起诉，这就意味着我们公安机关的工作结束了。

但是没过几天，程翔跑到我办公室来，说尤纬想见我。

我很奇怪，就问："是不是还有什么要交代的？"

程翔说不知道，尤纬是通过看守所转告的。

在法院审判之前，犯罪嫌疑人都关押在看守所，像尤纬这样注定要判死刑的犯人，一般不会再转监狱了。

我抽空儿跑了一趟看守所，见到了尤纬。

尤纬身穿橘黄色看守所马甲，戴着手铐脚镣，见到我就像见到老熟人，说："朱警官，你们怎么还不判我死刑？"

我有些奇怪，一般的重刑犯人总是想多活几天，他怎么反倒催我们早点儿判他死刑，就问："你为什么想早点儿判？"

"朱警官，到了这里以后，我每天晚上都梦见过去天天一床睡的小盛，他那个没有头的身体在我眼前晃来晃去，老说一句话，'还我头来'！这个小盛比我还年轻，我确实对他有点儿过分了。我晓得，我早晚都得判死刑，还是早点儿判，给我来一枪，一了百了，他就不会来找我了。现在这样，我觉也睡不着，成天头疼，太难过了！”他痛苦却又认真地说。

我一听，又好气又好笑。

“还我头来！”这个尤纬大概看过一些演义小说，知道因果报应，才会在夜深人静之际，受到良心的谴责。世界上没有天生的罪犯，但是犯了罪，就必须受到惩罚。早知今日，何必当初！想到这里，我对这个残忍杀害并肢解盛志国一家三口的凶手，竟生出一丝丝同情。

看着他一脸真诚的样子，我想了一下，也很真诚地说：“什么时候判，是法院的事，我说了不算。你老做噩梦，是因为你现在觉得对不起盛鬼一家。如果你真的想忏悔，我可以给你指条路。”

“朱警官，你快说！我一定听你的！”他有些着急。

为了让他听明白，我说得很慢：“如果死刑判决下来，你呢，主动签署一份协议，愿意身后捐出器官，提供给那些需要的病人，帮助他们恢复健康。这样，或许能够救赎你的罪过。”

尤纬仔细听后，连声说道：“好，好！朱警官，你这个办法好！我就按你说的办！”

第六天：循迹追凶

一

2000年“1·14”尤纬系列杀人分尸案侦破不到一个月，2月22日，玄武区又发生一起命案。

那是个星期二，快中午了，刑警支队值班室向我报告：玄武消防大队打来电话，说玄武区蓁巷××号108室火灾现场有一具女尸，两臂被反绑，消防队怀疑死者死于他杀，请刑警支队前去看看。

凶杀现场，我都要在第一时间赶去。

这是我多年来养成的习惯，也是一条经验：一个刑警特别是刑侦工作的指挥员，如果不到现场亲自勘查，就往往把握不了下一步案件的侦查方向。

这是一幢坐北朝南条式六层住宅楼，现场就位于楼内一层西面的那套两居室民居，与院墙只有一条窄窄的小巷相隔。房间里地上到处都是水，这是消防队员为了灭火而喷洒的。

我们踩着临时用木板搭起来的通道，走进房间。

这是一个火灾现场，屋内到处都是烈火燎烤过的痕迹，黑黢黢的；但它又是一个杀人现场，里屋床上有一具女尸，仰面躺着，已被烧得面目全非。

消防队员们穿着厚重的消防服，进进出出，大队长一边指挥着队员撤走设备，一边朝我们走来。

“今早9点多，我们接到市里119火灾报警台转来的火警电话。来了以后，这个地方正在冒浓烟。”他指指房间的窗户，“我们马上把窗户玻璃打碎，用消防水龙往里喷水。”又指指门，“另一组人从北边进楼道破门而入，也往里喷水，直到明火被扑灭。”最后指指卧室，“把火扑灭，我们才发现床上还有一具女尸，身上大部分已经炭化。我看到她身上明显有捆绑痕迹，怀疑这可能是一起杀人纵火案件，就立即给你们打电话。”

脚下到处都是消防水龙喷洒出来的水，作案人留在室内的脚印足迹是采集不到了，大门和朝南的两扇窗户也被救火时强行破拆，想要判断凶手是怎么进入的，怕也难了。

空气中弥漫着水蒸气和烧烤焦煳味，我一边观察现场，一边在心里嘀咕，回头看了一眼，问道：“技术室谁来了？”

“我。”

我一看是技术室最年轻的小齐，心生奇怪：“你师傅没来？”

他师傅老孙，是技术室主任，一般命案现场，他都会亲自来，今天怎么啦？

“他发烧了。”小齐回答。

“哦。”我也来不及多问，就随法医走到床前，对床上的女尸进行初步检查。这具女尸的身上，衣服和表皮已被火烧化，但还是可以看到上面的捆绑痕迹。

偶一回头，看见小齐手里拿着工具箱，还愣在那里，不知从哪里入手。

上个月破尤纬杀人分尸案，小齐从凶手丢弃的棉花胎中找出了一小条彩光纸，使案子得以突破，我们循迹觅踪，找到了凶杀现场，最终把凶手捉拿归案。这次，我希望他也能立功。

我看了一下四周，除了朝南的两个窗户被损坏，朝西厕所窗户外的防盗栏杆被掰断一根，窗上的横栏也被掰断。

消防大队长边走边说："这个家伙应该是点着了卧室床上的被子等易燃物，待火势起来后迅速逃离现场的。"

我算了一下时间，从火起到现在，不超过一个小时，估计作案人还没跑远，便立即电告市局指挥中心，让他们通知附近的各个派出所，安排警力加强巡查，并通知城际关卡注意堵截，如发现可疑人员，立即报告刑警支队。

正在这时，我见小齐在向我招手，便走了过去。

"支队长，你看，这里有痕迹！"他指着厕所的窗户说。

不仔细看，还真看不出来！这扇防盗窗上两根铁栏杆被某种工具硬行掰弯，就在掰弯处，有那么一点点红漆。

"很好！你把它取下来，看还有没有别的。"说完，我见玄武分局副局长老刘他们也到了现场，就上前对老刘说，"你们也看看吧，一会儿到派出所碰头！"

前不久，老刘由分局刑警队队长提拔为分局副局长，分管刑侦工作。

离开现场时，我又回望了一下这栋楼。

它位于小区的西北角，相对偏僻，楼的西边和北边都是院墙，居民很少从那里经过，凶手肯定是经过了观察才在这里下手的。

二

到了离现场最近的派出所，大家刚在会议室坐下，就听见门口传来一声撕心裂肺的哭声："我的女儿啊，你叫我往后靠哪个活啊！……"

这肯定是死者的母亲来了，派出所所长和管片民警马上起身，迎了出去，把她劝到另一间办公室坐下。一位女民警端了一杯水，也走了进去，顺便把门带上。

哭声渐渐停止，所长回来，抱歉地朝我们苦笑，说："这个老太也真是命苦！前几年，老头儿生病死了，就守着这么个闺女过日子。闺女还不错，是医院的护士，有没有对象我不知道，反正还没有结婚，就跟老母亲一块儿过。老太刚才说，因为女儿上夜班，白天要睡觉，她就出了趟门，没想到回家就碰上了这个事儿，唉!"

接着他的话头，我对老刘说："现场我们都看了，就是一个杀人纵火的现场，取证条件比较差，现场基本上被破坏殆尽。但是我们还是要尽力而为！下一步，分局和派出所要配合我们做好死者关系的排查，看能不能从中找到线索。我们刑警支队回去以后，主要是分析痕迹，看看能不能找到突破口。你看怎么样，老刘!"

"好，没问题！案子发生在我们区，我们肯定配合好。"老刘听我这么一说，马上痛快表态，还扭头对派出所所长补了一句，“你们还要协助有关部门做好善后工作！”

三

几天以后，我和老曹把分局、派出所的有关人员召集到刑警支队，开了个案情分析会。

派出所所长首先发言：“这几天，我们走访调查了她的家庭邻里关系，应该说比较简单。死者赵凤，25 岁，家里除了老母亲，没有其他亲属，邻里关系也还和睦。”

玄武分局的老刘接着说：“我们分局刑警队到死者工作单位走访，据她的领导和同事讲，这个护士平时工作认真，生活作风也很正派，有个男朋友，是中学老师。我们又去这个学校，找了学校领导，那天她男朋友正在上课，可以排除他的嫌疑。”

支队的法医从解剖角度讲，死者左胸虽有刀伤，但伤口不深，未伤及要害，还是因为她被捆绑后无法动弹，口腔塞有纤维物，无法喊叫，火起后窒息而死。她的身上还有瘀伤，但未遭性侵。

轮到小齐了，这是他第一次在案情分析会上发言，有点儿紧张。

我尽量给小齐创造气氛，对分局和派出所的同志说：“这是我们支队的技术员小齐，大学毕业生，第一次独立出现场。小齐，你有什么发现，直接说！”

小齐涨红了脸，期期艾艾地开了口：“嗯，那天在现场，取了两个痕迹，不知道有没有价值？嗯，一个是铁栏杆上的红漆漆斑，还有就是在厕所的窗户玻璃裂缝上，找到几根头发。对了，在厕所窗外地面上还采到一枚鞋印，不过是残缺不全的。哦，这是照片，请领导们过目。”

大家传看了一下照片。

我开口说道：“这个现场呢，既被火烧过，又被水浇过，要从中找寻到有用的破案线索，还真有点儿难度。小齐采获的这几个痕迹，肯定是有用的。这几天，我们围绕这个红漆漆斑，进行了分析。首先，它应该来自某种刷红漆的工具。为此，我们找来了各种各样刷红漆的工具，最后确定，它来自一种身上刷红漆的管子钳。这样，我们可以初步还原现场，作案人用工具撬开位于侧面的厕所小窗，进入室内盗窃，发现家中有人，便将其捆绑后掐昏在床，盗取财物后纵火，意在毁尸灭迹。那几根头发，应该就是此人钻进厕所时所留，还有在窗外地面上采集到的鞋印，都可以留作将来比对之用。”

大家连连点头。

“从被撬开的厕所窗户看，这个人身形偏瘦，否则钻不进来，就是这样，也还是被挤掉了几根头发。”我补充了几句，说到这里，顺便给大家讲了一个案例。

几年前，宁海路有一户人家，也是家里失火，但没烧起来，家中一个老太手腕割破，流了一些血。一开始我们以为是自杀，后来法医发现老太脖子上有掐痕，应该是他人所留。再看进出口，发现房门上的气窗被撬开过，但是一般成人难以通过这个狭小的窗口进入。最后排查出是隔壁一个十四五岁的男孩，以为家里没人，爬进来偷窃，被屋内的老太发现，威胁要告诉派出所。男孩情急之下，失手将老太掐死，心里害怕，便用刀片割破老太的手腕造成自杀假象，点火之后，开门逃逸。

讲完那个案例之后，我又说：“从我们这个现场反映出来的特点看，时间和地点作案人都是经过选择的：这个地点相对偏僻，又在一层；案发的时间，正是大家上班的时间，作案人在撬窗入室时，应该没有想到屋里还睡着一个下夜班的人。结合死者生前的情况，这起案件应该不是矛盾关系案件，而是流窜作案。”

说到这里，我转向老曹：“既然是流窜案件，就很可能不止这么一起，所以老曹啊，下一步我们刑警支队，要把这一类大小案件，也就是用刷红漆的管子钳掰弯防盗窗入室盗窃的案件，都串并起来，再结合其他痕迹，找到这个作案人。”

老曹点点头，表示同意。

把案件串并起来，是我们刑警侦查破案时经常用的方法，特别是对于侦破流窜案件，它的作用比较明显。它可以把各个案件之中零星散乱的犯罪痕迹和物证，以及获取的犯罪线索，集中起来分析研究，信息量成倍增加，犯罪活动和作案人的暴露相对充分，可以用来分析推断的依据也大大丰富。这些年来，我不止一次地体会到它的好处，所以只要具备这个可能，我都会这么做。

四

把这起案件定性为流窜作案，这就给此后的侦破工作确定了一个方向。如果方向正确，假以时日，一步一步，总能到达目的地；反之，则“失之毫厘，谬以千里”，旷日持久，终成悬案。

问题在于，在案子没破之前，谁也不敢打包票，说现在定的这个方向就百分之百正确。

所以，在案件的侦破实践中，如果长时间不见效果，侦查人员也应该重新思考，是不是需要调整侦查方向。去年浦口盘城镇“8·15”郁大鸿杀妻案，一开始我们认为是入室盗窃杀人，围绕划纱窗和猪挂件开展串并调查。结果忙活了两个月，没有取得实质性的进展。后来经过对现场的再次勘验，我和老曹发现侦查方向不对，及时进行了调整，从矛盾关系入手，才很快把案子破了。眼下这起案子，会不会又是这样？

幸运的是，经过一段时间的串并侦查，我们就有了发现。

有一天，老曹来跟我说：“这几天，我查看了支队的案件登记情况，发现1998年至2000年1月中旬，玄武区锁金村、栖霞区和燕路以及下关区上元里一带，分别有好几起入室盗窃案，与‘2·22’案件在作案特点上有相似之处。它们都是选择上午9点至10点之间，在居民住宅一楼有夹巷的隐蔽地方，用管子钳扳窗户栏入室盗窃。其中一起案件的现场出入口遗留的一枚鞋印与‘2·22’案件现场鞋印种类相同，另一起案件的现场还采获到两名作案人的指纹。”

这是一个突破，我们又多了一个可供比对的痕迹——指纹，它也说明我们把案件串并起来侦破的思路是对的。

我和老曹商量了一下，决定加大投入，派出数路人马分赴全国主要城市，开展指纹比对工作，重点首先定在沪宁铁路沿线城市，力求从串并案件及指纹上寻求突破。

“老曹啊！这项工作你主抓一下，有什么问题我们一块儿研究。”末了，我特意补充了一句。

五

到兄弟城市比对指纹需要时间，更需要恒心和毅力。

把这项工作交给老曹，我一百个放心，因为他就是一个有恒心有毅力的老刑警。

6 月初，秦淮区发生了一名高二女生被绑架的案件，我带领支队和秦淮分局的刑警与绑匪周旋，斗智斗勇，前后历时半个月，终将人质成功解救回南京（详见《第七天：命悬一线》）。

我从安徽绩溪回来后不久，老曹有点儿兴奋地对我说："老朱，栖霞区和燕路串并案现场的指纹，与常州市的三起同类手段盗窃案件的现场指纹比对上了！这三起案件在 1999 年 9 月 1 日至 3 日三天内连续发生，所留指纹系同一人。"

"太好了！有没有进一步的线索？" 我问。

"进一步的线索还有待查找。不过可以肯定的是，他们这起案件也是用刷了红漆的管子钳，把防盗窗铁栏杆掰弯，进入房间盗窃，而且也留下了一枚和我们南京相同的大拇指指纹。" 老曹说。

我们分析研究了一下，一致认为，根据作案人都是选择上午上班时间作案，而且所到之处基本上均是连续作案，因此更加证明了我们的大流窜作案推断。

既然是大流窜，那么查旅馆、查暂住人口聚集地，并选择特定的时间段进行人员比对，则必不可少。于是，我们派出刑警迅速将近万名于案发时间段在常州旅馆住宿的人员名单，全面收集并录入电脑，与南京"2·22"案件发生期间，在南京的住宿人员进行比对。

这项工作耗时费力，查了一些日子，却未能从中获取进一步有价值的线索。

见此状况，我又跟老曹商量：“这个案子既不能就此放弃，也不能把全部力量都扑上去，看来只能是细水长流，慢慢查。”

老曹完全赞成，还提了个建议：“我们可以跟常州市局分一下工，我们到几个地方去查，他们到另外的地方，信息共享，就能事半功倍，大大提高效率。”

刑警支队的任务繁重，一有新的大案发生，我的精力就不得不投到这些新发案子中去。10 月 22 日半夜，珠江路电脑一条街发生一起数额巨大的抢劫案，我和老曹一直忙到 11 月 9 日，才将案犯分别从西安和上饶抓回来（详见《第八天：夜半盗影》）。

六

时间一天天过去，每隔一段时间，只要手头上没有重要案子，我就派出几组技术员，按照和常州市局的分工，陆续到全国一些建有指纹档案的公安局去比对。

技术人员一次次空手而归，不免有些泄气。

有一次，我无意中听见小齐小声跟老孙嘀咕：“师傅，这大海捞针，能捞到吗？”

小齐的疑惑，我完全理解。

自己刚做刑警时，一个案件长时间没有突破，也会产生动摇心理，后来才慢慢做到如果方向对头，就咬牙坚持。现在，我已不是普通的侦查员，而是一名指挥员，不但自己要坚定信心，还应该给部下打气。

我把参与这项工作的技术员都找来，先从往事说起："1974年，我们南京下关卫生防疫站，发生一起女护士被奸杀的案件。当时现场确认一枚指纹和一枚掌纹为案犯进入现场时所留，就是我们这个刑事技术室的技术人员，他们都是我们的前辈，到省厅指纹档案室比对指纹卡片，从白天查到深夜，为了节省时间，晚上就打地铺睡在那里，第二天一早接着干。整整花了26个昼夜，硬是查完了指纹档案室里的27万份指纹卡片，最终找到了那个凶手，把他从千里之外的大兴安岭抓回来。"

这个案子发生时，我还没干刑警，但是听我老父亲多次提及，也烂熟于心。

接着我又说："两年前的'1·19'玄武饭店骗盗案，于小松盗走24万美元后逃之夭夭，和现在这个'2·22'案凶手杀人纵火后跑了一样，但是那时我们就是抓住'1·19'案留下的蛛丝马迹，硬是像大海捞针一样把于小松给捞出来了。这一次，我相信也同样能把作案人给捞出来，因为我们不是漫无边际盲目地捞，而是有方向、有区域的。第一步，我们不是和栖霞的案子串并上了吗？第二步，又和常州的三起案子串并上了。只要一步步查下去，总会找到这个家伙的！"

果然，在"2·22"案发生一年零九个月后，也就是2001年的11月21日，目标终于出现了！

这一天，刑事技术室老孙满脸兴奋地跑到我办公室来说："支队长，刚才，常州市局的老李给我打电话，说他们查到'2·22'

案的作案人了！”

“哦？”我腾地一下站起来，“怎么查到的？”

老孙稍稍平复了一下自己的激动情绪，尽量说得慢一些：“以前我们不是跟常州市局商量过嘛，我们去几个地方，他们去几个。这次他们去的是重庆，结果今天到重庆市局进行现场指纹比对的同志向老李汇报，通过反复比对，他们认定在与‘2·22’案件串并的常州三起盗窃案中，有一枚现场指纹为一个叫作仲石冰的人所留。”

“就是说，这个仲石冰留在常州那起盗窃案中的指纹，和我们栖霞区和燕路的作案人指纹同属一个人，而我们已经把和燕路这起案子与‘2·22’案并案侦查，所以这个仲石冰也是‘2·22’案的嫌疑人，对不对？”为了不至于空欢喜一场，我特意再问了老孙一下。

“是的！我已再三核实过了。不然我也不会向你汇报！”老孙十分肯定地点点头。

“这个仲石冰，现在在哪里？”这回轮到我有些着急了。

“仲石冰以前因伤害他人在重庆被公安机关处理过，所以重庆留有他的信息。他是四川省德阳市人，但是现在在哪里，重庆市局不掌握。”说罢，老孙把常州市局转过来的仲石冰身份证资料递给了我。

我掂了掂这份资料，有一种经历了九九八十一难，终于修成正果的感觉。

七

老曹和老薛听我说“2·22”案嫌疑人有了下落，也非常高兴，随即在一块儿商量下一步的工作。

我先说道：“这个仲石冰的身份证资料显示，他是四川省德阳市人，但是他在不在那里，现在不知道。即使在，我们让德阳市公安局把他扣押，也得派人去押回来。况且，经过专案组根据仲石冰的信息，在我们上次在电脑里建起来的资料库中查询发现，这个仲石冰于 1999 年 8 月 30 日，和一个名叫黄英的女人，还有一个叫姚明泉的人，在常州市民乐旅社一起住过宿。两天后的 9 月 1 日到 3 日常州市就连续三天发生跟‘2·22’案一样的盗窃案，看来这三个人是同伙。所以，我们必须派出足够数量的抓捕力量，才能把这几个人抓回来。我看就由我亲自带队，跑一趟四川和重庆。”

我的话音未落，老曹连忙摆手：“哎，老朱啊，这个我不赞成！你是一把手，还是在家指挥协调为好，要去也是我们去。”

“这个怎么行？不管怎么说，我比你们年轻。”我试图说服他们。

老曹马上说：“你也快 50 岁的人了，上次你带队到绩溪去解救人质，中途与绑匪不期而遇，差点儿被那个亡命之徒刺中。依我看，这个仲石冰，手段残忍，我们应该派年轻力壮、反应敏捷的刑警去对付他，我们几个就在家里做组织协调工作。老薛，你看怎么样？”

老薛马上表示赞成："是的，我们的优势是经验多一些，不一定事事冲在第一线。上次抓'1·14'案的尤纬，程翔他们不是干得很好吗？"

两个老搭档都这么劝我，我只好说："行！听你们的！那这次派几个人去，谁带队？"

最后经过商议，鉴于共有三名嫌疑人，抓捕押回必须二对一，决定派出六名刑警，考虑到对方有女性，还特意配了一名女刑警。他们分成两个小组，分别由程翔和另一个大队长小顾带领，明天就出发，一组到重庆开县找黄英，另一组到四川德阳找仲石冰，四川泸州的姚明泉留在后面看情况发展再说。

出发前，我们又在一起仔细研究了具体的工作方案。

最后我对程翔和小顾说："到了那边，一定会遇到很多现在无法预料的情况，你们可以相机行事，当机立断，以免贻误战机。但是如果确实拿不准，就应该及时跟家里汇报，我们的经验毕竟要多一些，而且有些事由我们支队领导出面来协调更好一些。"

这俩小子都是机灵鬼，听我这么一说，立即异口同声地回答："请领导放心，在那边有事我们一起商量，并及时汇报。"

八

2001 年 11 月 22 日，程翔和小顾这两个抓捕小组先后出发了，为了抢时间，他们一组飞重庆，一组飞成都。

第二天，程翔这一组到了重庆开县。

经过查证，黄英这个人倒是有，但是她已有三年时间没有外出过。1999年9月1日至3日常州那三起盗窃案发生时，黄英人在开县原籍。据黄英自己回忆，三年前在广州打工时，身份证连同钱包一块儿被窃，后来回当地派出所补办，再也没有外出。她说的情况被一一证实，显然，黄英的身份证被他人冒用。

小顾这一组到了四川德阳，在当地同行的协助下，了解到仲石冰因其在德阳的养父母已经去世，在当地无固定住所，而且他于2000年9月因一起伤害案件，被德阳市公安机关追捕，现正负案在逃，不知去向。不过，他们发现仲石冰的生父在泸州，仲石冰还有一个泸州籍女友叫郭婷婷。

办案就像寻找失物，必须不断拂去掩盖其上的各种杂物；又像解开乱七八糟的线团，慢慢理出头绪。

抓捕小组把这些情况向我和老曹、老薛汇报后，我们立即决定，两个小组分别从重庆开县和四川德阳转战泸州。不过各有重点，程翔查找姚明泉，小顾则从仲石冰的生父和郭婷婷入手，查找仲石冰。

24日晚，前方又报回了情况。

小顾这组赶到泸州开展调查走访，发现仲石冰的生父已搬离住所，去向一时难以弄清。而通过户籍查询，了解到泸州名叫郭婷婷的女性，年龄最大的才16岁，尚在学校读书，不可能跟随仲石冰到处流窜，郭婷婷很可能是仲石冰女友使用过的又一个假名。

程翔小组则查明姚明泉确有其人，而且现在正在泸州市龙马潭区的家里，以打石头为生。

怎么办？我和老曹、老薛迅速商量了一下，认为目前两男一女三个嫌疑人，我们只找到姚明泉一个，其余两人的下落，只能从姚的身上打开缺口后才能知晓。

为此，我连夜通知程、顾二人，秘密抓捕姚明泉，以便获取进一步的线索。

九

25日晚报回的情况令人振奋。当天下午，在泸州公安机关的大力协助下，姚明泉被抓捕小组成功捕获。

根据姚明泉的交代，仲石冰的女友叫曾邦淑，是姚明泉的表妹，住泸州市龙马潭乡查尔村。“黄英”是曾邦淑在1999年与仲石冰、姚明泉窜至江苏常州、镇江等地盗窃时使用的假名。

当问及仲石冰现在的下落时，姚明泉交代，上个月秋收时，在查尔村曾邦淑家，他见仲石冰也在那里。

弄清曾邦淑的确切身份和住处，又是一个重大突破。

我当即指示程、顾二人，立即寻求当地民警的支持，秘密进入曾邦淑家所在的查尔村进行调查，弄清仲石冰、曾邦淑的行踪。

第二天晚上，抓捕小组在当地派出所民警的帮助下，掌握了进一步的情况。仲石冰与曾邦淑已经同居，平时就住在曾邦淑家，但二人已于十余天前外出，至今未归。

程翔在电话里最后报告说：“支队长，这个村子的治保主任正好住在曾家对面，我们已由当地同行出面，请他对曾家情况进行监控。如果仲石冰、曾邦淑二人回来，及时通知我们。”

十

没想到28日一早，程翔就来电报告：“支队长，我们已将仲石冰和他的女友曾邦淑抓获!”

啊？这么快？这真像劈破竹子，只要找准了方向，一节一节，都迎刃而解。

听到这个好消息，我立刻叫来隔壁办公室的老曹和老薛，打开手机免提，听程翔的汇报。

昨天晚上10点，村治保主任给抓捕小组打来电话，说仲石冰、曾邦淑二人于下午6时许分乘两辆“摩的”，从外地返回查尔村曾邦淑的父母家中。

接报后，泸州市局刑警支队派出五名熟悉地形的当地刑警，连同追捕小组六名成员，立即驱车前往距离泸州市区20多公里的查尔村。

这个村子地处山区，天气寒冷，这几天又刚下过雪。抓捕小组抵达后，见曾家屋里灯光尚未熄灭，便伏在雪地中隐蔽守候。直到夜深人静，估计仲石冰、曾邦淑等人已经入睡，刑警们才慢慢靠近。

孰料曾家有狗，嗅到生人气息，立即狂吠不止，众人又迅即卧倒。

这时曾家灯亮，出来一个老头儿，四处张望。追捕民警从雪地一跃而起，制服老头儿，撞门而入，同时扑向仲石冰、曾邦淑二人。

仲石冰听见声响，自觉不妙，立即起身逃窜。他的半个身子已经探出窗外，硬是被程翔一把拽了回来。

仲石冰、曾邦淑二人被擒后，抓捕小组对曾家进行了搜查，当场收缴了大量赃物。

多么忠勇的刑警！

“太好了！”我们三个异口同声地对电话里的程翔说，旋即又问：“你们现在在哪里？”

“我们现在在泸州市局，准备今天晚上从重庆坐火车回南京。泸州市局开车送我们到重庆。”程翔在电话那头说。

我在心里合计了一下，叮嘱道：“泸州到重庆 200 多公里，重庆到南京火车 30 多个小时，你们路上一定要注意安全！我们马上跟铁路公安部门联系，在火车上为你们的押解提供方便。你们也要格外小心，将仲石冰他们分别看押，严防串供。”

把杀人抢劫的疑犯从数千公里之外的山区擒获，再坐火车押回南京，我们的刑警要付出多大的辛劳！又要承担多大的风险！

这些天，我和老曹他们时刻都在关注抓捕工作的进展，同时又牵挂着抓捕小组每个刑警的安危，因为这是在和凶残的罪犯进行较量啊！

十一

算一下时间，后天也就是 30 日，三个嫌疑人就要押回南京了，我和老曹、老薛开始研究怎么对这三个人进行有效的审讯。

在预审方面，老薛的经验最为丰富，所以他当仁不让，开口说道：“这三个人，从现场遗留的痕迹看，主犯应该是仲石冰。曾邦淑是他的同居女友，姚明泉是他的准舅子。我想，先晾一晾仲石冰，从曾邦淑和姚明泉身上先打开缺口。”

“好，先突破薄弱环节！”老曹首先表示同意。

“对曾和姚的审讯可以同时开展，随时交换信息，老薛抓个总。”我最后拍板。

30日一早，刑警支队派出数辆警车直接开上南京车站月台，把三名犯罪嫌疑人带上黑色头套，押上警车，闪着警灯，开回白下路101号刑警支队大院。

这个仲石冰身形果然瘦小，与我们当初判断的一样。

老薛登场，先审曾邦淑，果然旗开得胜。

据曾邦淑交代，2000年2月22日中午，仲石冰匆匆跑回住处，告诉她自己杀了人，并带着曾和她的母亲连夜乘火车逃回四川。

曾邦淑还交代，同年4月24日，距离南京杀人纵火仅隔两个月，仲石冰又带曾邦淑来到成都市。由曾邦淑望风，以同样手法钻窗潜入一居民家中行窃。

2001年5月31日上午，仲石冰又和曾邦淑窜至合肥市，再次入室盗窃。

获得曾邦淑的口供后，我立刻让程翔、小顾分别与成都和合肥两地公安机关联系，查证上述两起入室盗窃案。

没想到对方先后告诉我们，在我们提供的那两个时间，成都张家巷小区和合肥琅琊小区这两个地方，不但有人入室盗窃，还将受害人当场杀死。

于是，老薛一边审着，我又派程翔和小顾分赴成都和合肥，进一步查证两案，看有无相应证据。

几天后，程翔和小顾二人先后带回一些痕迹，经过比对，与“2·22”案及串并案件现场所留一致。而且，成都“4·24”案有一名女性被杀，合肥“5·31”案有两名女性遇害。

十二

除了同伙交代，现场的那几根头发也与仲石冰的 DNA 比对同一，手里有了这些“硬货”，我们的底气更足了。

正准备开始对他进行审讯，我们又意外得到一个“秘密武器”。

一个姓岳的在押人员，因另外一个案子被提审时，为了立功，主动对审讯民警说，他愿意提供有关仲石冰的重要情况。原来他和仲石冰同关一室，相邻而卧。仲石冰身材瘦小，进来时有人想欺负他，他就大言自己杀过多人，警告谁也别惹他。岳某表示不信，仲石冰就在晚上睡觉时悄声告诉他如何在南京、成都、合肥三地杀人抢劫。为了让岳某相信，仲石冰说了很多细节。

有了证据和同伙口供，以及岳某提供的信息，我们在仲石冰被押回来的第六天，正式开始了对他的审讯。

老薛跟他面对面地谈，我则在隔壁监控室观看整个过程。

这家伙虽然身形瘦小，却一身戾气。这大概和他从小不在亲生父母身边生活、缺乏亲情有关。

对于我们的提问，他只是避重就轻，仅承认了几起在南京栖霞区和镇江、常州等地的偷盗案件和 2000 年在家乡德阳的伤害案件，对于在南京等地杀人抢劫的犯罪事实避而不谈。

他不交代，我们怎么能放过他呢？更何况我们手里已经掌握了他在成都、合肥等地杀人抢劫案的相关证据，还有岳某提供的许多作案细节。

所以，当老薛在审讯过程中把这些东西稍一抖搂，他的心理防线便开始崩溃，不得不如实交代了2000年2月22日在南京入室杀人抢劫纵火的作案经过。

2000年春节过后，仲石冰和曾邦淑带着曾的母亲从老家坐火车到了南京，在鼓楼区的小市附近租了一间民房。过了几天，他发现所带盘缠所剩无几，就拿出事先准备的作案工具外出实施盗窃。2月22日上午7时许，他夹着藏有作案工具的公文包，从暂住地出发沿中央路东侧一路踩点。一个多小时后，他穿过丹凤街钻进蓁巷小区，来到××号楼前。

夹着公文包、身着西服、步态缓慢的仲石冰并没有引起别人的注意，沿着这栋楼前的水泥路，一直走到靠近围墙的最后一个单元。凭着多次作案积累的经验，他觉得紧靠围墙的108室是最隐蔽的目标。

为了保险起见，他先按门铃，见无人应答，便迅速绕至108室与院墙之间的小巷中，从包里取出管子钳，用它撬开108室西墙卫生间窗外的护栏，钻进房间，打开卧室的门。

这时，下夜班躺在床上睡觉的赵凤被声响惊醒，一抬头，看见一个陌生男人站在门口，本能地立即坐起来：“干什么的？你怎么进来的？”随即大声呼救。

面对这一意想不到的情况，仲石冰很快摆脱了惊恐，他扑到床上按住赵凤，死死地捂住她的嘴。

两人在床上扭打起来，为了尽快阻止赵凤反抗，仲石冰用身体压住她的头，随手撕破床上的一件衣服绑住她的嘴，但是赵凤仍不停地挣扎，并从床头柜抽屉里摸出一把水果刀。仲石冰恼羞成怒，夺下刀对着她的左胸连连捅去，直至对方倒在床上才罢手。为了保险起见，他又将赵凤的双臂用布条绑上，然后翻箱倒柜找出手机、手表等物，连同管子钳一起放入公文包内，用打火机点燃床上的被子，看火势起后，迅速开门逃离。

说到这里，仲石冰一再说："警官，我们山区生活太苦，我就是想到富裕的大城市弄点儿钱，真的没有想杀人。南京这次，是那个女的大喊大叫，还用水果刀刺我，我没有办法，只好自我防卫啊！"

这个仲石冰，事到如今，还忘不了替自己狡辩。

老薛说："自我防卫？那对方昏过去了，你为什么还要放火？"

仲石冰怔了一下，说："我以为她死了，就点了火，好让别人以为是家里失火，不再追查。"

老薛又问："你在里面作案时，你女朋友是不是就在外面替你望风？"

仲石冰连连摆手，说："没有没有，绝对没有。所有事都是我一个人做的，她什么也不知道！"

针对他想为女友开脱的心理，老薛不失时机地说："这个呢，我们自然会调查的。不过，这起案子你交代了，还有成都和合肥的呢？你也明白，你女朋友现在陪你在这里，你一天不说清楚，我们就一天不能放她回泸州！"

他犹豫许久，终于一件一件地交代：1997 年 10 月至 2001 年 10 月，他单独或伙同姚明泉先后窜至四川、江苏、山东、河北等省盗窃作案 20 余起；2000 年 4 月和 2001 年 5 月，在四川成都、安徽合肥采用同样手段入户抢劫，杀死三名女性，劫得金戒指、手机等财物。

十三

由于仲石冰等人交代的案子数量巨大，而且许多都涉及外省市，我们又派出多组人员，到有关地区一一查证。

直到一年以后，法院才把仲石冰系列杀人抢劫纵火案审理完毕。

2003 年 1 月 17 日上午，29 岁的仲石冰，在南京被终审判处死刑后押赴刑场执行枪决。这时，距离他在玄武区蓁巷××号 108 室制造杀人纵火案已近三年。

从“2·22”案现场的一点红漆、几根头发，经过不断串并相同案件，扩大线索，循迹追踪，终于在数千里之外捕获凶手。这是一次历时两年的长途跋涉，考验着办案民警的耐心和毅力，但是最终我们能告慰四名被害女性的亡灵及她们的亲人，这两年的煎熬又算得了什么呢？刑侦工作的价值和意义不就体现在这里吗？

第七天：命悬一线

一

2000 年 6 月 3 日是个周六，早上起来，一阵头昏脑涨，鼻塞目赤，看来是昨晚睡觉被空调吹感冒了。我赶紧吃了点儿药，又喝了点儿水，重新躺下。

下午，我还昏昏沉沉地躺着，枕边的手机响了。

来电的是秦淮分局副局长老魏，他在电话里说："领导，我们区里有个做服装生意的老板，他上高二的女儿昨天被人带走了，我们怀疑是绑架，看看支队能不能来人帮我搞搞这个案子？"

我脑子还有些迟钝，听了这话，就说："人被带走了？哪个带走的？是不是熟人啊？小女孩嘛，事情比较多一些，有时候又比较任性，离家出走这个事以前也发生过。我今天感冒还有点儿发烧，要不你们先找找吧！"

第二天，我感到精神好了很多，起床喝了点儿白粥，正准备下楼走走，电话响了。

来电的是市局副局长张新华："老朱啊，听说你感冒啦？好点儿没有，要不要上医院去看看？”

我说睡了一天，基本好了。

他接着说：“老朱啊，秦淮有个案子你知道吗？”

我说昨天下午听老魏讲了。

“老朱啊，分局嘛，范围毕竟比较小，能不能在全市范围内帮着找一找？”老张用商量的口气说。

老张以前在秦淮当过分局长，所以他对那边的事比较上心。这些年来，他都是我的直接上级，我只好答应：“行啊，让老曹派点儿人手去帮他们一块儿搞吧！”

但是他又说：“老朱啊，如果身体没事，还是你亲自去抓一下。啊好？”

把话说到这个份儿上了，我还能说什么？

二

放下老张的电话，我洗了个热水澡，里外换了身干净衣服，顺手把几袋感冒冲剂和退烧药放入包中，刑警支队的车已经停在楼下来接我了。

车子直接开到秦淮分局的红花派出所，老魏和分局刑警队队长林舒等人都在那里。林舒是一个比较干练的刑警队队长，上次一起办“1·14”尤纬系列杀人分尸案，他留给我的印象很好。

他见我来了，也非常高兴，上来就说：“支队长，大礼拜天的，你又感冒了，真不好意思。”

我问他们怎么个情况，老魏就让林舒说。

前天下午5点15分，大伟制衣有限公司老板吴大伟，接到一个电话："你女儿在我这里，她很好。我们现在在江西，刚刚到，明天和你联系。"放下电话，他和老婆才发现，早上6点40分离家上学的女儿，既没到学校，也没回家，于是，立即到附近的红花派出所报案。

我问："这个吴大伟有没有什么仇人？"

林舒从案卷里拿出一张照片，对我说："有个叫李金风的，安徽芜湖县陡沟镇人，在南京开一家名为天辉的服装厂。上个月，因吴大伟的员工想跳槽到李金风那边，双方产生矛盾，各自纠集了一帮人准备斗殴，后经调解而作罢。"

"这个要继续查。"我指指李金风的照片说，接着又问："女孩失踪时的情况，搞清楚没有？"

"我们从吴家开始，顺着女孩上学乘坐的27路公交车到她学校一线，沿途走访，了解到6月2日，也就是前天早上6点左右，有人看见一辆白色桑塔纳轿车停在吴家附近的马路上，车上有两名男子。结合吴倩的性格特点，我们初步判断，吴倩极可能是被熟人或陌生人以问路方式诓骗上车而后遭绑架的。"林舒说。

我又问："你们了解到这辆车的车牌号了吗？"

林舒摇摇头。

老魏有点儿疑惑地对我说："前天的匿名电话说，昨天要跟吴大伟联系，我们在吴家派了人，但到现在为止，还没有电话来。前天对方在电话里也没有提赎金的事，他打电话的目的到底是什么？"

老魏就是这样，关键时候常常犹疑不决，我不客气地嗤他一句："不要钱，把人家的女儿带走干什么？你不要有什么幻想了，还是按照绑架案开展工作吧，马上报市局，申请技侦部门派人支持。”

从派出所出来，我让林舒陪我到吴大伟家。

看着吴大伟夫妇忧惧的样子，我心中不忍，口中开始叫起了“大伟”“弟妹”，问他们平时有没有结怨的人。

他们说，想了一个晚上，也想不起来。

我嘱咐吴大伟，对方如果再来电话，一定要跟他讨价还价，千万不要承认自己报警了，否则孩子有危险。

正说着，他的手机响了，我示意他开免提，同时看了一下表：下午4点。

电话里是一个男人的声音：“你报警了吗？”

吴大伟赶紧说：“没有没有。”

对方又说：“你女儿现在很好，主要看你的态度如何，任何人都救不了她。我们要200万，你女儿身上已安装了寻呼机改装的声控炸弹，你要报警，我们一拨电话，你女儿的命就没有了。你说老实话，到底能给多少钱？”

吴大伟小心翼翼地说：“我只能给20万。”

“你把我们当成要饭的了，必须是200万，没有的话，那就是你的事了。明天这个时候再和你联系。”对方显得很生气，说完就把电话挂了。

我马上问吴大伟：“刚才给你打电话的人，是不是李金风？”

他摇摇头，说：“他的声音我还能听不出来吗？”

我们通过电信部门很快查出对方的号码，手机定位就在南京的建邺区南湖一带。从这天开始，我们就派民警进驻吴大伟家实行24小时监守，防止吴家私下与绑架者联系，反而害了女儿的性命。

三

第二天，6月5日一大早，老婆见我匆匆忙忙又要出门，埋怨道："人家说感冒就是要卧床休息，你却不当回事儿。刑警支队离开你就不行啦？"

我一边拿了几包感冒冲剂，一边往外走："人命关天的事，你不要瞎讲。"

白天落实了几个事。绑架者所用这个手机卡是上海发行的，一旦该机不在南京区域内使用，就无法测定其通话地点，因此我派出一路民警赶往上海，请求当地电信部门对该机进行全天候监控。那时手机还没有实行实名登记，我们也只能这样办。

布置完这些工作，我又赶到了吴大伟家。

这时，技术设备调试完毕。下午5点27分，吴大伟的手机响了，录音机立即开启。

"喂，钱准备好了没有？"

"我一时凑不齐这么多现金，我手头现在只有二三十万。"

"你的生意这么大，怎么会只有这些？"

"我不骗你，最近刚进了一批货，用了不少现金。"

"我跟你讲，我就在你周围，你老实说，报没报警？"

"没有，真的没有！我只要我女儿回来，钱都给你！"

"你以为我们是傻瓜，要不要割一只你女儿的耳朵给你？我跟你讲，你至少先拿100万现金，否则别谈了！”

“好，好，我一定去凑。”

“我限你三天之内把钱准备好，然后等我通知。”

电话挂了，我们马上把录下来的电话又听了一遍。

我问吴大伟：“打电话的这个人，口音好像有点儿像浙江人。在你认识的人当中，有没有和这个口音相似的人？”

他摇摇头。

我又让他找几个要好的朋友一起来辨认，结果也听不出来这是谁。

这时，电信部门通过技术手段，查到这个电话正在禄口机场附近漫游。

我马上让老曹派一组人到禄口机场附近去侦查，但是也没有什么收获，对方已经关机了。

等到半夜，老曹告诉我，这家伙一会儿开机，一会儿关机，一时也找不到它的准确位置。那些地点分布在南京市各处，也没有什么规律。再查这个手机的话单，发现他除了给吴大伟打过电话，没有别的通话记录。

“他要吴大伟在三天之内把钱准备好，那就还会跟他联系，我们现在只有紧紧盯着这个电话。”我对老曹说。

“这个我已安排了，只要他一开机我们就知道。”老曹说。

突然，传来一阵电话铃声，把大家吓一跳。

一看，却是我的手机在响，一接听，原来是老婆：“你别忘吃药了！”

因为一直忙，倒把吃药这事忘了，我赶快骗她：“早就吃了！”

四

但是此后一连三天，绑匪并未再与吴家联系，侦破工作一时陷入困境。

这个家伙在干什么？是在转移人质？还是在物色拿赎金的地点？绑匪的电话一直没用，我们也无法掌握他下一步的行动。

直到 6 月 9 日，女孩失踪第七天，老曹告诉我，发现绑匪打了一个号码尾号为 3721 的手机。经查，该机机主正是与吴大伟有过矛盾的李金风。老曹带人过去一问，李金风称，今天确实有人打他的手机，但是开头就说“大祸临头，赶快跑”，之后迅即将电话挂断，搞得他莫名其妙。不久后李金风又接到这个号码打来的电话，但是还没接通，对方就挂掉了。

对这个事到底怎么看，大家各抒己见。

有人说：“这很有可能是李金风故布疑阵，在幕后操纵。”

也有人说：“这么多天没动静，突然来了这么一个电话，李金风不是幕后指使，也可能是同伙。”

我却说：“这种可能不能说没有，但是吴、李之间上个月才闹矛盾，圈内人都知道这件事。如果李现在绑架吴的女儿，岂不等于引火烧身？绑匪的这个电话，这几天只用于联系吴家，今天却打给李金风，依我之见，他很可能对吴、李两人比较了解，又推测我们会监听，故意打给李金风，是想转移我们的视线，嫁祸于李，同时也看看我们的反应。”

我们正在分析案情，中午 12 点刚过，绑匪再次打电话给吴大伟，劈头一句："叫你终身遗憾，明年的今天就是你女儿的忌日！"

我们一查，电话是在浙江余杭的留下镇打的，而当晚则移动到了安徽歙县。此后又是一连好几天，未再与吴家进行联系。

吴大伟夫妇因此成天处于极度焦虑状态，认为我们的行动打草惊蛇，女儿已经遇害。

我们既要严密监控绑匪的电话，又要不断安抚吴大伟夫妇，还要回应市局领导的催问，压力山大。

最难忍受的是我们在明处，对方在暗处，除了等待，别无良策。

五

又过了几天，感冒彻底好了，我的精神状态也好很多。11日上午，我突然想到了一个主意。

作案人所用的尾号3807的手机，除了与吴家联系外，从不作他用，说明他非常狡猾，对于我们的技术手段可能有所了解，但是9日那天却用该手机两次主叫李金风，说明他的目的是要把警方的侦查视线转移到李金风身上。这反过来表明，作案者极可能是与吴大伟往来频繁的圈内人，我们何不将计就计，引蛇出洞？

于是由秦淮分局出面，用警车把李金风公开带到分局讯问，同时对外放风，吴倩被绑架勒索就是李金风伙同别人干的。

不知道是不是因为警察带走了李金风，绑匪觉得他转移警方侦查视线的目的已经达到，反正几天以后，绑匪又有了新的动作。

13日，吴倩的同学小王和小周分别收到两封信。从信封上的邮戳看，是12日下午1时从本市浮桥邮局寄出的。这两封信的内容基本相同，都是吴倩要求同学转告其父母，不要报警，公安局救不了她，即使报警抓到了拿钱的人，也不知道她被关在何处，要赶快准备钱才能保她的命。

吴大伟夫妇见信后，经过激烈思想斗争，于当日下午向专案指挥部作了报告。

我们认为，作案人的目的是勒索钱财，因此肯定还会与吴倩父母及同学联系，故而加强了对吴家和其同学住处的监控，并教了他们一些处置紧急情况的方法。

通过对两封信的技术分析检验，确认信件是吴倩亲笔所写。信封是另一名年龄在20~25岁之间、高中文化程度人书写，信封系浙江生产。经过对这些内容的分析，这两封信应该是吴倩被迫写的，由此可以判断出她还活着。

林舒拿着这两封信翻来覆去地看，有些不解地问我："支队长，前几天我们因为吴大伟女儿失踪事，把李金风带到分局讯问，绑匪应该知道警方已经介入，而且这也正是绑匪试图把水搅浑、以便自己实施下一步计划的目的，他怎么还要让吴倩写'不要报警'之类的话？"

我想了一下，说："从案发以来，绑匪一面要关押、看管人质，一面又要和家属、警察周旋，不可能事事都那么严丝合缝，他的动作充满着不确定性，有时是凌乱甚至矛盾的。比如时间拖得这么长，警察能不知道这件事吗？警察知道了这事，他就会罢手吗？我想不会，因为他的目的是钱，钱不到手，他是不甘心的。

"他应该也知道警察迟早会介入，所以弄了个李金风出来，想转移警方的视线，但是手法很拙劣。他让吴倩告诉父母不要报警，不是说不向警方报告女儿的失踪，应该是恫吓他们不要配合警察，把他的勒索和下一步的具体行动告诉警察。

“那么我们警方的对策应该是什么呢？我们自己，在任何时候，都不能让家属脱离我们的视线，一旦失控，主动权就到了绑匪手里。对家属，我们要强调钱不离身。有了这两条，绑匪就不能得逞！”

林舒恍然大悟，连连点头。

14 日晚和 15 日晨，吴倩同学小王两次收到作案人打来的寻呼。她按照民警的授意与之周旋，尽量拖长通话时间，并告知吴家愿意出钱，不要伤害吴倩。在确认小王已将信交给了吴倩父母后，对方叫她转告吴家不得报警，同时要吴倩母亲把手机打开，等待联系。这两次通话，作案人的发话地点都是在南京市区升州路一带。

据此，指挥部立即布置了两方面工作：

一是以升州路为中心，向四周辐射，组织秦淮、建邺两个分局民警与专案民警一起，对上述地区的旅馆进行秘密清查；二是对吴家及电话信息进行严密控制，防止吴家私自行动影响我们的工作。

六

15 日下午，作案人打电话给吴妻：

“钱是否准备好？再给你一次机会，不得报警！公安局要破案，你要女儿，我要钱，你把钱交来，我把你女儿放在南京，你再去报案，让公安局来破，不是三全其美吗？你就对别人说，明天要到医院去看病，出来一趟。”

对于这个电话，专案指挥部分析认为，可能由于我们已对李金风等人采取了措施，作案人认为时机已经成熟，所以他极有可能要随时通知吴家交赎金。我们现在就是要促成其与吴家尽快进行交易，同时要考虑到作案人虽然现在在南京，但极有可能要叫吴妻到外地交钱，让其外出看病，就是为了摆脱公安机关。

指挥部决定在加强信息监控的同时，要求面上的调查要以少部分精干警力悄悄进行为主，各项动作宜小不宜大，以免打草惊蛇，危及人质安全。

吴妻如期外出，办案民警远远跟踪，未发现中途有人接触。

16 日下午 6 时许，作案人又打电话给吴妻：“你明天中午前选个饭店住下来，要用假名登记住宿。”

吴妻趁机问：“昨天我外出了，你没来啊？”

“你看不到我，我看见你了。按我说的做就是了。”作案人自以为聪明，还在那里故弄玄虚。其实我们已经监测到，他这次用的是仅限于安徽宣城地区通话的全球通移动电话储值卡，号码为 1360×××0394，电话是从安徽绩溪县打出的。

狐狸尾巴终于露出来了！

当晚 8 时，该机又主叫了宣城一部号码为 86××877 的宅电和 1360×××7608 的手机。在这两个电话里，主叫方跟对方讲：“我要订你的车子，18 日下午两点多，你把车子开到绩溪火车站，在那儿等我。”

在这两个电话里，此人明确说出了一个时间和地点，这对我们解救人质、抓捕绑匪的整个行动，十分关键！

从他俩的对话看，好像就是乘客和出租车司机的关系，究竟如何，还必须实地侦查。

想到这里，我便对林舒说："看来绑匪 18 日会在安徽绩溪露面。事不宜迟，明天就是 17 日，你马上带人赶往绩溪，找到这个司机。这是我们的一个突破口，一定要把他控制住。"

七

第二天，专案指挥部一面派林舒率人立即前往绩溪，一面让吴妻把一万元现金伪装成 100 万元，由女民警装扮成她的亲戚陪同，住进了珍宝饭店。

从南京到绩溪，两百多公里，开车需要四个多小时。

天黑以后，林舒给我来电，说在当地公安机关的协助下，已经查明，86××877 和 1360×××7068 的机主是同一个人，叫王宝明，是出租车司机。经过多方调查，确认他与本案无关。

王宝明对林舒说，16 日 20 时许，有一个男子打电话给他，自称以前乘坐过他的车，请他 18 日到火车站接一名从南京来的女人，然后把这个女人送到旌德县的版书镇。他认为这个男子可能是他以前的一个乘客，具体是谁听不出来。

说完这些情况，林舒提出了一个我事先没有想到的问题："支队长，有个事要请示一下，王宝明现在要回家，怎么办？"

"啊？要回家？那怎么行？他回家的话，不就脱离我们视线了吗？脱离我们视线以后，万一给那个人通风报信怎么办呢？”我想都没想，当即拒绝了林舒。

没一会儿，林舒的电话又来了：“王宝明赌咒发誓，他绝对不会通风报信。”

“林舒啊，这是人命关天的事！万一呢？我们担不起这么大的风险啊！”我再次拒绝。

没想到过了一会儿，林舒又打来电话，第三次请示要让王宝明回家的事。

他在电话里转述王宝明的话说：我积极地配合你们，但是你们却不相信我，不让我回家。你们可曾想过，我那名片上还有我家里的电话，如果那个人打我家里的电话，我老婆说我没回家，那个人不就起疑心了吗？你们想抓他，不就鸡飞蛋打一场空吗？我干出租，我老婆就怕我晚上不回家，有危险。我们夫妻感情很深的，她一着急，什么事都干得出来。如果你们不让我回家，不相信我，我怎么还能配合你们呢？

最后，林舒说：“如果不让王宝明回家，那就闹僵了，下一步他就不配合了。我看他讲得蛮真诚，倾向于让他回家。”

天热，加上林舒给我出的这个难题，我额头上冒出了汗。

如果面对面，凭着多年的经验，我还能看出那个王宝明说的话是否可信，但现在我远在南京，如何下这个决断呢？

不过，林舒当刑警也这么多年了，如果他不相信这个人，也不会一而再再而三地跟我说。

于是，我再问：“林舒啊，你看这个王宝明会不会反水？”

林舒的回答很干脆：“我看他绝对不会反水！”

“那好！但是我要告诉你，万一失控，你要负责。你敢不敢负这个责？”

“为了破案，我愿意负这个责！”林舒很肯定地回答。

既然他这么说了，我觉得也没有别的更好的办法，就同意让王宝明回家，明天一早正常出车后，再由林舒他们带他一起行动。

八

话分两头。南京这边，吴妻入住以后，晚上 10 点多，绑匪打来电话，让她单独带上赎金，坐南京到黄山的 757 次列车，而且特意叫她坐在第 5 车厢，到黄山下车，下车以后等电话。对方还仔细询问了她的衣着打扮和体貌特征。

这个绑匪真够狡猾的，要不是我们提前监听了他的电话，知道他将在绩溪下车，还真有可能扑错了地方。

专案指挥部分析了可能的几种交接方式：第一，按照事先约定，让吴妻在绩溪下车；第二，让她在南京到黄山之间的任意一个车站下车；第三，同伙也乘坐 757 次车，要吴妻在车上交赎金。

为了确保万无一失，指挥部立即进行了相应部署：

——由刑警支队、技侦处、秦淮分局民警分乘挂安徽牌照的车，沿 757 次行进路线附近的公路随列车而行，其中设一辆现场指挥车，注意观察公路的行驶车辆动态，特别是沿途各站周围的可疑车辆和人员；

——出一路人马乘坐 757 次列车化装侦查，安排一名女民警，寸步不离吴妻左右，防止她在车上交赎金或被人调包；

——派一组人员连夜赶往安徽绩溪，在绩溪车站布置警力；

——做好绩溪出租车司机王宝明的思想工作，请其积极配合公安并教会临场处置办法。

从掌握的情况看，绑匪本人可能不会自己出面取款，而是派同案人或临时雇用他人前来。

因此我特意跟吴妻讲："弟妹，你不要怕，你身边有我们的便衣警察，无论出现何种情况，钱款都不能离身，绝对不能跟随对方而去。见到取款人，首先要问小孩来了没有，以探测对方的身份。如果通过对话确认对方与本案有关，你接着做出下跪的动作，示意民警上前抓捕。"

吴妻连连点头。

18 日清晨 6 时 23 分，757 次列车在中华门准时启动，开往黄山。

我和技侦处长还有秦淮分局的老魏，同坐一辆指挥车，另外几个刑警也开两辆车，一前一后，先于火车向安徽方向开去。

这时候，天已大亮。火车沿着宁芜铁路向前开，我们三辆车沿着 205 国道，也在向南开。这一路风景很好，但我们满脑子都在想下一步可能发生的情况，哪有心情欣赏沿路风景?

马鞍山过了，当涂也过了，快到芜湖的时候，林舒来电话，说出租车司机王宝明今早如期赶到，还说昨天夜里，那个人真的把电话打到他家里面，幸好他在家。绑匪在电话里再次确认明天下午到绩溪火车站接人的事，也有可能是试探。如果昨天晚上不让他回家，事情就糟了。

我告诉林舒我们的车已经过芜湖了，马上到绩溪跟你们会合，最后提醒道：

“这个绑匪，应该是吴大伟的熟人，吴大伟的女儿可能也认识他，他拿到钱以后，很可能会杀人灭口。所以，我们一定要在这个家伙拿钱的时候，把他抓住。不把他抓住，人质就有生命危险。”

火车在往前开，汽车也在往前开，我们这辆指挥车不停地与各方联系。

九

哪知过了宁国，中午 12 点多，吴妻从火车上给我打电话，说话带着哭腔：“支队长，我心慌得不行了，下一站我就下车了。”

我一听这个话，脑子嗡地一下，这下坏了，赶快说：“弟妹，马上就要到了，你怎么能下车呢？”

“支队长，刚才那个人又来电话了，凶得要命，说车上有他们的四个人在暗中看着我，到终点后还有六个人接站，说我的一举一动都在他眼里。我要是敢骗他，我女儿就活不成了。我越想越怕，还是下车吧！”

我尽量安抚她：“弟妹，那个人是在吓唬你，他要是在车上，我们的人一定会发现。你想想，你一下车，你女儿的命就真的没有啦。我们都在你周围，你怕什么呢？”

跟她还没说完，我马上又用另一部手机拨通了她丈夫的电话：“大伟啊，你赶快给你老婆打电话，她害怕了，想下车，你赶快劝劝她，跟她好好说。一下车，绑匪在车站见不到她，你女儿可真有生命危险了!”

他一听也急了，连说好好，马上就打。

十几分钟以后，吴大伟打电话告诉我：“支队长，没得事了。我跟她说，老婆啊，你怕什么啊？有警察在你周围。你要是下车了，我们的女儿就没命了。我老婆有些低血糖，我让她吃点儿糖果，也分散一下注意力，现在好了，答应我不下车了。”

我们的车快到绩溪时，吴妻又给我打来电话：“支队长，那个人来电话，让从5号车厢走到3号车厢，然后在3号车厢坐下来。”

这个绑匪很狡猾，火车上很可能有他的同伙，他是想通过这个举动，看有没有人陪着吴妻。

搞了这么多年的案子，这个预案我还是有的。我当即对她说：“你就按他说的去做，没有事，我们跟着呢。”

随后我又拿起另一部手机，把这个情况跟车上的侦查员说了，吩咐他们：“你们不要跟她一块儿走，李燕你先提前去，然后让她去，她走过去以后，小王再跟上去。”

我们不能让吴妻脱单，但是我们的人也不能跟她一起走，因为绑匪的同伙很可能就在5号车厢和3号车厢之间某个地方观察。

大概十几分钟以后，车上的侦查员向我汇报，移动已经完成，吴妻已经拉着旅行箱，走到3号车厢找座位坐下，我们的人就在她附近。

我们的指挥车先于火车到达绩溪。

关键时刻到了，我检查了一下几部手机，看是否信号正常。车载电台也全部打开，接通了林舒他们这两组人员，大家都已各就各位。

下午 2 点 20 分，就在 757 次列车即将驶入绩溪站时，绑匪突然打通吴妻的手机，让她不要在绩溪下车，改到下一站临溪下车。

吴妻立即将这个情况告我，问怎么办？

怎么办？我迅速想了一下，告诉她："那就到临溪站下车，我们马上赶过去！记住，人和钱绝不能分开，只要钱不脱手，你女儿就是安全的。"

几乎与此同时，林舒那边也报告说，出租车司机接到了绑匪的电话，叫他改到临溪站，接一个女的，长相特征如此这般，拉一个拉杆旅行箱，见面以后你问她，是不是李某某，如果对方答应了，你就让她上你的车，开到版书镇的镇政府门口，有人接你。

临溪是绩溪下一个小站，距离绩溪站只有 10 公里，我电话未挂，就让驾驶员往那里开。从安徽的宁国开始，215 省道就由北向南，与铁路并行，快到绩溪时，公路和铁路挨得更近，铁路路基下面就是公路。我们的车从绩溪向南前行五六公里，有一个丁字路口，右拐向西，就是通往版书镇的 217 省道。

经过这个丁字路口，继续向前开四五公里，就到了临溪。

我坐在指挥车上，在临溪站前转了一圈。临溪是个小站，我们的人遍布周围，车牌早就换成安徽当地牌照，看不出一点儿异样，林舒控制的那辆出租车也停靠在那里。

我在车上跟技侦处长和老魏讲，现在临溪站被我们围得像个铁桶似的，我们没必要停在这个包围圈里，先往回开一点儿，在路上等，反正一会儿他们也要经过那里。

两人都说好，电台开着，有情况我们也能及时掌握。

于是车子驶离临溪站，往回开了一点儿，在距离丁字路口还有两三公里的一个加油站等着。

十

加油站所在地叫舒村，我招呼老魏他们下车活动一下。从南京到这里整整颠簸了五六个小时，腿脚都有些麻木了。

我一边活动，一边随意往四周张望，突然注意到公路对面有一辆宝蓝色桑塔纳轿车停在那里，挂的是浙江牌照。

我想起在吴家听绑匪的电话，对方好像也带着浙江口音，立刻起了疑心。

再仔细一想，我感觉这辆车有点儿眼熟，我们从绩溪火车站缓慢经过时，它好像也在那里停靠过。

我立即低声把自己的怀疑跟老魏他们两个讲了。三个人一起到对面去看看这是个什么人。

过去以后，我敲敲车窗，问道："哎，你的身份证呢，我看看。"

那个人摇下车窗，伸手往怀里掏，掏了半天，掏出来的却是一把明晃晃的尖刀，一下子朝我刺来。

我本能地一躲，尖刀从我左胸前面滑过。

趁着我一躲闪，他推开车门，跳下来就跑。

我们三个立即跟在后面拼命地追。

追上以后，三个人把他围住。这家伙手持利刃不断向我们挥舞，我们三个都没带武器，一时也无法靠近。

正在这时，从绩溪方向来了一辆中巴车，司机停下来看热闹，女售票员不知为什么还把车门打开了。

车门一开，那个家伙一下就跳上了车，然后左手搂住女售票员，右手挥舞着利刃对着司机大叫："开车，不然我就捅死她！"

等我们追到中巴车门口时，车门已经关上，车也开动了。

我一看，中巴开的方向是临溪火车站，一下子就放心了。

我们立刻上了指挥车，用车载电台通知在临溪火车站的刑警，把这辆中巴车给拦截下来。

接到我们的电台呼叫，在临溪设伏的侦查员立即开车朝我们的方向迎头赶来。

那辆车疾驰而来，中巴只开了几百米就被它逼停，我们这辆指挥车也很快赶到。

歹徒见两辆车前后夹击，开始歇斯底里，挥舞着利刃大喊大叫，逼迫司机继续开车。司机指指横在前面的警车，告诉他没法儿开，谁知那人却丧心病狂，立刻捅了女售票员一刀。

说时迟，那时快，正当他准备捅第二刀时，我只听到了"啪啪"两声，歹徒应声倒下。

从临溪方向过来的两名刑警同时开枪了！

原先所有的嘈杂声，一下子都消失了，四处一片寂静。

我马上跳下指挥车，跑过去一看，那人的身子已经软软地倒下。

一摸鼻息，坏了，这个家伙死了！他是不是绑匪？如果是，人都死了，我们找谁去问人质的下落？找同伙，同伙又在哪里？万一他没有同伙怎么办？如果不是绑匪，那绑匪又在哪里？我们上哪儿去找他？再看那个女售票员，身上也有血，会不会也中弹了？

6 月中旬的天，本来就热，现在又一下子冒出来这么多问题，急得我满头大汗，身上的衣服都被汗水湿透了，嘴里又苦又涩。

我心里一再告诫自己：要冷静，不要乱，不要慌！

很快地，中巴车上的乘客回过神来，又开始叫嚷，争先恐后往车下跑。女售票员的身体动了，原来她只是被刀刺伤，这时也负痛挣扎着往下走。我一面在死者身上摸索，一边大声呼叫："快，把人抬下来送医院！"

其实我也是虚张声势，此人已被击毙，所谓"送医院"，也是说给中巴车上乘客听的，暂时稳定一下他们的情绪。

我心里一边念叨，不要急不要急，一边拿出自己的手机开始拨绑匪的电话。

一拨，那人衣兜里的电话响了。

电话一响，我心里一下子踏实了：这个人就是绑匪！

我刚把自己手机摁了，绑匪手机却又响了，接还是不接？我一看，这是个陌生号码，在这个时候打来，十有八九是团伙。接？肯定不行，不接？对方也会怀疑。

想到这里，我马上把手机的电池卸下，让这个手机处于一种无法接通的状态。事后证明，这个举动十分关键。

接着，我在死者身上找到一张身份证，原来他叫甘永强，1959 年 11 月出生，浙江安吉县皈山乡××村人。老魏他们在这个人的车上还找到一张营业执照，此人在南京市秦淮区颜料坊××号开了一家云霓高级服装有限公司。

这时候，林舒来电请示我，吴妻已经下车了，跟出租车司机接上了头，已经上了车，要不要往版书镇开？

关键时刻到了，我深深吸了一口气，一字一句地跟他说：“林舒，我这边已经把绑匪击毙了。人质关在哪里，只有问他的同伙，但是绑匪有没有同伙，我也没有百分之百的把握。版书镇是我们最后的希望！我要留在这里处理打死绑匪的这件事。从现在起，版书镇那边的行动，一切由你指挥！”

不一会儿，林舒的车，载着吴妻的出租车，其他刑警的车，从临溪方向驶来，依次从我眼前经过。

我心里默念：“兄弟，一切顺利！”

十一

绩溪县城开来了一辆120救护车，我和老魏刚把女售票员送上车，正在商量如何处理绑匪的尸体，两位身穿制服的检察官就已赶到现场。

临溪离绩溪县城不过十公里，击毙歹徒的事发生后，也不知是谁，立即向县人民检察院报告：“警察打死人了。”

检察院闻讯后立即派人前来查看。

我给两位检察官看了自己的警官证，对他们说：“我们正在办理一件解救人质的案件，我的同事已经追到旌德县版书镇去了。眼前这个死者就是绑匪之一，我们的民警是为了解救女售票员才开枪的，现场群众可以作证，现在受伤人员已送往医院救治。”我指了一下那两个开枪的刑警，“我们留两个民警配合你们调查，”又指指自己和老魏，“我们三个是指挥员，必须马上赶到版书镇去。人质是死是活现在还不知道！”

那两位检察官非常通情达理：“支队长，你们赶快去！这里留给我们。”

临溪到旌德县版书镇距离 20 多公里，车到半路，两位检察官给我来了电话：“支队长，我们问了现场群众，事情很清楚，你们警察是正当执法。像这样劫持人质的歹徒，就是要果断出手，这个枪开得好！”

我马上说：“谢谢你们给我们撑腰！等人质解救行动结束后，我就去你们那里办理有关手续。”

说话间，车就到了版书镇派出所。

我一下车，就看见林舒迎了出来：“支队长，绑匪的同伙抓住了！”

我闻言大喜，一块石头终于落了地。

林舒边走，边跟我描述刚才有点儿戏剧性的一幕。

林舒的车先到版书镇镇政府，直接开了进去。不一会儿吴妻乘坐的出租车也到了，马路对面有个人看见吴妻从出租车下来，便连蹦带跳地向她走来，一副高高兴兴的样子，问道：“钱带来了吗？”

这个时候出租车后备厢突然打开，一个警察从里面跳出来，把他就地扑倒。这个身材比较瘦小的刑警，是林舒事先安排在那里的。

林舒他们也飞快地上前，把他按在地上就问：“人质在哪里？”

他一时发蒙，但是嘴里仍说：“什么人质啊，我不知道。”

林舒喝道：“你不知道？那你刚才为什么说‘钱带来了吗’？”

那人狡辩道：“是别人让我来拿的。”

问他是谁派他来的，他就是不说。

林舒说到这里，我们已走进派出所。

我来到那个家伙面前问道：“你叫什么名字？”

“甘胜利。”他不说，我们从他身上搜出的身份证也能告诉我们。

我又问：“甘永强是你什么人？”

他一听就愣住了，半天才说：“我哥。”

原来是弟兄俩，长得还挺像。

我问他：“你们把女孩关哪儿了？”

甘胜利低头不语。

我又对他说：“你把人交出来，你的罪就减一等。如果你不交代，时间一长，人质出现意外，那你就是死罪了。”

甘胜利还在犹豫，必须趁他还不知道其兄已死，马上让他开口，于是我又补了一句：“刚才绩溪那边报告，你哥也被我们抓到了，不然我怎么知道你哥的名字。如果你不讲，人质死了，你和你哥都要抵命。两命换一命，你觉得划算吗？”

甘胜利看了我一眼，有点儿无奈地说：“人在我哥家里。”说罢，便低下了脑袋。

我马上把老魏和林舒叫到另一个房间，拿着刚才从甘永强身上搜出的身份证，指着上面的地址对他们说：“事不宜迟！你们快去这个地方，指挥车也去，我马上报告市局领导，让他们协调湖州公安机关协助你们。我在这里审甘胜利，还要到绩溪县城去处理击毙甘永强的事，有情况你们及时跟我联系。”

绑匪甘永强的老家在浙江省湖州市安吉县皈山乡××村，距离版书镇150多公里。

老魏和林舒领命去后，我又把今天下午惊心动魄的一幕，在电话里跟张新华副局长简要汇报了一下。

老张高兴地说：“老朱，你干得漂亮！我马上协调安吉，争取今晚就把人质解救出来。”

十二

知道了女儿现在被关在安吉，吴妻也要去，被我劝阻。我担心她控制不住自己，让李燕寸步不离地陪着她。

听说我要审问甘胜利，派出所所长跑来跟我说：“支队长，我们这里条件差，你就到我办公室去审吧。”

安徽人说话口音跟南京差不多。从绩溪的检察官到眼前的派出所所长，我感觉自己仍在南京办案。

我让人把甘胜利带来，对他说：“你就在这里从头说吧，先说你们是怎么把女孩绑到安吉的？”

甘胜利一边想一边说：“那天，6月2号早上6点多钟，我哥开一辆白色桑塔纳，和我在吴家附近等候。我哥认得吴大伟女儿，也知道她每天这个时候要去上学，所以不一会儿就看见她走出家门，我们跟了一段路后，由我拿出事先准备好的两个信封，下车拦住她询问中华中学和二十中怎么走，并请她上车给我们带路。小姑娘倒是挺单纯的，就上了我们的车。后来她看车不进城，反而往城外开，就叫‘错了’。我就掏出匕首让她闭嘴，还用准备好的头套把她蒙上，车子一直开到安吉我哥家。”

我又问：“除了帮你哥绑架女孩，你还干了什么？”

“我就在家，隔一阵子给女孩送点儿吃的喝的，保证她不死。”

“那你今天怎么到这里来了？”

甘胜利一五一十地交代道：“这些天都是我哥跟吴大伟联系，还让女孩写信给她父母。今天一大早，他开车从家里出发，把我放在宁国车站，让我上757次火车，坐在4号车厢，叫我在绩溪站下车，赶到旌德县版书镇，在镇政府门口等一辆牌号为皖P5××37的红色桑塔纳出租车，女孩的妈妈会带钱来。他自己开车到临溪，看看这辆出租车有没有警察跟踪，确认后打电话告诉我。快到绩溪时，他打电话让我注意看一个拉行李箱的女人，从5号车厢到3号车厢经过我身边时，前后有没有人跟着她。车上不停有人经过，我看见她是一个人，就想打电话告诉我哥，但是火车在跑，又是山区，信号不好，一直联系不上，我就按计划在绩溪下车，打车来了版书镇。到了这里，我打他电话还是不通，后来我就看见那辆出租车到了。”

吴妻在绩溪的下一站临溪下车，自然晚了十来分钟，而“您所拨打的电话暂时无法接通”这句话，让他产生错觉，以为是手机信号不好，才懵懵懂懂地落了网。

“你从绩溪往版书镇走的时候，没有看见路上有交通事故吗？”我问了一个十分重要的问题。

“没有啊！”他有些奇怪地看着我。

是了，我们击毙甘永强的地方在215省道丁字路口南边两三公里，绑匪弟弟在绩溪下车，从215省道丁字路口的北边，也就是距离我们击毙其兄的地点几公里处拐入另一条公路——217省道，赶往版书镇。

这是我们事先无法预料的，只能用“幸运”二字来解释，如果让甘胜利目睹其兄被警察击毙，后果不堪设想。

我问了最后一个问题：“你哥让你拿到钱后怎么办？”

他沉默了半天，说：“我哥让我对女孩妈说，‘我回去就放人，你先回南京’，然后拿着钱到绩溪和他会合，一块儿回安吉。至于放不放，怎么放，我哥知道。”

甘永强已死，有些细节已死无对证。在这起绑架案中，甘胜利只是个从犯，其兄甘永强如何策划、如何与警方周旋、最后怎么处置人质，这些问题恐怕永远弄不清了。

审完甘胜利，我走出屋子，拨通吴大伟的手机，问他：“甘永强你认识啊？”

“我认识啊！”他马上答道。

“告诉你，绑架你女儿的就是他！”

听我这么一说，吴大伟气得在电话里大骂：“这个鸟人，我要找他算账！”

“还算账呢，你连他的声音都听不出来！”我讥讽道。

吴大伟在电话里告诉我，这个甘永强因为自己从安吉跑到南京做生意，一直不顺，经人介绍，曾专门到吴家上门请教，吴倩也在家里见过甘永强。

好险！如果甘永强这次绑架勒索得逞，吴倩的性命定然难保。这个吴大伟，居然听不出甘永强的声音，也真是怪事。是不是甘永强会变声？不过现在也死无对证了。

十三

审完甘胜利，看看夜已深，我劝吴妻到版书镇上找个旅店休息。

她执意不肯，一定要在派出所等老魏他们前方的消息，说大伟也在南京和警察一起等。

我相信老魏和林舒他们，救出人质只是时间问题。

果不其然，刚过子夜，手机响了，是老魏的声音："领导，告诉你一个好消息，人质已经被解救出来了！"

在安吉公安机关的配合下，民警包围了甘永强家，在三楼发现人质的踪迹，遂从气窗翻入屋内，确认房内没有连接装置炸弹以后，打开房门。见人质被捆绑在一张铺板上，浑身上下被胶带和绳子紧紧捆住，双腿捆着一个粗链条，两腿腕间有一个缠满电线的塑料盒子。

人质告诉民警，里面装了一枚改造过的寻呼机炸弹。

于是由当地的排爆民警上前，小心翼翼地将一根根电线剪断，拆除爆炸装置。

"领导啊，你猜里面是什么？拿出来一看，里面根本不是炸药，是块肥皂！"老魏戏谑地说。

消息传开，派出所里一片欢呼。

吴妻喜极而泣，扑通一下跪倒在地。

我赶快让李燕将她扶起，但是我自己也禁不住热泪盈眶。

第二天一大早，我们一行人押着甘胜利，离开了版书镇。

经过绩溪时，我让李燕陪吴妻坐车先走，自己和昨天留在击毙甘永强现场的刑警会合，以支队长的身份，办理了相关手续，当天晚上一块儿赶回了南京。

一进家门，客厅里的电视正在播南京警方解救女孩的新闻。

吴倩已完全从惊恐中解脱出来，她面对记者的话筒，激动地说："警察的救命之恩，终生难忘！我长大以后要么就当警察，不然，就嫁个警察！"

老婆说："这个女孩不错啊，可惜咱家没有儿子！"

我笑她痴："你想什么呢？"

几天后，大伟夫妇特意来到刑警支队，送了一面锦旗，上面写着八个大字，"救命之恩　永远难忘"。

吴大伟把我拉到一边，拿出一张银行卡，塞在我手里，并在我耳边悄声说："老朱啊，这次我女儿的命全靠你们给救回来了。听说你在绩溪差点儿牺牲，我想意思意思。"

我没想到他来这么一手，马上把他推开。

我摸了摸左胸，想起绩溪公路上那惊险的一幕，不禁有点儿生气："大伟，救人的事你说的没错，那天我是为了救你女儿差点儿丢了小命！但是，你把这个事的性质搞错了，绑匪绑你女儿是为了勒索钱财，我帮你破案，是职责所在，是为民除害，怎么能要你钱呢？我要你的钱，不是跟绑匪一样了吗？"

不过，十二年后，我应邀出席了他女儿吴倩的婚礼，因为她真的嫁了个警察。

第八天：夜半盗影

一

晚上在刑警支队值班，我最企盼的是报案电话整夜无声。

这倒不是贪图安逸，而是因为半夜打来的电话，往往意味着发生了恶性大案，不是好好的人死于非命，就是巨额财产被盗，谁愿意听到这样的消息?

不过那天晚上，自 11 点多钟在办公室的长沙发上合衣躺下，到值班室的电话把我唤醒，居然少有地睡了几乎一个整夜。

我迷迷糊糊打开灯，瞟了一眼墙上的电子钟，上面显示的时间是 2000 年 10 月 22 日凌晨 5 点。

值班的小顾在电话告诉我，市局 110 指挥中心转来电话，说玄武区珠江路×××号有人报警，两名歹徒持刀入室，将其捆绑蒙眼，抢走店内许多货物。

我一骨碌从沙发上直起身子，披上外衣，到洗手间擦了把脸，就下楼和已在值班室等待的侦查员、技术员一起，坐车前往现场。

珠江路是南京电脑一条街，电脑专卖店一个挨着一个，被抢的这家，叫深圳三维自动化工程有限公司南京分公司。

报案人姓蔡，是公司的值班员，见到我们还有些惊魂未定，说起话来有些语无伦次。

经我们反复询问，才搞清了事情的经过。

昨天，也就是21日晚上9点左右，他在公司的电脑房内突然听到卷帘门开启的声音。这家公司面向大街的卷帘门，到了晚上结束营业时，通常只是拉下大半，并不上锁，因为还有员工和值班人员要进进出出，等员工全部离开、值班员准备睡觉时，才会把它拉到底锁死。

蔡某听到开启的声音，还以为哪个员工回来了，就起身向门口走去。

不料刚到门口，就从拉开的卷帘门下进来两个男子，他还来不及看清对方的模样，其中一个就将他拦腰抱住，另一个站在他的侧面，手持一把尖刀，顶住他的颈部，低声而又凶狠地威胁道："你老老实实的，别动!"

两人随即用胶带蒙住他的嘴及双眼，并用包装绳交叉捆住他的手，推他到营业部最里边的隔断里，并把他的双脚绑在椅子腿上。

接下来，蔡某的耳边不断响起翻抽屉、拖纸箱、撕塑料袋的声音。每隔一段时间，就有人过来查看他的手脚捆没捆牢，蒙在眼睛和嘴上的胶带是否脱落。

就这样，这两个人一直不停地翻、装、拖，每隔半个多小时，就听到卷帘门上下拉动的声音。

直到凌晨4点多钟，周围一切归于寂静，蔡某估计劫匪已经离去，才开始用力挣脱绳索，扯掉蒙在眼睛和嘴上的胶带，走到电话机跟前，把已经剪断的电话线接上，拨通了110。

根据他的初步清点，这两个歹徒共劫走店内的日本产东芝笔记本电脑46台、天玑牌掌上电脑5台、“掌中宝”快译通200余只，共价值100余万元。

二

在蔡某叙述案发经过时，我问了他几个问题。

“这两个人长什么样？有没有什么特征？”

“脸长什么样没看清，只看到一个高一点儿，一个矮一点儿。”

“听你讲，他们对你说过话，那么他们的口音是我们南京人吗？”

“不是南京口音，我听好像是陕西西府一带的口音。”

所谓陕西西府，是指靠近甘肃的宝鸡周边地区，离南京数千里路，我不免有点儿奇怪：“你是怎么听出来的？”

“我在那边有亲戚，经常听他们讲这种话，所以知道。”

原来如此！

蔡某想了一会儿，又说：“对了，他们绑住我后，我听见其中一个用手机打过电话。”

“哦？都说些什么？”我问。

“当时我感觉另外一个人就在我身边，心里很害怕，而且打电话的那个人在外间，一边打，一边走动，我没听清。”蔡某一边比画一边说。

我们正在询问蔡某，老曹也来了。

这时我才注意到外面天已大亮，路上行人匆匆而过，车子也开始拥堵。

我和老曹简单碰了个头，他又把现场走了一遍。

技术人员跟我们报告，经过对现场的仔细勘验，没有发现什么有价值的痕迹。一来是因为作案人作案时戴着手套；二来这是一家门市店，来往人员很多，也无法提取有价值的脚印。

三

为了不影响公司的正常营业，我们都回到了刑警支队。我和老曹，还有玄武分局的副局长老刘，以及一起出现场的侦查员和技术员，在一起开了个碰头会。

老曹先简要地梳理了一下案情：“通过现场勘验，结合报案人的叙述，情况应该是这样的：两个歹徒在作案前观察到，门市部的卷帘门在结束营业后还有一段时间不上锁，就利用了这一点，拉开未锁死的卷帘门，闯入店内持刀制服值班人员，然后长时间地把电脑等物逐一装入纸箱，分几次装完运走，在凌晨 4 时许离开现场。”

我接着说：“作案人多次拖运赃物，要么自己开车来，要么叫出租车。为此，我们要对夜间经过此地的交通工具开展全面调查，重点是出租车、小货车、三轮车和马自达，争取找出昨天晚上9点到今天凌晨4点左右，在现场附近出现过的可疑车辆，了解这些车辆在案发现场有没有载乘过可疑人员和物品。这项工作，我们和玄武分局分一下工，分头走访。”

那时候街道路口没有监控探头，我所说的调查，主要还是靠走访沿街各单位的值班人员，以及凌晨在街道上打扫卫生的环卫工人。

老刘点点头，急着要走。

我又拉住他，对他说：“还有一个事，让派出所尽快调查一下，这个报案人蔡某是不是‘苦肉计’啊？如果是监守自盗，侦破方向就要重新研究了，啊？”

老刘答道：“好！我们马上去办！”

老刘走后，我忽然又想到报案人提到的陕西口音，就对老曹说：“姓蔡的值班员说那两个人是陕西口音，也就是外地人。外地人流窜到南京作案，交通工具多半是出租车。对不对？”

“对啊！陕西人不大可能自己带车来，十有八九是叫出租车。”老曹马上表示同意。

我接着说：“公交治安分局好像有个联防工作机制，就是所有出租车司机的BB机和手机号码在他们那里都有备案，是不是？”

老曹点点头。

我接着又说：“那我们就可以利用这个工作机制，群发一个短信：凡在案发这个时间段内，在珠江路一带拉过带纸箱客人的，可以直接向刑警支队提供线索，公安机关将给予误工补助。”

“这个办法好！我马上去联系。”说罢，老曹转身就走。

四

仅仅过了一天，23 日上午 11 点，我和老曹正在商量工作，程翔满面笑容地跑了进来：“支队长，有人来提供线索了！”

这个出租车司机姓张，他从 BB 机上看到了我们发的消息，就赶来报告情况。

据他说，22 日凌晨两点半左右，一名男子在珠江路×××号附近一家电脑专卖店门口，抱一个纸箱乘上他的车。该人先称到金丝利大酒店，到了酒店以后，又让司机再向西开，后来到建邺区侯家桥罗廊西村一带，在一幢楼房前面下了车。该人个头儿约有一米八，略胖，北方口音，其体貌特征与报案人蔡某描述的高个子歹徒相似。

这个情况太重要了！

一个人抱着大纸箱，不可能走太远，侯家桥的罗廊西村很可能就是他们藏匿赃物的落脚点。结合报案人蔡某所说，应该是作案人把他控制住后，一个人留在店里装箱，另一个人就用出租车把赃物运送到这里。

侯家桥罗廊西村，是一个居民小区，距离案发地只有三四公里。

我和老曹马上带着张姓司机去罗廊西村实地指认，发现该地为罗廊西村××号。罗廊西村××号院子里有五栋居民楼，周围也有五栋。

我们又来到当地派出所，把这十栋住户户籍资料中的适龄男性居民照片都调出来，让他逐一辨认。

张姓司机看了一遍后，摇了摇头。

为了不影响他的正常生意，我让他先回去，并按事先约定，支付了他 200 元误工补助。

我跟老曹商量："那个姓蔡的值班员不是说听见嫌疑人打过手机吗？我们可以把罗廊西村这一带所有登记过的手机，搞成数据库，和案发现场使用过的手机进行比对碰撞。如果那天晚上这边有电话和现场通话，那这个人不就出来了吗？"

老曹点头同意，并补充道："我们还可以查案发现场的手机使用情况，看这些电话里有没有罗廊西村人的，或者跟罗廊西村这一带的市话或手机有过联系，特别是漫游到南京的外地手机。"

在那个时候，如果电话不在通话状态，就没办法将其定位，所以我们商量了这么一个办法，让专门负责联系电信部门的小苏去办。

五

过了一天，24 日晚上 9 点多钟，又来了一位出租车司机，向我们反映：22 日凌晨 3 时 30 分左右，从案发现场载过一名携带纸箱的男青年到罗廊西村××号楼道口。该乘客个子不高，人较瘦，其体貌特征与蔡某所述的另一歹徒基本一致。

这个歹徒的样貌，同样也不在派出所的户籍资料里。

出租车司机走后，我对老曹说："今天这个司机和昨天那个张姓司机所讲的内容基本一致。我看，这两个乘出租车的人，应该就是这个案子的作案人。”

老曹点点头，但又补充道：“根据这两位出租车司机所说的情况，纸箱的数量似乎不足以装下那么多赃物，而且他们还要从赃物窝点返回珠江路三维公司，所乘坐过的出租车肯定不止这两辆。”

我想了一下说：“这个先不管它！也许其他司机没看到我们的信息，或者因为其他什么缘故没来找我们，但根据这两个司机提供的情况，我们已经可以断定，作案人把赃物至少分两次运到罗廊西村，在罗廊西村有落脚点，对不对？”

老曹点点头。

我接着说：“所以，下一步工作就是集中精力，依托派出所，对罗廊西村及周边地区进行地毯式的排查。”

老曹又点点头，表示赞成。

第二天一早，我来到派出所，让所长把全体参与排查的民警召集起来，很严肃地对他们说：

“我们这次排查，范围是罗廊西村这里的十栋居民楼。在走访调查中，要把握这样三个重点：一是住在一二楼的低层住户；二是与陕西西府一带有联系的常住、暂住人口；三是在案发后突然离开的人员。侦破这起抢劫大案，要依靠集体的力量，我们每一个人都像水桶上的一块木板，如果你这块木板工作没有到位，出现了漏洞，别的板子再结实，这个木桶里的水也都会漏掉。所以，请大家务必认真仔细！”

六

随后的几天，我时刻都在关注排查工作的进展，可是经过几轮的反复工作，始终未能发现有价值的线索。

玄武分局那边经过调查，也排除了值班员蔡某监守自盗的嫌疑。我们的工作一下子好像失去了方向。

出租车司机提供的线索应该是真实的，作案人肯定在罗廊西村有个落脚点，可为什么找不到呢？

我想起年初侦破“1·14”尤纬系列杀人分尸案时，在对上江考棚居民区的排查中，就是因为前去调查的民警粗枝大叶，在前两轮的排查中，把眼皮底下的杀人现场给漏掉了。最后还是根据技术人员分析出来的彩光纸，我亲自带队，循迹觅踪，找到这户人家，才使侦查工作有了突破。这一次，很可能也是这样，重要线索被某个工作不够细致的民警漏掉了。

有时也有这样的情况，漏倒是没漏，但是民警主观地认为调查对象不像是我们要找的，就自作主张轻易否定掉了。

我刚当上刑警的时候，有一天商业机械学校来报案，说教室里的一个大彩电被盗走了。在20世纪80年代，大彩电算是一件比较贵重的物品，刑警队立即派人前去调查。

了解到的情况是，当天有一批来自安徽的学员结业离开南京，很有可能是他们中间的一人或几人拿走了彩电。除去女学员，刑警队派了侦查员小潘前往安徽对十几名男学员进行走访调查。

几天后，他回来很肯定地对队长说，不是这批人干的，案子就暂时搁了起来。

可是学校方面还不时来催问案子的进展，不巧小潘这时又到警校轮训去了，队长就把这个案子交给我接着办。

我仔细翻阅小潘留下的笔录材料，发现其中一个姓胡的学员比较可疑。因为他的同学说晚上 8 点多在火车站看见他，而正常情况下，他应该坐下午 5 点的火车回安徽。

我跑到警校把这个疑点跟小潘讲了，问他去没去过胡家，想从他那里得到一些线索。

可是小潘却很肯定地对我说："不可能是这个人。上次我到他家，姓胡的见到我浑身发抖，他怎么有胆子从学校偷走这么大一个彩电？"

回到刑警队没几天，出乎所有人意料之外，这个大彩电竟完好无损地被寄了回来，里面还附了一封悔过书。我们把悔过书的笔迹和商业机械学校留存的培训学员档案笔迹一对，就是这个胡姓学员的。

队长对我说，彩电寄回来了，只能算犯罪中止，不能算破案，你还要跑一趟，给姓胡的做个口供，才能结案。

于是我到淮北的胡家一问，胡某告诉我，那天民警小潘来调查时，他紧张得要命，因为彩电就藏在床底下。

后来我在报上读到两个故事。

一个是某报派记者去采访一场当红歌星演唱会。记者按演出海报所说的时间到现场一看，演唱会取消了，就自作主张回家睡觉去了。而另外一家报社的记者却再三询问演唱会取消的原因，最后了解到那个歌星已经自杀，为此写了一篇声情并茂的报道，吸引了大批读者。

另一个是某制鞋企业派两名业务员到海岛考察，看有无开拓市场的可能性。结果回来以后，两人的意见截然不同：一个说岛上没人穿鞋，根本不可能有市场；另一个则说正是因为无人穿鞋，市场潜力巨大。

再想想自己参与侦破的那起彩电被盗案，现实生活中确实存在这样的事：面对同一个现象或表情，不同的人会作出完全相反的解读。

我的直觉告诉我，这个藏匿赃物的窝点肯定在罗廊西村，就是因为民警排查不够仔细，一时找不出来。明知如此，但是分身乏术，所以我心里干着急，却也没有什么好办法。

七

罗廊西村这边没有进展，我又把小苏找来，问他查电话的事现在进展如何。

小苏说："支队长，我正想跟你汇报呢！我们搞了个数据库，但是移动电话的情况太复杂，电信部门跟我说，以他们现在的技术手段，在短时间内，没有办法从里面筛选出我们需要的手机号码。"

查人，查不到；查电话，困难重重。怎么办？案子就此挂起来？今年2月蓁巷小区的杀人纵火案大半年过去了，还在一点一点地查，眼下这个案子的破案条件应该比那个"2·22"案好，至少我们知道了歹徒藏匿赃物的范围，更不能轻易放弃！

那天，我坐在办公室，又把案子的各个细节从头到尾捋了一遍。

这个作案人进入现场，是把卷帘门拉起来进入的，按一般常理，他不可能来得这么巧啊！今天我来作案了，上来就拉开这家店的卷帘门？他既然想抢劫财物，肯定要观察，哪一家店的东西多？哪一家的货值钱？卷帘门什么时候上锁？这个观察过程，就会在这里留下痕迹，比如他在那里打过手机，但是现在查手机进展缓慢……

想到这里，我眼睛突然一亮，对了！他会不会打固定电话呢？我记得案发现场附近的人行道上，有个电话亭啊！

我立刻跑到老曹那里，把自己的看法跟他说了，老曹也猛然醒悟："对啊！我马上让他们去把那个电话亭再查一查，看看电话亭在案发时打出的电话和陕西有没有关系？和罗廊西村有没有关系？"

那时的电话亭，都是用 IC 卡打电话。珠江路案发现场门前就有一个公共电话亭，号码是 36××702。

小苏他们去一查，发现有人曾于案发那天 23 时 20 分和 54 分这两个时间，用 IC 卡，拨打过一个号码为 95937—×××4471 的寻呼电话。

这个电话很可疑，谁会在那么晚打寻呼电话？而且这个时间正好是三维公司被劫的时间。

我和老曹一商量，决定兵分两路：一路去查 IC 电话卡，另一路查寻呼机的机主。

八

第二天，振奋人心的情况终于出现了！

经过复杂的查证，这张 IC 电话卡是从河南售出的，9 月 16 日开始在南京使用，曾三次拨打南京市内电话，号码为 66××262 和 66××379，前者地址为怡景花园××幢 408 室，该处为私房出租户，内住两个女子，其中一个为西安人；后者地址为峨嵋岭××幢 501 室，与户主陈某同居的女人马某，户籍所在地正是罗廊西村×号 101 室，不过该处现已出租给他人居住。

我一听侦查员汇报上来的这个情况，顿时感到胜利的曙光已经出现：

“老曹，这两个电话号码太重要了！你看，持 IC 电话卡的人跟 66××262 联系，这个怡景花园的宅电用户是哪个？是一个西安来的女人！另外一个 66××379，户主的同居女友马某，就是罗廊西村×号 101 室的户主。肯定是这个家伙通过西安女人的关系，租借了罗廊西村的房子，而罗廊西村，不就是歹徒藏匿赃物的窝点吗？走，我们去那里看看！”

可是等我们带着侦查员赶到罗廊西村×号 101 室，找来户主一问，说是租户已经搬走。

打开房门一看，果然已经人去楼空。

我顿时火冒三丈，跑到派出所，让所长把那个民警找来质问道：“你这个排查怎么查的？”

民警知道自己闯祸了，嗫嚅着说：“我们来的时候，这里关着门，我们就去下一家了。”

“没有人？你就不能联系一下户主吗？跟户主一联系，不就知道她已出租给西安人了吗？这个赃物窝点不就排出来了吗？”

老曹见我动了气，立即打了个圆场，把我劝走。

这件事我至今难忘！如果当时这个民警工作细致一些，我们可以少走多少弯路啊！

九

人跑了，户主不知道租户的去向，而中介人——住怡景花园的那个西安女人，也只是在做生意时，与对方攀上了老乡，才帮他租借了罗廊西村的房子。

办案民警再三追问，她也说不清那人的真实姓名和身份。

这条线索就此中断，我们只好回去再仔细分析电话的通话记录。

在电信部门的配合下，我们把怡景花园和峨嵋岭这两个宅电的通话记录调了出来，发现怡景花园的电话和有一部西安在南京漫游的尾号为 9687 的手机，有过比较频繁的联系。经怡景花园的西安女人回忆，这个号码就是那个老乡在跟她联系租借罗廊西村房子时所用过的。

再调取该手机在南京的漫游话单，它打到西安的电话与 IC 卡打到该地的号码重合。

结合之前掌握的情况综合分析，可以断定，这部手机的机主和使用这张 IC 电话卡的人，如果不是同一人，也应该是同伙。

至此，珠江路现场和罗廊西村×号 101 室终于搭起了一座

“桥”，“桥”上的那个人已露出了狐狸尾巴。

侦查人员随即展开新一轮的查证，结果发现这张 IC 卡先后五次拨打西安市的市内电话，也曾拨打过尾号为 9687 的手机。

另经调查，罗廊西村×号 101 室的住宅电话 66××379，9 月 16 日曾与尾号为 4790 的手机联系过，而尾号为 4790 的手机又与尾号为 9687 的手机联系过。经查证，尾号为 9687 和 4790 的手机于 9 月 16 日以后反复在南京、西安出现，10 月 22 日后则在南京消失。这些情况表明，这两部手机在南京的使用者，应该就是作案人。

这时候，案发那天 10 月 21 日 23 时 20 分和 54 分这两个时间，在电话亭用 IC 卡拨打的寻呼电话机主也找到了，他是一辆小飞虎出租货车的车主。

在案发时间内且又在案发地点附近，寻呼一个开出租货车的司机，这两个电话很可能跟案子有关系！

我和老曹研究后决定，立即派程翔去找这个姓孙的车主。

11 月 5 日，程翔找到了孙姓车主。

经耐心启发，孙某陈述，他的车经常停靠在鼓楼区金盛装饰城门口揽活儿，以替人运送货物赚取运输费。上个月，10 月 5 日那天，他在兜生意的时候，有一个男青年来找他，说我有一批货要运到安徽，并要了他的名片说，到时候我跟你联系。10 月 21 日深夜，孙某收到寻呼后回电，回电就打到 IC 卡电话亭。在电话里，对方要他 22 日早晨 5 时将车开到汉中门等候。孙某到达后，该男青年先往车上装了几纸箱货，随后又将其带至罗廊西村×号，此时另一男青年已将另几箱货堆在院内。装上货后租车的男青年随孙某驾车直奔合肥骆岗机场，把货卸在机场托运科托运。此外，孙某反映，随车男青年自称是东北人，叫毛涛。

劫匪够狡猾的，抢劫得手后连夜运走赃物，等我们查到罗廊西村，那里早已人去楼空了。

十

歹徒行动如此迅速，我们也要抢时间。

派谁去合肥呢？

我还在思考，老曹就自告奋勇地说：“我去吧，我跟那边比较熟。”

我想了一下，点头同意：“也好，你先去，有什么情况及时跟家里头沟通。”

合肥离南京确实近，老曹上午去的，傍晚就把情况跟我在电话里说了：“我们在机场托运科查到了，一个持‘毛涛’身份证的人，在10月22日将六个装有电子配件的纸箱托运到深圳，而且据托运科的人说，办理托运的人乘当日13时15分的飞机飞往广州。我已经让程翔先回南京，有一份名单，上面是这个航班的所有旅客姓名，你们可以把它和在南京的旅馆住宿人员进行比对，说不定这个嫌疑人就在里头。我通过合肥市公安局协调，明天再到安徽省移动通信公司去查尾号为9687、4790那两部手机的漫游通信记录。”

这个老曹，工作就是细。

我马上让程翔拿着这份名单，跟南京这边的旅馆住宿人员比对。结果发现有一江西籍女子钱丽君曾于10月6日、17日两次在罗廊西村附近的古井旅社住宿，且 10 月 22 日未退房即离店，于是钱丽君也被纳入侦查视线。

第二天下午，老曹从合肥回来了，告诉我两个情况：他通过安徽省移动通信公司查询发现，10 月 22 日上午 9 时 02 分以后，尾号为 9687 和 4790 的两部手机均在合肥出现，并且当日 13 时 15 分前与深圳通过电话。同时查明，上述托运的货物已于 10 月 24 日到达深圳，货主及收货人均为“毛涛”。另经查证，“毛涛”的身份证是伪造的。

至此，我们可以确定尾号为 9687 和 4790 的机主，还有这个钱丽君，就是珠江路三维公司电脑抢劫案的嫌疑人！

老曹是一个非常严谨的人，末了，还生气地说：“这个机场托运科也不验看‘毛涛’身份证的真伪，货物托运和机票航班这两者的目的地不一致也不管。真是的！”

十一

案情明朗，接下来的工作节奏也就越来越快。

11 月 7 日，我带人飞抵西安。在当地公安机关及电信部门的支持下，很快确认了那张在河南购买、在南京使用的 IC 卡五次拨打的西安市话，其中一个宅电的机主叫邹志新，而那个尾号为 9687 的手机机主也是他，尾号为 4790 的机主则叫俞向群。

我把随身携带的那份 10 月 22 日 13 点 15 分飞往广州的航班名单拿出来一比对，上面果然就有他们的名字，由此这两个嫌疑人的姓名也被我们掌握。

这个邹志新，不太好找，人户分离，费了很多周折，才找到，他实际上住在西安市的友谊西路白庙路××号×号楼东单元4楼东，要不是当地同行带我们去，我们还真找不着。

为了不惊动他，先让居委会去摸了一下底，说两口子这几天都不在家。

另一个叫俞向群的，在他的居住地——西安市雁塔区地质新村×—332号，也找不到他。最后还是通过电信部门，看到他的那部4790手机已漫游到江西上饶市。

我立即把这个情况告诉老曹："我现在一时还回不去，你辛苦一下，去一趟上饶吧。"

老曹痛快答应："没得问题！这边到上饶没得飞机，我们就开车去吧，人停车不停，明天一早就可以到了。"

果然，11月8日晚上，老曹那边就传来了好消息。

"我们在上饶市公安局的协助下，已经把俞向群抓到，那个叫钱丽君的，是他女友，也一并归案！"他在电话里高兴地说。

第二天一早，老曹又来电话："我们连夜对俞向群进行了审讯，他交代'毛涛'就是邹志新，10月22日的事就是他们两个干的，电脑已经卖给了深圳市深圳湾高帮实业公司的章维。我已经让程翔带人立即从南京飞往深圳，把赃物追回来！"

十二

老曹旗开得胜，我这边因为涉及使用技侦手段需要审批，有个过程。不过好在西安的同行加快了工作进度，跟老曹通完话，我和西安市局刑警支队以及技侦部门，也开始行动。

这是11月9日下午1时，西安同行先用一个本地电话，给邹志新的手机打电话，接通后，假装是推销产品的："我们这里呢，是×××公司，最近我们推出了一款新产品，免费给你试用。请你到我们公司来领取，我们公司的地址是……如果你没有时间，我们也可以给你邮寄……"

侦查员在拖时间，技侦部门趁此机会迅速定位他的手机。原来他就在他的住地附近，正好我们还有两个民警守候在那里。

说时迟，那时快，民警接到我们的通知时，也正好发现邹志新与一个女人往家里走。

办案民警大叫一声"邹志新!"

邹志新一回头，发现是两个陌生人，就想跑。

这时哪还能放他走，两个民警如同饿虎扑食，一边一个，将他扭住。

一辆警车及时赶到，把他塞了进去，留下那个女人，呆立在那里。

邹志新被带进审讯室，我已坐在那里。

这是一个外表精干的人，从户籍资料上得知，他还是个大学毕业生，可惜没把聪明用在正道上。

"你叫什么名字啊?"我问。

他一听我的南京口音，有些慌乱，半晌，才回答："邹志新。"

陕西口音果然浓重。

我微微一笑，又问："你不是叫'毛涛'吗?"

邹志新顿时傻了："'毛涛'? 你们是怎么知道的?"

“我们是警察，当然能知道！我还可以告诉你，你的同伙俞向群和钱丽君已经在江西落网了。你就老实交代吧。”

邹志新一听我提到钱丽君的名字，大概是怕我们牵扯到今天和他在一起的女人，马上说：“我交代，但是刚才和我在一起的是我老婆，她对我的事一无所知。”

“这个你放心，我们会搞清楚的，就看你的态度了。”

听我这么说，他又想了一会儿，终于把在南京的作案经过一五一十地交代了。

原来，邹志新和俞向群是大学同学，曾开过公司，后因经营不善而歇业。为了弄钱，他们开始动起邪念，盯上了体积小、价值高、出手容易的笔记本电脑，合谋专门抢劫电脑专卖店。

从去年10月开始，两人就在西安抢劫了4家店铺5台电脑，以两万元的价格卖给曾与俞向群做过生意的章维。后来觉得西安油水太少，遂于今年9月16日，两人持伪造的身份证，窜至南京，通过搭识不久的怡景花园西安老乡的关系，租用了罗廊西村×号101室的一半用房。之后，两人到珠江路电脑一条街踩点，发现×××号那家三维公司不仅有高档电脑而且数量很多，便购买了尖刀、绳索、胶带等工具伺机作案。

10月21日晚，两人发现三维公司的一名员工外出，卷帘门没有锁死。邹志新跟踪一段路以后确认此人远去，便迅速返回和俞向群拉开门闯入室内，制服值班员蔡某后行劫。23时20分和54分，两次在附近公共电话亭用IC卡打电话，寻呼约定出租货车司机孙某。然后分几次乘出租车将赃物运至罗廊西村×号附近，待出租车驶离后，再搬入101室。

听到这里，我忽然想起老曹的问题，就问邹志新："你说具体一点儿，到底分几次？又是怎么从罗廊西村回到珠江路电脑店的？"

邹志新眨了眨眼睛，想了一下，说："一共四次，我两次，俞向群两次。回来的时候也是打车，就是等的时间比较长，最长的一次，我足足抽了半包烟。"

我又想起报案人蔡某说，曾听到邹志新他们打过手机，但他们寻呼小飞虎货车司机孙某用的是现场附近的电话亭，那这个电话又是打给谁的？

"哦，那是10点多钟我回西安老婆的电话，她问我啥时回去。"邹志新回答道。

又一个细节弄明白了，我朝他一摆手："接着说。"

凌晨5时，两人各搬一个稍小的纸箱至汉中门，邹志新留下等车，俞向群回去将剩余纸箱搬至院内。这么做的目的，是不想让司机孙某知道确切地址。邹志新随车一块儿前往合肥骆岗机场，并以"毛涛"的假身份证办理托运。俞向群和女友钱丽君另外搭乘交通工具前往骆岗机场与邹志新会合，并同乘一个航班前往广州。登机前，俞向群与深圳的章维联系销赃，并约定在深圳见面。10月23日，邹、俞、章三人在深圳东京酒店客房见面，邹、俞各留下一台"东芝"笔记本电脑，其余赃物以30万元人民币的价格卖给章维。冲抵事先债务和作案过程中的花销后，俞向群分得10万元，余款都归邹志新。

作案过程弄明白了，最后，我问道："你和俞向群都是上过大学的人，有专业知识，凭自己的能力创业不好吗？为什么要去干这些违法犯罪的事呢？”

邹志新沉默良久，抬起头来，说：“警官，创业说说容易，做起来难啊！像我们这样没有资金支持的普通人，做任何一个项目都是过程长、风险大，我们也是心急了一点儿，所以才出此下策。不过，我们当时也定了一条，就是搞货卖钱，决不伤人害命！警官，现在说这些是不是太晚了？我愿意接受惩罚。”

审完邹志新，我心情复杂地走出审讯室。

不管他如何为自己辩解，法院最终将以事实为依据，以法律为准绳，判处他们应有的刑罚。

我这边刚和同行商定回南京的事，老曹就给我打来了电话：“我们已经回南京了，程翔那边明天连赃物带人，就是那个章维，也一起带回南京，我们明天去接他们。你那边情况怎么样？”

听得出来，他很兴奋。

“我正要跟你说，我们已抓到邹志新了，明天也准备坐火车把他带回南京。”顺便我也把明天的行程告诉了老曹。

“那太好了！到时候我到车站去接你们！”老曹说。

十三

西安开往南京的火车，现在最快只要四个多小时，那一年则要耗时差不多一昼夜。

为了安全，乘警为我们安排了一间软卧，邹志新一只手戴着手铐，另一端铐在车厢床边的铁杆上，我和另外两名刑警轮流监护着他。

也许是太好奇了，火车快到南京时，他忍不住开口问我：“警官，这两天我一直在想，我们这次在南京作案，把一切细节都考虑到了，可以说是天衣无缝，就是想不出你们是怎么把我们找到的？”

是的，邹志新很狡猾。作案前细心踩点，锁定目标；在运输赃物过程中，特意不让出租车司机掌握确切窝点；得手后连夜将赃物运走，并且特意不走南京而到合肥的机场，用假名托运。

但是，雁过留声，人过留影，一个人只要在某个特定的地方停留过，多少总要留下一些痕迹。我们就是通过再三寻找，找到了作案人的通话记录，找到了运送赃物的出租车，找到了怡景花园和峨嵋岭这两处住宅的户主，找到了在罗廊西村的窝点，最终找到了合肥、西安、深圳、上饶……

我看他满脸迷茫，便一字一句地说：

“怎么找到的？我告诉你，年轻人，尽管你和你同伙有预谋、有计划，还加上一点点智能和暴力，但是，你们是为了一己私利，只能偷偷摸摸的，见不得人的；而我们，是堂堂正正执行法律的国家机器，我们的智慧和力量是源源不断的，一旦我们下决心要找一个违法犯罪的人，哪怕他远在天涯海角，我们也能找到！”

邹志新似懂非懂地看着我，若有所思。

若干年以后，我在南京又碰见过他一次（详见《第十二天：无处遁逃》）。

如今，如果他碰巧读到本书，可以找到他想要的答案。不过，我想他应该不需要了。

第九天：一念成魔

一

2002年9月14日，是个星期六。上午8点刚过，我正站在成都一家酒店的自助餐厅里，手拿一个盘子，往里面夹小麻团。昨天早上我也在这里用餐，发现这里的小麻团味道不错。就在这时，裤兜里的手机响起了急促的铃声，我右手放下夹子，拿出来一看，是老曹的号码。

我顿时紧张起来。

因为以往我出差在外，家里有事一般老曹都直接处理了，一时处理不了的，也可以等我回去以后再说，现在他给我打电话，肯定是发生了特别重大的事情。

果然，我一接听，电话里就传来老曹慌里慌张的声音："老朱啊，不好了，家里出大事了！"

"啊？"我倒吸一口气，随即问："什么事啊？"

"江宁区的汤山镇好多人中毒，救护车都来不及送！"

"这么邪乎？"我有点儿不敢相信，追问一句："到底怎么回事？"

“镇上不少人吃了从面食店买来的早点，倒在地上一大片。我也是刚到，镇上乱成一锅粥。”

“是食物中毒还是有人投毒？”我一边接听，一边快步走到餐厅的角落坐下。

让我这么一问，老曹倒有些迟疑，不过很快又说：“现在情况还不确定。我们已经在现场提取了一些检材，正送往技术室检验分析。”

“现场在什么地方？”

“是镇上一家面食店，案发后店主因害怕而把剩余的面团处理掉了，勘验起来比较困难。”

我想了一下，对老曹说：“如果仅仅是食物中毒，这是卫生防疫部门的事，但如果确定是人为投毒，我就马上回来。有情况及时跟我联系吧。”

这几天我正在四川的一些兄弟单位考察刑侦工作，和我在一起的还有市局副局长张新华以及各分局刑侦副局长。我和老曹通完电话，来到餐厅的其他同事也接到了类似的电话，顿时议论纷纷，眼前的馒头、烧饼、麻团，大家再也咽不下去了。

本来想得好好的，今天会议结束，我就到泸州去一下。去年程翔他们到那里抓捕“2·22”杀人纵火案主犯仲石冰时，当地同行曾给予很多支持和帮助。仲石冰归案后，又供认出在全国多地犯下的命案和盗窃案。这一系列大案的破获，收功虽在南京，但是我们始终没忘常州、德阳等地公安机关在办案过程中对我们的无私帮助，特别是泸州同行在关键时刻的鼎力相助，才让我们得以将涉案人员一一捕获。现在看来，我去那里向当地同行当面致谢的计划要泡汤了。

果然，不大一会儿，老曹又来电话了："我们从现场提取的面粉、芝麻、白糖、食盐和酥油等检材中检出了毒鼠强成分，从中毒人员吃剩的麻团、油条、烧饼及呕吐物中也检出了相同的毒药成分。看来这是一起投毒案件。"

他还告诉我，因为市局一把手出国考察访问去了，在家主持工作的贺副局长在汤山镇成立了专案指挥部，从每个分局各抽调了 20 名民警，兵分数路，开展调查。

我对老曹说："那我现在就往机场赶，估计晚上就能到南京。你在安排人员调查的时候，要提醒他们注意三个主要问题：第一，这个毒药是从哪里来的？汤山镇以及周边地区，要派出人员抓紧走访；第二，要弄清楚这家面食店和谁有矛盾……"

经验告诉我，投毒一般有两种情况：一是报复社会；二是因为同行之间有矛盾，嫁祸于人。

"……第三，你要注意，案发以后有没有突然离开的。这个投毒的人看到死了那么多人，可能会因害怕而逃跑。"

二

当我赶到成都双流机场，正在登机时，老曹又给我打来电话："我已派出几路人马去查毒鼠强的出处，这个范围比较大，现在还没有结果。"

"这家出事的面食店，你查得怎么样？"

"我们到汤山镇后，就把这家店的店主和他店里的八名小工控制起来了。经过这大半天的盘问，了解到的情况是这样的：这家店因为烧饼、麻团等早点口味好，店主也善于经营，镇上的很多学校和单位都批量订购这家店的早点，而镇上其他六家做早点生意的店铺却生意清淡。后来我们对这六家店铺进行调查，发现了一个值得注意的情况……”

“哦，什么情况？”我有点儿迫不及待。

“是这样的，有一家面食店离案发现场最近，店主叫成镇平。今天早上，他突然告知房东，说要回老家看望生病的母亲，并从银行提取现金后离去。我们经过进一步了解，发现他与出事的那家面食店店主有矛盾……”

“他是什么时候走的？”我再次打断老曹，问道。

“早上 9 点多。”

我一看手表，现在已是下午三点半了，马上又问：“他家在哪里？”

“浦口区。”

浦口区在长江以北，南京市区的西北，而汤山在南京的最东边，两地相隔 50 多公里。

“马上找这个人！”

“已经派人去了。”

“有消息没有？”

“暂时还没有。”

我还想跟老曹说话，飞机已经开始滑动了，空姐朝我走来，示意我关手机，我只得挂断了电话。

三

飞机在南京禄口机场降落后，和我同机回来的老张对我说："老朱啊，咱们直接去汤山镇吧。支队要是没来车接你，你就坐我的车。"老张在市局分管刑侦，心里当然也急哎。

我一眼瞥见支队的技术员小齐在出口处等我，就跟老张打了个招呼，各自分头前往汤山镇。

坐上车后，我问小齐："怎么是你来接？技术上的事忙完了？"

"是的，支队长。现场勘验和技术分析已经结束，曹支队长他们都忙着走访调查，就我还有点儿空儿。"小齐答道。

尽管已是晚上，机场通往汤山镇的路上仍塞满了车。

小齐一边开车，一边跟我说："现在还算好的，白天的时候，不光是这里，连市区都是警车和 120 救护车，特别是中山东路，每隔一分钟，就有警车开道的 120 救护车鸣笛通过，全南京的车子都堵在那里。南京军区总医院离汤山镇最近，最多的时候一下子送来 500 多个中毒的人，医院根本容纳不了，只好马上转到其他医院。幸亏有江苏省卫生厅和南京市卫生局的调度，救护车装了这些人按统一调度，分头到市内各大医院，什么钟山医院、454 医院、八一医院，还有鼓楼医院、工人医院、人民医院，反正一共动用了 11 家医院，才把全部中毒的人收治进去。"

我听了以后心乱如麻，怎么会这样？

三个月前在绩溪击毙绑匪那一刻，仿佛又来了，我在心里告诫自己，不要慌，要集中精力做好自己的事。

小齐接着又说："公安部和卫生部都派来了工作组，市委书记和市长也都到现场指挥抢救。南京市里还在镇上的解放军八三医院成立了现场指挥部，咱们市局也成立了专案指挥部，贺副局长坐镇指挥。"

我问小齐："现在的伤亡情况怎么样？"

"具体数字我不知道，反正挺多的，周围医院还有南京市区的医院都住满了，有好几百人呢！"小齐说。

"就一个面食店，怎么会有这么多人中毒？"我有点儿纳闷儿。

"支队长，你可不知道，这家店的烧饼在汤山镇非常出名。每天凌晨4点，这家面食店就开始营业了，一天要用掉好几百斤面粉，镇上的几家豆浆连锁店都用他家的烧饼。5点以后，就有十多个走街串巷的小贩来批发，通过这些小贩和豆浆连锁店，烧饼大批量进入学校和企业，所以才会有那么多人中毒。"小齐的回答让我感到，他已经不是刚来时那个书生型技术员了。

从禄口机场到汤山镇60公里，开了将近两个小时。

我让小齐先把车开到镇上的案发现场附近，然后下车步行穿过警方拉起的警戒线，走进这家名号为"崇武"的面食店。店堂面向农贸市场大街，是四周敞开式作坊，没有任何防盗设施。

小齐对我说："出事以后，店主一时害怕，把剩余的面团都倒掉了。后来把他控制住后，问出下落，才开始做毒物检测。"

四

看完现场，我来到专案指挥部临时征用的地方，见老曹他们正在对一个年轻人进行讯问。

老曹一见我，忙起身把我拉到一间屋子，要详细汇报白天的工作进展情况。

我现在哪有心情听什么四平八稳的工作汇报，直接问他："你在电话里说的那个人找到没有？"

"目前还没有。"老曹如实回答。

我想了一下，又问："这个人的嫌疑到底大不大？"

老曹马上说："当然大啊！成镇平跟出事的那家面食店老板成崇武有矛盾不说，据成镇平的房东跟我们反映，昨天晚上 8 点 30 分到 9 点还有 11 点，成镇平两次出门。今天早上 9 点多，在我们清查了周围店铺后，成镇平对房东说：'听说成崇武烧饼有毒，警察收了大饼摊，这几天也做不成生意。我回家去了，你给我个电话，水电费过几天给你。'我派人去他江浦老家，家里人说他回来过一次，但不知道现在去哪里了。没事他为什么要跑？而且家里人都不知去向！"

我点点头，马上又问："那他的手机号码你们查到了吗？"

老曹说下午刚查到，已经让负责电信的大队长小苏去查它的位置了。

问完这几个问题，我看看外间，指指刚才他们正在讯问的那个小伙子，问老曹："这又是什么情况？"

老曹让人给我倒了杯水，然后细细向我道来：

“这家出事的崇武面食店，雇了八个小工，因为天热，大家晚上都在店铺里随便找个地方睡觉，凌晨三四点钟就起来和面做早点。今天天亮以后，镇上的人都来买烧饼，买麻团，有的买了以后，一边走一边吃，吃了几口以后，‘扑通’一声就倒下了，遍地倒的人就是这么来的。

“我们在盘查中了解到，这八个小工中七个都没有吃这个烧饼和麻团。只有这个小工，拿了一个麻团吃下去了。结果不知怎么，他就没中毒。我们就很奇怪，把他叫来以后，对他进行了检查。对他的鞋底进行化验，有毒鼠强粉末。所以，我们就对他进行讯问，问了一下午了，他就是说不清自己为什么吃了麻团没中毒。”

我一边喝水一边听老曹说，最后远远地望了望这个一脸憨厚的小伙子，对老曹道：“如果是他投的毒，他怎么还敢吃？他敢保证自己吃的那个麻团没有毒吗？我看啊，他吃了麻团没中毒，只能是他的运气好，恰好这个麻团没有毒。至于说鞋底沾毒，很可能是投毒人遗撒所致。最重要的，是他没有投毒的动机！”

五

正在这时，小苏给老曹来电话了，老曹按下了免提，小苏的声音急促：

“曹支队长，成镇平的手机信号抓到了，但是它处在移动状态，一直在不停地走，而且走的速度比较快。”

我和老曹对视了一眼：汽车？还是火车？

“他在往哪个方向走，离南京多远？”我急切地问。

“信号现在正在往北方走，快到蚌埠了。”小苏在电话里说。

“你能看出是在公路上，还是铁路上吗？”

电话里小苏的声音停顿了一下，旋即说道：“这个信号的移动轨迹比较直，速度也比较快，应该是在火车上。”

我马上转身找到小齐，对他说：“快，马上去找一份全国火车时刻表！”

说完，我随即看了一下表，时针已走向12点。

火车时刻表拿来了，我迫不及待地接了过来，翻到我们要找的那一页，老曹也凑过脑袋来。

“看！在这里，上海开往洛阳的1658次列车，22点26分到南京，停靠10分钟，22点36分发车，现在……”老曹看了一下表，接着说：“现在应该在滁州和蚌埠之间。”

“好！他跑不掉了！我现在就向领导汇报，让省厅通知铁路公安局，在火车上把他扣住。”我把火车时刻表往边上一推，拿起桌上的座机。

南京铁路公安部门列入省级公安机关序列，由省厅出面，比较合适。

听说南京汤山特大投毒案的犯罪嫌疑人正乘坐1658次列车逃逸，谁也不敢怠慢，国家机器立即高效转动起来。铁路公安部门马上让我们把嫌疑人成镇平的相貌特征、身份证号等信息传过去，及时通报给列车上的乘警。

把这件事办完后，已是凌晨两点。

我让老曹他们去休息，我在指挥部守着。老曹还要跟我争，我有点儿生气地说："你还跟我争什么？如果成镇平在车上，那么早上就会有消息。我们还要去人把他带回来，这个任务非你莫属。大家统统去休息！"

老曹想想也是，硬任务还在后面呢，就率众人离开了指挥部。

老曹走后，我也和衣躺在长椅上。

但是我哪里睡得着？眼睛一闭，脑子里全是想象中火车上的情景。咯噔……咯噔……列车在黄淮平原上疾驶，一个个亮着灯光的窗口排成整齐的队伍，在漆黑的大地上匀速行进。一个男人躲在火车上一个角落，乘警一把将他提起，那男人惊恐地睁开眼睛，哇，正是成镇平……

"滴铃铃……滴铃铃……"我睁眼一看，原来是指挥部临时架设的座机在发出巨响，再一看手表，早上 6 点刚过，原来刚才是梦境。

来电话的是洛阳铁路公安处值班民警，说 1658 次列车上的乘警，刚刚已经把南京警方要找的这个人找到，并控制起来了。

太好了！我一个劲儿地表示感谢，对方说："不要客气！出了这样的事，我们也替你们着急，全国警察是一家嘛！"

他接着又说："火车下一个大站是郑州，我们就把人押解下来交给郑州车站公安段吧。到时候你们派人来押回去。"

我连声说好。

为了给我们下一步办案提供更多的信息，他还在电话里讲了抓获成镇平的一些细节。

今天凌晨3点27分，1658次列车在徐州车站停靠时，车站值班民警将载有成镇平的相貌特征、身份证号码等信息的协查通报交给了列车上的乘警。列车启动后，列车长和乘警立即组织人手，从专为南京预留的9号硬座车厢开始，开展拉网式排查。

5点多钟时，列车从商丘站开动后不久，他们在12号硬卧车厢1号铺上，看到一名男子侧着身子朝里酣睡。乘警轻轻推醒那人。拿出那张印有成镇平照片的协查通报一对照，眼前的这个睡眼惺忪的人，正是成镇平，遂立即将其制服，并迅速报告上级单位洛阳铁路公安处。

六

这时，天已大亮，大批人员中毒的惨剧过去了24小时，以往生机勃勃的汤山镇没有了往日的喧闹，显得冷冷清清。镇上几乎家家都有中毒的亲人，人们的脸上都挂满了哀怨和悲戚。

好在嫌疑人已经落网，我的心情略微好转。

我把这个消息向市局贺、张两位副局长作了汇报后，便立刻和闻讯赶来的老曹商量去郑州押人的事。

郑州距离南京整整1000公里，成镇平又是全国瞩目的特大投毒案嫌疑人，路上容不得半点儿闪失。我派出五个驾驶技术好、反应机敏的刑警，由老曹带队，开两辆车况最好的车，其中一辆带防护装置，前去郑州把人带回。

“老曹啊，见到成镇平的时候，一定要注意收集证据，比如说指甲要把它剪下来，衣服也要脱下来，换上别的衣服，到时你们在郑州根据他的身材就地现买。”

成镇平投放的毒药是毒鼠强，而毒鼠强的特性是不溶于水，尽管案发后他为了毁灭罪证，很可能洗了手，但他身上和衣服口袋里，很可能还沾有微量的毒鼠强药粉。

老曹也知道这次押解责任重大，率领五个刑警迭声说：“你放心，我们保证一定完成任务。”

“南京到郑州要开七八个小时，你们宁可开得慢一些，也要注意安全。”我再三叮嘱。

那几个刑警说：“支队长放心，我们轮流开，绝不疲劳驾驶。”

老曹已上车，我又过去交代他：“今天傍晚到了以后，为了安全，不要急着往回赶，夜路毕竟不太安全。你们在郑州住一晚，明天赶回来就行。”

老曹笑了，说道：“今天你怎么这么婆婆妈妈？听你的。”

最后，我还是说了一句：“路上有什么情况，随时给我打电话。”

七

老曹一行走后，我听取了几路侦查员走访调查的情况汇报，其中程翔的汇报引起了我的注意。

他说：“昨天我们到句容县调查，有一家卖农资物品的商店女老板跟我们说，大概是 8 月 23 日，有个人在她那里买过 12 支毒鼠强药剂，50 克粉剂。”

毒鼠强实际上就是氰化钾。据说“二战”时期德军作战时常常在撤退时把它撒在水源处，以迟滞敌军的进攻速度。汤山投毒案发生前，国内对它的销售还没有管制。这个案子发生以后，全国立即开展了清理毒鼠强的工作，市面上再也买不到了。

我马上追问："你有没有问那个人的长相特征？"

"问了。回来以后，刚才我看了成镇平的照片，觉得跟女老板说的有点儿相似。"程翔说。

"你不要只是说你'觉得'。这样，你今天拿着照片再跑一趟句容，让她辨认一下。反正老曹他们怎么也得明天才能回来。我们把工作做得扎实一些。"程翔是我最得力的部下，但是在工作上我对他从来没有丝毫迁就。

句容县属镇江市，在汤山镇的东南，距离不到 20 公里，比到江宁县和栖霞区还要近，更不要说南京市区了，所以当地居民喜欢到那里买东西。

当天下午，程翔就回来跟我汇报："没错，女老板在我们提供的几张辨认照片中，一下子就指着成镇平的照片，说就是他。"

这时，我的心又踏实了一些。

八

案发后第三天，也就是 9 月 16 日晚上，成镇平被老曹带回来了。

两台汽车的身上满是灰尘，老曹他们也是风尘仆仆，兴奋之中难掩疲惫之色。成镇平倒是一身新衣服新鞋，那件新衬衫的褶皱依然还在。老曹见到成镇平后做的第一件事，就是给他剪指甲，让他换鞋换衣服。剪下来的指甲和换下来的衣物，都放在物证袋里拿回南京做检验，后来都派上了用场。

早上接到老曹出发时打来的电话，我就把副支队长老薛叫来："这个人啊，由你亲自审。"

老薛是刑侦和预审两个部门合并时过来的，具有丰富的预审经验，在刑警支队专门负责预审工作。我觉得成镇平不是一般的涉案人员，而是投毒致死几十人、震惊全国的犯罪嫌疑人，为了万无一失，特意让我们刑警支队的一号预审专家来审。

为了审开这个嫌疑人，老薛也做了一些准备。

没想到的是，从晚上 10 点多成镇平被带回南京后，到第二天早上八九点钟，老薛跟他讲政策，讲法律，讲道理，讲后果，讲得口干舌燥，但是成镇平始终就是那一句南京当地土话："我没得唉！"

经过我们的调查，成镇平有投毒的动机，化验结果也表明，他的指甲缝里有毒鼠强，裤兜里也检测到毒鼠强，但是没有他的口供，我们觉得这个案件的证据链还是不够完整。

如果有人较起真来问，崇武面食店的那个小工，脚底也有毒鼠强，你们为什么不把他当作投毒者？回答起来就很费口舌，法院审理起来也会有难度。

这个案子死了那么多人，震惊全国，只有成镇平本人亲口交代了，再加上我们采获的证据，才能办成铁案。

九

老薛这边还没审开，我正暗暗着急，省公安厅的洪厅长恰在此时来到了审问现场。

当时南京市局一把手正在国外，由市局的贺、张两位副局长陪着他。

洪厅长到了以后，劈头就问："大老朱！成镇平开口交代了没有？"

他肯定听两位副局长汇报了嫌疑人被押回来的情况，才这么问。

我只得实话实说："从昨天夜里审到现在，还没审开。"

洪厅长有些不悦，问："你让谁在审？"

我答："我让我们处里主管预审的副支队长老薛在审。"

"你为什么不上？"他追问道。

"他比我有经验哎！"我如实报告。

洪厅长死死盯着我说："现在我让你上！你要什么条件，我就给你什么条件，但是你必须上！这个案子越早拿下越好，哪怕早半个小时，也是最大的胜利！"

这时新闻媒体已经开始实时报道汤山投毒案，全国人民都在密切关注，从中央到地方的各级领导也在不断过问案件的侦破工作，洪厅长身上肯定承受着巨大的压力。

党的十六大召开在即，如果不能及时审结此案，确实影响我们江苏的形象。我和支队的同事作为具体办案人员，此前已经做了大量工作，决不能在最后阶段卡壳，让大家着急。

想到这里，我深呼吸了一下，说：“好！领导们先去忙，审讯室不要让别人中途进来！”

审讯是一台戏，一旦中断，情节就断了。

我还需要有两个帮手。

当时专案指挥部从每个分局抽调了 20 名民警，我就从鼓楼分局那 20 名民警里，找了两个老部下，一个叫李智，另一个叫金彪。过去我在鼓楼分局时，就知道他们两个审讯案犯的鬼点子特别多。

有一次，一个盗窃犯明明人赃俱获，就是死不开口。

李智就泡了一大壶茶，和案犯边喝边聊，一壶喝完再来一壶，直到案犯憋不住了，李智还劝他喝。最后，案犯实在熬不过，承认了盗窃事实，李智才让他上厕所。

审讯涉案人员，不能刑讯逼供，特别是成镇平这种全国瞩目的特大案件犯罪嫌疑人，如果有了哪怕一点点刑讯逼供，万一对方在法院审理阶段翻供，将陷公安机关办案人员于极大的被动。

李、金二人到了以后，我向他们交代了今天的任务，说：“你俩今天一定要亮出你们的本事！你们先唱红脸，一会儿我再来唱白脸。”

他们在那边费劲巴力地审，我一边看，一边琢磨怎么才能打动他，攻破他的心理防线。

趋利避害是人的本性，与犯罪嫌疑人打交道，一定要对症下药。

成镇平是一个比较内向木讷甚至有点儿愚昧的农村人，跟他讲什么政策、法律，进不了他的心。他为什么没有在投毒当晚就连夜逃跑？是因为他没有想到毒鼠强的毒性这么大！从逃跑的轨迹看，他在南京到洛阳沿线没有任何亲友，之所以坐上这趟列车，无非是当他跑到南京火车站时，正好有这班火车。所以说，他不是一个思维缜密的人，现在之所以不交代，肯定是认为反正毒鼠强已经投完了，你们警察没有证据。

对于这样一个思维能力偏弱又有些轴的人，如果我还是像老薛那样跟他讲政策，讲法律，恐怕还是不管用。我要让他亲眼看见，公安机关已经掌握了证据，才能打动他。

我又把前期材料仔细看了一遍。

成镇平今年 32 岁，初中文化，南京市浦口区桥林镇人，1992 年曾因犯盗窃罪被判处有期徒刑两年六个月。他有一个老母亲，因患白内障，几近失明，但是做手术要花钱，就一直拖着。他对母亲还是比较孝顺的，而且宗族观念也比较强。

我要抓住这些特点，对他开展心理攻势，撬开他的嘴。

十

个把小时过去了，面对李智和金彪的轮番审问，成镇平始终还是那句话，“我没得哎！”

李、金两人气得七窍生烟。

好吧，成镇平，你不是一个投毒者，你就是一个跟我同村的乡党，不过你这个乡党有点儿愚昧需要开导，需要我用你习惯的语言，对你进行开导。

于是，我上前几步，对两个老部下说："来来来，你们两个休息一下，我来。"又面对成镇平，"我看你也累了，休息一下吧！"让他也松弛松弛。

我点了一支烟，吸了几口，对他和和气气地说："你把手伸出来让我看一下。"

成镇平依言伸出双手，我说："我们做个实验啊。"

接着，我就把烟灰点在他的手心里，说："你把这个烟灰拍掉，对，就这样拍拍手，把它拍掉。"我给他做了个示范，"拍干净了吗？"

"拍干净了。"

"手上还有烟灰吗？"

"没得了。"

我很肯定地说："你以为没得了，实际上不是。我们现在有一种现代化的仪器，照样可以看到你手上曾经有烟灰。"

听了我的话，他流露出似信非信的疑惑表情。

我接着说："这个就是科学。为什么我们去带你的时候要剪你的指甲呢？因为你指甲里面就有毒鼠强，这个道理和刚才的烟灰是一样的。你的指甲里面就留了你投毒的证据。所以你这个事情啊，证据已经很可靠了，跑不掉了。"

我看到他的眼睛里露出一丝好奇，有点儿像小孩看魔术的样子，就盯问他一句："你相信我的话吗？"

他点点头，说"你讲的有一定道理。"

我趁势夸张道："现在科学已经发展到这个程度了，卫星都能上天，原子弹都能飞到一万多公里之外，我们这点儿事还做不了吗？比如说你在火车上，我们不就很快找到你了吗？”

他听了以后又点点头。

接着，我像和老熟人聊天一样，设身处地对他说：“老成啊，你当初也没想到这个事情的后果会这么严重，对吧？你也就是想搞一下这个成崇武，让人家不敢吃他的烧饼。你也没想到这个东西那么厉害，对吧？”

他点点头，说：“是的。”

我又把话头拉回来：“但是有一条，老成啊，你给人家带来的灾难是严重的！只要我对中毒的人说，投毒的人是浦口桥林镇姓成的，那他们都会去桥林镇把你家砸了，还会去刨你家的祖坟。你们成家永世不得翻身！”

听到这里，他有点儿害怕，连连摆手，说：“哎，这个不能玩，这个不能玩。”

我看已经打动他的心了，接着说：“你是不是还有个老母亲？她是不是得了白内障，要做手术？”

听我提到他的老母亲，成镇平有些惊讶地看着我：“你怎么知道的？”

我有些夸张地说：“这个嘛，我们怎么会不知道呢？我们还知道你想给老母亲治病。”

成镇平有点儿动感情，没有说话，只是又点了点头。

我继续说：“但是你现在呢，又出了这样的事，身上钱呢，也不多，我们在你身上一共只找到了 3000 块钱。这些钱补偿这些中毒的人呢，根本不够。”

看到成镇平眼光黯淡下去，我马上又说：“不过呢，我可以帮你做做工作，向上面提个建议，把你这些钱留给你母亲治病，把她白内障手术做了，让你尽一尽孝道。你母亲眼睛治好了，生活就能自理了，你不就可以放心了吗？”

成镇平眼睛亮了。

我的这个建议，看来是真的打动了他的心。

我随即又说：“但是如果你不说，那我们就不谈了。”

这时，他倒有点儿担心我收回这个留钱给他老母亲治眼病的建议，很快抬起头来，对我说：“我提一个要求。”

我心中暗喜，看来这个家伙要开口了，但是他会提什么要求呢？

眼看胜利在望，可不能让他缩回去，想了一下，庄重地说：“你讲，只要是讲道理的，我又做得到，一定答应你！”

于是，成镇平提出了他的要求：“我交代了，请不要在浦口宣判我，我不想让别人知道我是浦口桥林镇人。”

最后的宣判怎么会到浦口去呢？肯定是在南京市里啊！

这个愚昧的家伙，我既憎恨他又可怜他，但嘴上马上痛快地答应：“可以。”

十一

成镇平开口了，他交代了整个事情经过。

“那天，我到句容花了 8 块钱，买了 12 支毒鼠强药剂、50 克粉剂，因为那里比较方便，南京不大好买。”

这一点和句容那个女老板的话对上了，我及时地补了一句：

“那个女老板是不是胖胖的，苏北人？”

他又有些惊讶：“你怎么知道的？”

我要镇住他，就说：“我们公安局是干什么的？你所有的事，我都知道，现在就是跟你核对一下。你也不要再藏着掖着了，说了大家都痛快！”

后来，他的叙述就非常流畅。我那两个部下飞快地记录，有时还要停下来核对一下，再让他继续说。

成镇平说：“我和成崇武是老乡，他做烧饼卖，我也是做烧饼卖，我做的也不比他差，为什么他那边的生意比我这好那么多？人家都是他那边卖完了再到我这儿来买。我就是气不过！而且成崇武不讲老乡情义，经常在麻将桌上赢我钱，还嘲笑我。今年下半年，我的生意越来越差，连房租也还不上。所以我就想办法，让他的烧饼卖不出去，人家不就来买我的了吗？”

这些还是动机，关键是投毒过程，这对最后的司法认定很重要。

我及时把话题拉回来：“那你是怎么做的呢？”

“我想在他的面粉里放点儿药，让买他烧饼的人吃了拉肚子，让他的烧饼卖不出去。我就到句容这家店里买了毒鼠强。夜里11点多钟，等他们店里小工都睡着了，我就偷偷地进去。因为现在天热，他们那个地方晚上不关门，大敞四开，小工都是随便找个地方睡，横七竖八的。我进去以后呢，悄悄地，不惊动他们，把毒鼠强倒在他们家的白糖、油酥里，还用手和一和，搅拌一下。”

“这个毒鼠强，是不溶于水的，你放在水里泡，它一般是不会消失的，但是放在白糖、油酥里呢，就看不出来了。”

有个细节我必须问：“你为什么不放到面粉里呢？”

“因为做烧饼和油条的面，头天晚上就开始发酵了，这时已经是面团了，倒在上面会被人发现。白糖和油酥是不断地揉进去的，看不出来。”

他说的没错。

“结果第二天早上起来一看，坏了，街上倒的都是人，他们都是吃了崇武面食店的烧饼油条中毒的。我没想到老鼠药这么厉害，当初以为吃了以后只是拉肚子，发个烧，顶多躺几天，所以赶快跟房东打了个招呼，先回了趟浦口老家，把家里的事简单料理了一下，再到南京火车站，买了一趟时间最近的火车。我也不管是开到哪里，只要越快越好，越远越好，先离开南京再说，没想到在火车上刚睡着就被抓了。”

十二

我走出审讯室，一看手表，已是下午1点。

洪厅长过来紧紧握住我的手：“大老朱！你是功臣啊！江苏人民都会感谢你！”

厅长的话，我至今难忘！

至此，震惊全国的南京汤山投毒案彻底告破。

经事后统计，此次投毒事件一共造成42人死亡，300多人中毒，这是1949年以来最大的投毒案。

2002年9月30日8时30分，南京市中级人民法院公开审理南京汤山投毒案，并依法作出一审判决：被告人成镇平为泄私愤，投放毒害性物质，危害公共安全，并造成众多人员死亡的特别严重后果，其行为已构成“投放危险物质罪”，判处被告人成镇平死刑，剥夺政治权利终身。

一审宣判后，成镇平提出上诉。江苏省高级人民法院经审理认为，一审判决认定事实清楚、证据充分，定罪准确，量刑适当，审判程序合法。裁定驳回被告人成镇平上诉，维持原判，并根据最高人民法院的授权，依法核准对被告人成镇平的死刑判决。

2002 年 10 月 14 日上午，成镇平在南京被执行枪决。这一天，距离案发正好一个月。

执行枪决那天，我去了现场。也许是因为我和其他人站在一起，成镇平没有发现我，我也没有看清他的眼睛里有没有忏悔，有没有自责。不过，到了另一个世界，他肯定无法面对那 42 个冤魂！

侦查破案是我的职业，但是我真的希望社会安宁，岁月静好。宁可我失业，也不要再出现像成镇平这样的人，因愚昧狭隘而一念成魔，为害社会！

第十天：谁是真凶

一

当了刑警以后，虽然长年和社会阴暗面打交道，还免不了经常出凶杀现场，但是每次站在非正常死亡的尸体面前，我仍禁不住对死者感到怜悯，对人性中的黑暗感到悲哀。人最宝贵的是生命，可是总有一些人，为了极度膨胀的私欲，无视法律，残忍地剥夺他人的生命。

2003 年 1 月 15 日，我又不得不出现在这样一个惨不忍睹的凶杀现场。

那天，刑警支队接到市局指挥中心转来的电话，说 110 接警台接到报案电话，一个名叫苑梅芳的妇女，在电话里说：今天早上，她因公司业务上的事，与其子卢广宇联系，电话一直打不通。因为事情比较急，她就赶往儿子的住处，开门进去，发现卢广宇死在客厅地上。

我对刑警支队值班室有明确要求，发生命案必须第一时间通知我，所以尽管那天我正在市局开会，他们也马上把信息发到了我的手机上。

我立即跟同在会场的市局副局长张新华打了个招呼，匆匆赶往现场。

凶杀现场在栖霞区尧化新村××栋404室，副支队长老曹带领刑警和刑事技术人员已经在那里忙碌，有的在拍照，有的在提取指纹，还有的在验看死者的伤口。

这是一户两居室的普通住宅，离进门不远处，倒卧着一名已经死亡的男性，他的头部遭多次击打，已血肉模糊。走近细看，发现他的颈部喉管也被锐器割开，身上其他部位，并无伤痕，右手握着一把菜刀。除了死者倒地之外，现场的翻动并不大。

我把现场仔细看了一遍后，跟老曹说："一会儿看完了，到派出所去碰头吧。"

二

离现场最近的是尧化门派出所，所长姓高。十几年前在鼓楼刑警队时，我们都叫他"小高"，不知哪年调到了这里，还当上了所长。

他见我来了，十分高兴，跑前跑后，忙得不亦乐乎。

"小高，你帮我们找间屋子，看来这几天都要在这里忙活了。"我一下子改不过口来，还是按过去的习惯，叫他"小高"。

"你来了，这个案子肯定能破了，我们也可以学东西了，做点儿服务工作算什么。"小高笑嘻嘻地说。

"到时候你别烦我们就是。"我没笑，一有案子我就笑不出来。

我一边说着，一边往里走，路过值班室，看见里面坐着一位五六十岁的中年妇女，满脸戚容，不停地用纸巾擦拭着眼泪，一个女警在边上照应着她。

我低声问小高："这个是不是死者的母亲？"

小高点点头。

我又说："你替我找间屋子，我跟她谈谈。"

小高把我带到所长办公室，不一会儿，那位妇女也来了。

小高对她说："苑梅芳，这是市局刑警支队的朱支队长，你儿子的事可以直接跟他讲。"

苑梅芳尚未从失子之痛中缓过来，看着我，一时不知从何说起。

我让小高给她倒了杯水，让她坐下。

我先安慰了她几句，然后问："你最后一次见到你儿子，是什么时候？"

"昨天啊！我们娘俩合开一家公司，哦，就是南京宇驰科技有限公司，我是法人代表，我儿子是经理。昨天白天，我还在公司见到他呢！"苑梅芳拭去眼角的泪，看着我说。

"你儿子在公司生意往来中，有没有得罪过什么人，或者说有过经济纠纷或矛盾的对象？"我再问。

"没有！绝对没有！所有生意虽然是他经办，但我都是知道的。我们都是和气生财，生意不成仁义在，和我们做生意的客户，关系都很好。"苑梅芳肯定地说。

"会不会是你儿子在社会上交了什么朋友，因为某些原因产生了矛盾呢?”我又问。

“这个应该也不会，我儿子为人老实，不赌不嫖，他的那些朋友也都很本分，没有这样心狠手辣的。”苑梅芳依然肯定地说。

我转而问另外的问题：“你儿子结婚了吗?”

“结了。”苑梅芳立即回答。

我有些奇怪：“怎么没见着你儿媳妇啊?”

“这个女人啊……”提到她的儿媳妇，苑梅芳顿时立起了眉毛，显出很生气的样子，“这个女人跟我儿子结婚已经两年了，也不生孩子，就晓得跟我儿子要钱。我儿子跟我一起做生意，遇事当然要跟我商量，她一百个不高兴。结婚不到一年就吵架，听我儿子说，已经分居大半年了，准备离婚。”

“她住在什么地方?”我接着问。

“这个我不清楚，连我儿子都不晓得。听我儿子说，每隔一段时间，她就会回家一次，跟我儿子要生活费。”苑梅芳仍然很生气。

“那他们为什么不办离婚手续呢?”我有些奇怪。

“唉，怎么说呢?我儿子早想离了，但是那个女人胃口太大，非要一大笔赡养费不可。我儿子觉得她心太黑，没有答应，两个人就这么僵着，已经快一年了。”苑梅芳有些无奈地说。

三

我跟苑梅芳的谈话刚结束，老曹他们也陆陆续续从现场来到了派出所。

小高已经把二楼的会议室给我们腾了出来，一时间人来人往，十分热闹。

这起案子到底是侵财杀人，还是矛盾杀人？在案情碰头会上，大家围绕这个问题各抒己见。

根据现场门锁没有撬压痕迹、屋内物品翻动不大的特点，我和老曹一致认为矛盾杀人的可能性更大。

但是在我们掌握的死者矛盾关系中，并没有发现谁与死者卢广宇有足以致他于死地的仇恨，倒是他的妻子许菁，与丈夫的关系很不正常，而且她在丈夫被杀后，迟迟没有露面，让人心生疑窦。

我问小高："这个许菁，你们找到她没有？"

小高摇摇头，说："我们还在找。她平时不住在这边，派出所没得她手机，问她的一些熟人，也都不晓得她跑哪里去了。"

会议开到很晚，回家后已近半夜。

我躺在床上翻来覆去睡不着，索性披衣下床，来到小书房，翻开笔记本，逐条梳理这个案子的头绪。

搞了这么多年的刑侦，我也慢慢积累了一些经验。对于凶杀现场，我比较注意观察从六个方面反映出来的情况：一是被害人尸体在现场的具体位置；二是尸体的躺卧姿势；三是尸体上遗留伤痕的部位和轻重程度；四是现场有关物品的摆放位置及变动状况；五是被害人衣着反映出来的生活信息；六是被害人对凶手加害行为的反应。

多年前，也是在栖霞区，一所大学的山坡上发现一具男性的尸体，脖子上勒着绳索，法医鉴定系窒息死亡。

死者是该校在读学生，他到底是自杀还是他杀，一开始大家的意见并不统一。多数人认为是他杀，因为如果是自杀，就没必要跑到山坡上来。

我和老曹注意到死者脖子上的绳索围绕了七八道，认为如果是他杀，就没必要围绕这么多圈。而且，绳索在脖子上绕一两圈，自杀者在濒临死亡时，会本能地把绳索挣脱掉，而环绕七八圈以后，就是想挣脱也无法挣脱了。这个细节，比死在山坡上更能反映事物的本质。

后来，我们了解到死者生前因在学习上产生困难，经常流露出厌世情绪，并找到了死者的遗书，证明死者果然是自杀。

还有一次出凶杀现场，地上倒卧着四具尸体，每人身上都有被利刃捅刺的伤痕，而且那把尖刀就在现场。法医在对每具尸体尖刀刺入部位的勘验中，发现其中一具尸体的伤口与其他三具尸体的明显不同。别的死者伤口遍布全身，明显是他人所刺，唯独这具尸体上的刀痕都在他自己的手臂所能够及的范围内，在他手臂够不到的部位，一个伤口也没有。

根据这些特点，再结合死者倒地的位置和我们对他们生前关系的调查，发现这个人与其他三人存在较大矛盾，最终确定是此人先将三人杀害，再挥刀自戕，直至死亡，形成了现场既有他杀、也有自杀的特殊现象。

从往事回到现实，眼前的问题是：

在尧化新村这个凶杀现场，又有哪些值得注意的细节和痕迹？反映了什么情况？

从凶手进出现场的活动轨迹看，经过仔细勘验，发现现场门窗完好，并无明显的攀爬、撬压痕迹，这有两种可能：熟人作案，或者尾随被害人进入现场作案。

那么到底是哪一种呢？

凶手对现场的地板进行了擦拭，所以没有留下鞋印，但是我们在门内的电闸上采集到了两枚指纹。

这两枚指纹一枚带有灰尘，另一枚带有血迹。把这两枚指纹和电灯开关上的血迹联系起来，可以推导出这样一种情况：电闸平时很少开关，所以上面落有灰尘。凶手为了防止被害人进门后开灯，事先拉下电闸，切断电源，确保现场处于黑暗状态，便于自己作案。这时，就留下了带灰尘的指纹。如果是尾随被害人进入现场作案，就不会有这个动作。行凶杀人后，他又推上电闸，留下带血指纹。推上电闸，是为了开灯照明，处理现场。离开现场时他再把灯关上，这一开一关，又在电灯开关上留下血迹。

另外，从被害人穿的衣服，还有倒地的位置，也印证了他刚从外面回来，就遭到击打、杀害。

如果是尾随入室，目的是侵财，就应该击打被害人的后脑部，而不是现在的面部。这种正面击打被害人脸部的特点，说明凶手是事先潜伏在室内的，而凶手事先潜伏在室内，则说明凶手和死者之间存在着某种关系。

况且，被害人遭多次击打后已濒临死亡，凶手还用刀切开喉管，恐其不死，反映出仇杀的特点。

死者的头部、脸部遭钝器击打，而颈部喉管的创口，经法医检验，却与死者手上的那把菜刀吻合。

刀上血迹的 DNA 检验结果目前还没有出来，如果菜刀上面只有死者的血迹而没有别人的，那就可以断定，这把菜刀是凶手行凶后故意放在死者手上的，目的是造成一种被害人发现有人偷盗与之对打的假象，把公安机关的侦查视线引到因财杀人的方向上来。

想到这里，我的看法逐渐形成：这起凶杀案，不是尾随被害人入室行凶的案件，而是熟人或与之有关系的人蓄意仇杀。

四

第二天下午，我正在尧化门派出所二楼会议室听各路侦查员的走访调查汇报，小高进来向我报告：

“领导，死者的老婆来了！”

“哦？在哪里？”我马上站起身子，诧异地问。

“就在那边！”小高指指楼下，绘声绘色地说：“刚才，派出所门口来了辆出租车，上面下来一个女人，拉着一个行李箱，大大咧咧地跟值班民警说，‘听说你们在找我。’民警问她是谁，她自报家门，‘我是许菁啊，卢广宇的老婆。’”

有点儿意思，这个女人不一般啊！

我立即叫小高把她带到审讯室，我和老曹他们几个也一起前往。

这是个瘦瘦的女人，颧骨挺高，嘴唇微凸，露出两颗门牙。她一手扶着箱子上的拉杆，神态自若地看着我们。

核实了她的身份后，我让她坐下，问道：“许菁，你晓得你家出事了吗？”

“刚刚晓得，下了火车，一个朋友打电话告诉我的。”许菁很平静地回答。

“这个朋友是哪个？”我问。

“叫周小薇，住我们家不远，她也是听周围邻居讲的。”她答。

“哦！刚才你说‘下了火车’，这几天你不在南京啊？”我又问。

“是啊！我到徐州去了！”她十分自然地回答。

“哦？什么时候去的？”我追问道。

她略微想了一下，说：“嗯……前天吧！”

前天？不就是她丈夫卢广宇被害的14号那天吗？我们几个不禁互相对看了一下。

她注意到我们的反应，坦然解释道：“是这样子的。我有个小姐妹，叫李梅，我俩从小一起长大，关系特别好，前些年她老公到徐州发展，她也过去了。前几天李梅打电话给我，说要过生日了，让我到那里去玩，我就去了几天。”

我说：“那你把经过说一下。”

“前天晚上，我回家拿了两瓶红酒，李梅要过生日嘛，总要喝点儿酒。拿上了红酒，我就到南京站坐火车，快半夜了到的徐州。昨天玩了一天，今天早上才从徐州坐火车回南京。刚才在出租车上，接到周小薇的电话，说家里出事了，你们在找我，就直接来了。”许菁把去闺蜜家玩的过程说得清清楚楚。

整个讯问过程，我都在注意观察许菁的表情。

这个女人已经知道丈夫遇害，却依然神态安详，回答问题有条有理，好像在说别人家的事。

看来真像卢广宇母亲苑梅芳所说的那样，这个女人不是个省油的灯！

五

按照我们的要求，许菁拿出了往返徐州的火车票，也告诉了我们那个李梅在徐州的住址、电话。

我先让小高在派出所里找个地方让许菁住下，随即调兵遣将。一路按许菁所说，去找那个周小薇核实情况；另一路到徐州，按图索骥，一一查证许菁所说的话。

找周小薇核实情况的片警很快回来了，说那一片都传开了，某某被杀了，那个周小薇就是这么听说的，并且因为认识许菁，就给她打了电话。

第三天，派到徐州去的侦查员也回来了。他们在徐州调查的情况，跟许菁说的一模一样。

这样，就可以证明许菁没有作案时间。况且，许菁一个女人，根据我的目测，她也不具备用利器杀死 27 岁壮年男子的体力。

但是在卢广宇的所有关系中，只有许菁与他矛盾最深，如果凶手不是许菁，那又会是谁呢？

对了，会不会是她雇凶杀人？她雇用杀手去杀卢广宇，自己却跑去徐州，制造一个不在现场的证据，这也很有可能啊！

想到这里，我派人到电信局，调出她的手机通话记录，一一核实。

可是说也奇怪，这个许菁，没有一个男性朋友，连一个男性通话对象也没有。

我又困惑起来。

为了便于找许菁了解情况，也为了她的安全，我们说服她这些天就住在派出所。

一连七天，在跟我们民警的接触中，许菁所说的话前后一致。徐州之行的整个过程，分分秒秒都说得严丝合缝，滴水不漏。

六

但是在这七天，我身上的压力却越来越大。

案件久拖不决，市局副局长张新华渐渐失去了耐心。

那天，老张又来到尧化门派出所。案子发生以后，专案指挥部就设在这里。

老张刚一落座，就对我说："老朱啊，前两天'2·22'案的仲石冰被执行死刑了，你晓得啊?"

"这个嘛，当然晓得哎!"我说。

那起杀人纵火案，发生在2000年2月22日，我们花了一年九个月的时间，才把凶手仲石冰捉拿归案。后来通过对他的审讯，又连带破了发生在全国很多地方的20多起类似案件。因为案件太多，又牵涉到外地，法院审理了将近一年才宣判。就在"1·15"发生两天后的1月17日，"2·22"杀人纵火主犯仲石冰在南京被枪决。

老张用手比画着说："老朱啊，你根据这么小的一点儿油漆，就能破这么大、这么多的案子，眼下这个案子条件比那个好多了!"

“是的哎，那个案子耗了快两年才破，这才几天啊?”我答非所问。

老张一时无语。

栖霞分局的副局长老胡，见场面有些尴尬，马上向老张详详细细汇报了前期侦查工作，并提出了自己的看法：“这个案件，经过我们深入调查，没有发现许菁有男性朋友，所以我们倾向于此案很可能是尾随入室，因财杀人。”

老胡开了头，其他人也从不同角度发表意见。其中比较一致的意见，就是许菁虽然与丈夫有矛盾，甚至很深，但是第一许菁本人没有作案时间，第二她也没有体力能致卢广宇于死地，第三她没有男性朋友，也就不可能雇凶杀人，所以我们应该调整侦破方向，再把许菁留在派出所已经没有意义。

会议整整开了一个下午。

我是刑警支队长，在这种场合，我必须先听大家的意见，所以一直没吭声。

最后，老张看我还在思考，就说：“大家讲的，都有一定的道理。老朱啊，我看是不是先让许菁回家，然后在全市范围内开展排查，看有没有尾随入室盗窃杀人这样的案子，进行串并，从而破获此案。”

七

“我不同意!”

此言一出，会场变得十分寂静。

连我自己也有些吃惊，面对老搭档、老领导，这话怎么脱口而出？

但是我很快平静下来。

老张是市局分管刑侦的副局长，过去是工作搭档，现在是我的上级，但是我们讨论案情，目的是尽快破案，给社会一个交代，我有自己的想法，而且坚信它是对的，为什么不说出来，而要违心地随大流呢？这既违背了我做人的原则，也是对工作的不负责任。

面对大家的目光，我十分坦然地把这些天来自己的思考说了出来：

“我不是不同意放许菁回家，而是不同意大家对案件性质的判断。因为，我们现在掌握的所有痕迹信息表明，这个案件，应该是因矛盾关系而杀人，并不是尾随入室盗窃杀人！”

“哦？”见我如此肯定，老张有些惊讶。

众人也神情关注，听我进一步解释。

“为什么这么说呢？因为现场有三个反映了事物本质的现象：第一，是那枚灰尘指纹和血指纹。这两枚指纹，经过痕迹检验，不是死者卢广宇的，那就应该是凶手留下的。凶手为什么会留下这两枚指纹呢？他进入房间后，为了防止卢广宇进门后开灯看见自己，所以先把电闸关了，切断了电源，确保卢广宇回家后开不了灯。那枚带灰尘的指纹就是在这个过程中留下的。而那枚血指纹，则是凶手在作案后，为了开灯照明处理现场，去合电闸时留下的。如果是尾随入室盗窃杀人，就不会在电闸上留下这两枚指纹。

“第二，是死者被凶手击打的部位。如果作案人是尾随入室，应该击打受害人的脑后部，而不是他的脸部。现在呈现出来的这些伤痕，明显是迎面击打所致。

“第三，死者右手所握的菜刀，是凶手为了伪造现场，把刀放在死者手里的。我这么说，是有依据的。死者颈部喉管的创口，法医检验与这把刀吻合。刀上的血迹经 DNA 检测，今天出了结果，只有死者一个人的。卢广宇怎么会在遭遇连续击打后再拿刀切自己的喉管呢？这把刀肯定是作案人在行凶后故意放在死者手上的，目的是想造成有人进屋偷东西，死者与之对打的假象，把我们的侦查视线引到因财杀人的方向上来。凶手这个欲盖弥彰的动作，恰恰说明，这起凶杀应该是熟人作案。”

说到这里，我特意停顿了一下，看大家没有不同意见，进一步说出了自己的推断：

“如果是矛盾关系杀人，经过我们这些天的排查，那么只有他的老婆许菁嫌疑最大。”

最后，我又补充了一句：“至于说放不放许菁回家，这个不是问题。现在她本人没有提出来要走，如果她要走，我们让她走就是了。卢广宇活着的时候她都不住家，现在成了凶宅，她更不会住了，我们只要掌握她住在哪里，随时能找到她就行。”

八

听我说完，老张微微点头：“嗯，你说的也有道理。不过，推理代替不了证据，你们还得抓紧时间找到实实在在的证据。”

老张的表态，又为我争取到了一些时间，我马上说："这个当然！"

送走了老张，我也收拾东西，走出了派出所，准备回家。

司机要开车送我，我说让我先走走，需要时再打电话叫他。

走在黑黢黢的路上，我的脑子不停地围绕这案子转啊转。

卢广宇在南京，许菁到徐州，许菁去找李梅，因为李梅过生日，李梅是哪个，她是许菁的闺蜜，闺蜜……

突然之间，脑子里灵光一闪，我的眼前一亮，就像在黑暗的隧道里看到了一丝亮光。

当年南秀新村张某被杀案，不就是因为闺蜜而引发的吗?!张某和闺蜜姜某，两人亲密无间，经常同榻而卧，说一些私房话。不料"说者无心，听者有意"，睡在同一房间帘子后面的姜某丈夫李某，听到张某说自己做木材生意，攒了一些钱，便心生歹念。后来经过暗中观察，在某日骗开老婆闺蜜张某的房门，进去将其杀害，盗走屋内保险柜里的财物。刑警队接报后，我就是从张某的闺蜜姜某那里找到线索，破了那起案子。

眼下这个案子，被害人是男性，怀疑对象是他的老婆许菁，我们一直围绕许菁的男性朋友开展调查，至今没有结果。但是许菁有闺蜜，她会不会找闺蜜帮忙，雇凶杀人呢?

想到这里，我立即停住脚步，马上用手机给支队的老曹和栖霞分局刑警队队长老萧分别打电话："你们快点儿回派出所，我有想法了，今天晚上就可以破案!"

我对他们这么说，不是我在忽悠他们，而是来自多年工作实践的一种自信。

在侦破刑事案件时，工作方向十分重要，人们常说："差之毫厘，谬以千里"，反过来，如果方向正确，破案就势如破竹。而现在，我觉得自己找到了一个新的突破口！

老曹和老萧很快回到了派出所那间会议室。

我让他俩坐下，努力克制着自己兴奋的情绪，平静地说："这几天，我们一直沿着因矛盾而杀人的思路去找凶手。许菁跟她丈夫有矛盾，但是她是个女人，自己干不了这个事儿，会不会找男性好友去干这个事？但是我们又没有发现她有这方面的朋友，侦破工作因此搁浅。矛盾杀人这个思路有没有错？今天下午的会上我也讲了，没有错！那么错在哪里？我想是因为我们把思路局限在许菁一个人身上了！许菁没有这方面的男性朋友，那么她有没有闺蜜？她的闺蜜中会不会有人帮许菁找男人干这个事？"

说到这里，我把当年南秀新村那起案子简单说了一下。

那个案子老曹也是知道的，我刚一说完，他和老萧的眼睛顿时发亮，几乎是异口同声地对我说："我们明白了！下一步，我们去查许菁的闺蜜里有没有男性朋友！"

我摆摆手："别急！一件一件来。你俩先把许菁的女性朋友列个单子，然后分一下，各查几个。重点是那些关系很好的闺蜜，因为雇凶杀人这个事儿，一般朋友是不能托付的。"

"我们晓得的！"说罢，曹、萧二人精神抖擞地去了。

九

第二天，情况很快就上来了。

就在栖霞区尧化门一带，许菁有一个闺蜜叫王陶，两人关系十分亲密。再查王陶，男性朋友也不是没有，但是最近跟她联系较多的是她弟弟王搏。

自己的弟弟往往比男性朋友更可信赖，我的眼前又是一亮！

继续查！经过到电信部门调查，发现王陶和王搏姐弟俩的手机，在案发当晚10点30分，曾在案发现场通话几十秒。而这个时候，正是被害人卢广宇回家的时间。

为了万无一失，我们又秘密提取了王搏的指纹，拿它与凶杀现场的那两枚指纹比对，结果完全一致！

凶手锁定了！

我马上把这个重要情况向老张汇报。

老张在电话里高兴地说："老朱啊，你真行！你就继续往下办吧。"

放下电话，我把老曹和老萧找来，对他们说："老萧，王陶就在你们地头，就交给你了。老曹负责抓捕王搏，这家伙手段残忍，心思缜密，你要派几个好手，找个恰当时机，把他一举拿下。"

我把任务交代完，打量了一下会议室。

这些天它一直作为专案指挥部，今天它的使命完成了，我便又对他们说道："你们把人抓到后，就直接送刑警支队吧，这里地方有些不够用。”

两人点头而去，我跟小高打了个招呼，感谢他这些天为我们提供的服务，就先回刑警支队，静候佳音去了。

老萧这一路，当天就把王陶带回来了。王陶每天都要到家附近的棋牌室打麻将，老萧他们就在半路上截住王陶，把她带上了车。

去抓王搏的老曹，就多费了一些手脚。王搏白天四处游逛，晚上回家也没个准时，况且天黑视线不好，怕有闪失，老曹先派人在他家蹲守，确定王搏回家后，另派一组人第二天早上天亮时，以物业人员假称楼下反映漏水为名，骗其老婆打开房门，一拥而入，将尚在床上睡觉的王搏擒获。

十

王陶姐弟先后被押解到刑警支队后，我趁热打铁，立即让负责预审的副支队长老薛对他们分别进行了审讯，而我，则在隔壁的监控室里，通过电视屏幕观看。

先审的是王搏。这个家伙在警察破门而入把他摁在床上时，心里就明白了，现在再把关键证据一亮，马上一五一十地交代了。

再审王陶时，预审员一提她弟弟王搏的名字，她也马上有问必答，如实交代。

许菁雇凶杀人的经过，终于真相大白。

2002 年 9 月的一天，许菁和王陶在外面打完麻将，一起来到王陶家闲聊。

说着说着，王陶就问许菁："你现在跟卢广宇怎么样了啊？"

许菁心烦地回答："我是不准备跟他过了。"想了想又恨恨地说，"但是就这样跟他离婚，又太便宜他了！"

"让他给你分手费啊！"王陶说。

"他这个人太小气，只答应给 10 万。"许菁气哼哼地说。

"才 10 万啊！那真太少了。"王陶想了一会儿，又说："要是他生病死了，或者出个什么意外事故亡故了，家里的财产是不是都归你了？"

"那当然啦，我是第一继承人啊！他和他老娘那个公司，就一半归我了。"许菁大喇喇地说。

听到这里，王陶压低了声音，在许菁耳边悄声说了句什么，许菁面露犹豫之色。

王陶掏出一支香烟，用打火机"啪"的一声打着，深深吸了一口，然后徐徐吐出，说："没得事，你又不出面，一切事情我替你办，就是警察怀疑你，他们也没得证据哎！"

许菁想了一下，点了点头，问道："那得多少钱哪？"

两人又悄声嘀咕了一番。

商量的结果就是，许菁愿意出 3 万元，让王陶找个人，把她丈夫卢广宇除掉，等到事成之后，得了家产，再给王陶 3 万元。

王陶是个女光棍，结识的男人不少，但知道这个事儿大，平时那些狐朋狗友，多半靠不住，掂来想去，觉得还是自己的弟弟王搏可靠一些。

王搏也没有什么正当职业，这 3 万块钱，平时一年也挣不来，又是亲姐姐相托，就痛快答应了。

王陶和许菁第二次商量这个事的时候，正好许菁那天接到另一个闺蜜李梅的电话，让她到徐州去玩。于是许菁和王陶两人决定就在那天晚上动手。许菁以为，自己坐火车离开南京到徐州去了，就有了不在现场的有力证据，警察就不会怀疑到自己身上。

出于弟弟的安全，王陶并没有告诉许菁自己找的是王搏。只是让许菁那天晚上在卢广宇没回家之前，先回去一趟，离开时别关门。

许菁依计行事，那天晚上回家拿了两瓶红酒，看看屋内没有什么异常，就把门虚掩着，在夜色中匆匆离去。

在楼对面的树荫下，王陶姐弟见许菁走了之后，王搏立即上楼，推门进入屋内。他先将门关上，再将门边的电闸拉下，这样，即使卢广宇回家开灯，灯也不会亮。

王陶则继续在房前屋后观察，一旦看到卢广宇回家上楼，就立即告诉王搏。

那天晚上，尧化新村××栋 404 室就这样一直处于一片充满杀气的黑暗之中。

王搏拿出事先准备的大号活动扳手，坐在离进门不远的沙发上，静静地等着。他的眼睛逐渐适应黑暗，微弱的路灯光亮透过窗帘照进来，已经可以把屋里的一切看得清清楚楚。

快 23 点的时候，楼下望风的王陶终于看见一辆桑塔纳慢慢开到楼下，这正是卢广宇的车。从驾驶座上下来的，也正是卢广宇本人。

王陶确认车上只有卢广宇一个人后，立即给弟弟打手机，悄声告诉他："人到了，马上就上楼。"

王搏接到姐姐的震动电话后，立即站到进门处，面对大门。卢广宇用钥匙开门后，随手就去开灯，不料灯没亮，却招来几下劈头盖脸的重重击打，还没来得及喊叫就倒在地上。王搏唯恐卢广宇不死，又从卢家厨房拿了一把菜刀在卢广宇的颈部狠狠割了一刀。

然后，他又到门口，把电闸合上，在灯光下，把卢广宇的尸体面向门口摆放，并把自己手里的菜刀放在卢的右手，伪造了卢广宇与闯入者砍杀而倒地身亡的现场，把活动扳手装入自己的包中，用拖把擦了擦地板，关灯、关门后离去。

十一

拿到了王陶姐弟的口供，我第一时间给尧化门派出所的小高打电话，让他派人立即把留在所里的许菁押送到刑警支队。

没想到的是，到了刑警支队，面对我们拿出的口供，许菁还像前些天我在派出所第一次见到她那样，满不在乎，矢口否认，愣是老薛，也没办法让她开口。

许菁肯定是相信了王陶的话，她不在南京现场，警察没有她行凶杀人的证据，只要不开口承认，警察就拿自己没办法。

看着眼前这个女人死猪不怕开水烫的样子，联想到她丈夫卢广宇那张血肉模糊的脸，我不禁在心里暗想：《水浒传》里的潘金莲，大概也没有她这般冷酷无情！

尽管是零口供，但是其他证据齐全，许菁雇凶杀人的作案过程清晰，材料报到检察院，检察院很快批捕，并起诉到法院审理。

审判那天，我特意来到法庭，看看法官是怎么判她的。

聆听法庭对自己经办案件的审理，也是我的一个习惯。在侦查阶段获取的各种证据，都要经过控辩双方近乎严苛的检验。听听法庭是怎么审理的，对于我们刑警办好以后的案子，很有益处。只要有空，我都会来，而且要求办案民警也来。

我在旁听席上看到了被害者母亲苑梅芳的身影，有位年轻女子搀扶着她。

我不忍见到她伤心的样子，就坐在远离她的最后一排。

尽管许菁在法庭上还是不开口，但是有行凶者的指证，她并没有逃脱法律的制裁。

最终，谋杀亲夫的许菁和受雇杀人的王搏，被南京市中级人民法院终审宣判死刑，剥夺政治权利终身，并于当年 9 月 19 日被枪决。两个藐视法律、藐视他人生命的人，终究为自己的犯罪行为付出了生命的代价。从犯王陶，则被判处有期徒刑 15 年，剥夺政治权利 3 年。

听完判决，我心里既轻松又沉重。

作为一名刑警，完成了自己的任务，肩头一松；但是作为一个普通人，内心却又一次感到莫名的悲哀。人性的黑暗，何至于此？一个女人，为了家产，不惜雇凶谋杀亲夫。另外两个，姐姐为了替闺蜜出气，就置法律于不顾；弟弟为了区区 3 万块钱，就残忍地夺走一条生命。如果不是事实和证据摆在面前，我真的无法想象，人性竟能如此黑暗！

第十一天：可怜人母

一

2005年4月13日，上午9点多，两位拾荒老人在秦淮区双桥门立交桥下铁路边发现一具女尸。秦淮分局中华门派出所接到报案电话，立即赶到现场，并分别报告分局和市局刑警支队。

双桥门位于秦淮区南部，中华门之东。案发现场在立交桥下，南京至芜湖铁路的南侧，南京营养学校（后改为南京金陵中等专业学校）的北侧。

两年前，我从市局刑警支队调任秦淮分局局长。职务变了，但是我的习惯还是没变，一旦发生了杀人案，只要情况允许，我还是和以前一样，在第一时间赶到现场。

因为案发现场是侦破工作的起点，特别是重大刑事案件，作为侦查工作的指挥员，你不到现场，不掌握第一手信息，话就说不到点子上。

我到那里时，派出所已经拉起了警戒线。

因为是大白天，着装民警在外围维持秩序，防止看热闹的人随意进入，身穿白大褂的刑事技术人员正在仔细勘验现场。

不一会儿，老曹也到了。我离开刑警支队后，老曹接任了支队长，我俩这对老搭档现在又一起出现场，我预感案子很快就能破。

发现尸体的地方离宁芜铁路的路基不远。路基旁边虽然有铁丝网，但过往路人为了行走方便，在此扒开了一个口子。

死者是女性，仰面躺在地上，周边是大小不等的石块和一些垃圾。死者的头部被黑色毛衣包裹着，毛衣上有血迹，紧靠头部的左侧有一块带血迹的石头。掀开毛衣，在右耳侧发现有一块带血的米色伤湿止痛膏胶布，这样的胶布在尸体周围还有四块，不过已被搓揉成团。

死者上身穿的咖啡色夹克衫呈敞开状，里面的毛衣及内衣被上翻至胸部，下身裸露，左腿上的裤子被脱下，左腿穿着肉色丝袜，右腿的牛仔裤和毛线裤、内裤被脱至小腿处，两条腿呈“八”字形状。

在死者身旁有两只连在一起的“心上人”牌避孕套，包装为红色，其中一只包装已被撕开，但未使用。距这两只避孕套的不远处，还有一只未经撕开的同款避孕套。

二

看完现场，我和老曹一起来到附近的中华门派出所，召集有关人员对现场及案情进行分析。

我首先开口：“现场大家都看了，请法医先说说对死者的现场检验。”

法医拿着文件夹，翻到其中一页，言简意赅地说：“初步判断，死者年龄为40岁左右，头部遭石头之类的钝器击打而死，下体完好，未发现精液或性行为痕迹，其余尚待回去进一步检验分析。”

“如果尸检发现新的线索，请及时告诉我们。”我叮嘱了一句。

老曹连称：“没问题。”

我又转向派出所所长，“死者是谁？现场在你们辖区，还是要先从你们这里查起”。

所长马上回答：“我们已经把死者的照片发给管片民警了，让他们去走访调查。”

正说着，一个民警气喘吁吁地走进会议室，对所长说：“找到了，这个死者叫李彩珠，39岁，安徽人，暂住××小区出租房，无业，平时站街拉客，到出租房卖淫。”

怪不得现场有三只避孕套。

社区民警继续说：“据了解，这个李彩珠，因为年纪偏大，也没什么文化，每次也就是三五十块。”

我问所长：“在你们所的辖区内，这种情况多不多？”

所长有点儿尴尬，说：“多倒谈不上，但是一直有。怎么办呢？我们不可能成天盯着那些地方，要是那样的话，我们啥也别想干了！……”

派出所所长说的也是实情。卖淫嫖娼败坏社会风气，还会引发刑事案件，但是限于警力和调查取证的执法程序，基层派出所往往只能抓一些现行。

我看他还想继续叹苦经，就打断他说："你少说这些没用的，现在死了人，你就琢磨怎么破案吧！"

所长点点头，说："朱局长，我跟你说，以前我们就处理过好几起治安案件，都是因为嫖资，双方都打起来了。这些人的档次都不高，什么事都干得出来。我看这次可能也是因为嫖资问题发生争执，致使嫖客发怒，将李彩珠打死。"

我看大家纷纷点头，便说："这种可能肯定是有的，但是关键还是要找到这个人哎！"

看看大家没有新的意见，最后我说道："刚才我和老曹商量了一下，这是个杀人案件，但是案子发生在我们秦淮，我们要配合刑警支队，做好辖区内的排查工作。既然死者是卖淫女，我们就先从卖淫嫖娼这条线开展调查。

"杀害李彩珠的凶手应该是个什么样的人呢？我在这里给大家初步画个像：第一，他跟李彩珠因嫖娼发生过矛盾或纠纷；第二，他的经济条件不会太好，也就是说没什么钱；第三，很可能是住在中华门附近的。"

三

"4·13"专案组就设在中华门派出所，情况都汇总到那里，所以此后一连几天，我都要到派出所来，看排查工作进展如何。

15 日那天下午，我又到派出所那间不大的会议室里听汇报，但是听了半天，也没听到什么有价值的线索。

听着听着，我开始有点儿走神儿。

1992年发生在南京医学院的“3·24”案，当时我是鼓楼分局刑警队队长，也是配合五处（刑警支队的前身）做排查工作，可能由于侦查方向不够明确，或者排查不够仔细，此案未能及时侦破。如今，我成了秦淮分局的一把手，辖区内又发生类似的案件，我不能重蹈覆辙，让这个案件也成为悬案。

身边有人在低声议论：“李彩珠的儿子来了，还是个大学生呢！”

我的思绪立刻回到了现实，朝四周打量。

派出所所长见状，马上过来跟我解释说：“是我们通知他来南京办理他母亲后事的，死者只有这一个直系亲属。”

“既然是儿子，那她丈夫呢？”我一边站起身子，一边问所长。

所长说不清楚，随即把我引到他的办公室。

屋里站着一个戴眼镜的瘦弱年轻人，看到我们进来，有些局促不安。

所长对他说：“小徐，”原来这孩子姓徐，“这是我们朱局长。”

小徐听了更加不知所措。

我让他坐下，问道：“你父亲怎么没来？”

他答：“我父亲前两年因病去世了。”

我感到有些歉然：“哦，你上大学几年了？”

“现在是大四，明年就毕业了。”小徐答道。

“哦，那你的生活费、学费都靠你母亲提供的？”我又问他。

小徐马上回答：“是的。所以我想问问公安领导，我母亲在工作时间遇害，她的单位是不是有经济赔偿？”

听到这话，我心里五味杂陈，好一会儿才说："你母亲跟你说她在哪儿工作？"

"具体单位没说，就说在一家公司当保洁员。她也不让我多问，每次打电话就是问我考试成绩怎么样？"小徐向我解释。

李彩珠为了供儿子读大学，跑到城里来做这种营生，虽然可耻，却也可怜；现在死于非命，更让人感到可悲。

既然小徐不知道母亲的事，我也没必要告诉他那么多，就转移话题道："哦，你平时跟你母亲怎么联系的？"

"她有一个手机，一般都是我有事打给她。"

那时手机号码还没有实行实名制，李彩珠有没有手机，手机号码是多少，我们还真不知道。

我想起现场并没有发现李彩珠的手机，就问："你母亲的手机是什么样的？"

"她买的是个二手诺基亚，黑的。"

我要了李彩珠的手机号码，然后对他说："你母亲遇害的事，我们正在调查，等有了结果，我们一定会通知你的。现在呢，你还是先把你母亲的遗物取走，回学校读书，好不好？"

说完这些，我又扭头对所长说："你们给买张火车票，送一下！让小徐早点儿回学校。"

四

送走了李彩珠的儿子，我让专案组把案发现场的照片拿来，一个人在所长办公室一边仔细看，一边把现场呈现出来的几个现象又琢磨了一遍。

地上有三只避孕套，而且其中一只已经打开，但是并没有使用。这说明什么？说明死者是愿意并准备和凶手发生性关系的。但事实上却没有，不但没有，她还遭到击打。这说明凶手根本就没想与她发生性关系，而是另有目的。

死者耳边有一块伤湿止痛膏胶布，上面有她的指纹，这应该是凶手在行凶时为了防止她呼救而用它来封她嘴的，被她在挣扎反抗中揭掉。这样的胶布在尸体周围的地上还散落了四块。凶手随身带那么多胶布干什么？这说明他是有预谋的，为了达到自己的目的事先做了准备。

从现场情况看，凶手和李彩珠并没有发生性关系，但死者的裤子却被扒下，上衣被推上，身体大部裸露。凶手之所以这么做，就是想把现场伪装成因卖淫嫖娼引发的激情杀人，从而掩盖其真实动机——侵财杀人。

死者随身携带的包被翻动过，包内值钱的东西都被凶手拿走。死者是一个档次很低的卖淫女，她的包里能有多少财物？一个连她都要抢的人，经济状况也肯定好不到哪里去。

还有一个情况值得注意，根据社区民警调查，李彩珠的习惯做法，是在外面招嫖后带回住地卖淫，而案发现场却在离她住处较远的铁道边。

如果是陌生人，李彩珠不会跟他走这么远。而凶手将她的裤子拉下，造成因嫖娼纠纷而杀人的假象，也是为了掩盖自己和死者是熟人这样一个事实。

五

想法成熟以后，我又回到专案组那间会议室，把刚才思考的问题一个一个摆了出来，最后归纳出几点：

“第一，三个避孕套，一个已经撕开，说明被害人愿意与作案人发生关系，但是没有使用，这表明凶手另有目的。这个目的就是侵财。大家要注意，这和因卖淫嫖娼矛盾引发的激情杀人是不同的。

“第二，那些伤湿止痛膏胶布，是用来封嘴的，防止被害人喊叫。这说明凶手事先做了准备，目的之一就是来杀人的。

“第三，两人并没有发生性关系，凶手为什么还要扒下死者的裤子？他就是要伪造一个与卖淫嫖娼有关的现场，掩盖他图财害命的真实目的。

“第四，从被害人站街的地方到案发现场，有两三公里，步行要走近半个小时。如果被害人不认识凶手，就不会跟对方走那么远去干那个事，她完全可以把对方直接领到离她站街不远的住处。这个现象说明她很可能认识凶手，而凶手又提出了这个要求。

“第五，被害人的经济条件并不好，但是凶手还要抢夺她的财物，说明凶手的经济条件可能更差。”

说到这里，我看看老曹。

老曹点点头，表示同意。

“死者到底被劫走多少财物，我们能掌握吗？”我问老曹。

老曹想了一下，说：“她随身携带的小包被翻动过，里面没有发现现金和其他值钱的物品，但是被劫走多少，还真不好说。根据我们对她住处的搜查，以及她的衣着穿戴，应该没有多少钱。”

我忽然想起一个事，说：“据他儿子说，为了儿子能及时找到自己，李彩珠有一部手机，但是现在这部手机不见了。作案人档次很低，会不会拿去卖掉换钱？老曹，我们两家分一下工，分头到那些地方查一查，在案发以后，有没有人卖过手机？”

“好啊！我马上安排。”老曹立即答应。

我又转向全体，说：“据死者儿子说，死者李彩珠的这部手机买的是二手诺基亚，应该很旧的，颜色是黑的。”

我又写了一个电话号码给老曹：“派出所在调查时没查到，这是死者儿子告诉我的。还是由刑警支队向市局申请，通过技术手段查一查，这个号码是不是还在用？能不能定个位置？”

“好！”老曹又答应道。

六

16日那天，我刚到专案组，刑警队队长林舒就对我说：“朱局长，夹岗村那边有个人，说前几天有人想卖给他手机。”

“哦？怎么个情况？说来听听！”我精神为之一振。

林舒等我坐下，说道：“从昨天开始，我们以双桥门为轴心，向四面撒出侦查员，走访那些专门收废旧手机旧电器的。今天早上我到夹岗村，那边有个人，成天蹬三轮车，挨家挨户收购旧家电，旧手机也收。以前有个案子，涉及他收赃物，我抓过他。今天我去找他，问他最近有没有收过旧手机。他想了一下说，就是大前天，有一个人拿了一部旧手机，要卖给他。他看了一下，觉得这部手机不值钱，就开价 30，那个人非要 60，他就没要。”

“那这部手机是不是李彩珠的呢？”

“这个没办法确定。但是他说是黑色的，旧款诺基亚，所以不值钱。”

“他认识这个人吗？或者说在附近见过他？”

“我问了，他说不认识，也从来没见过。”

“他说那个人长什么样了吗？”

听我这一问，林舒笑了，说：“他一个收废旧家电的，还看不起那个来卖手机的人，说那个人穿得脏兮兮的，人也贼眉鼠眼的。我已经关照他，让他最近这段时间，帮我们留意一下这个人，一旦发现，马上给我打电话。”

夹岗村在秦淮区最南边，靠近江宁区，那时候还是比较荒僻的农村。

我想了一下，对他说：“这个地方离双桥门现场倒不算太远，也就是八九里路。但是它是城乡接合部，市区的人不会特意跑到那个地方去卖旧手机，这只能说明想卖旧手机的人，离夹岗村不远。”

林舒点点头，说：“夹岗村也归中华门派出所管，一会儿开专案组碰头会时，我把这个情况通报一下，让大家注意对夹岗村附近地区的排查。”

七

林舒刚说完，老曹从刑警支队给我来了电话：“老伙计啊，你提供的手机号码开机了！”

啊，这可是个好消息！

我赶紧问：“在哪里？”

“在哪里我们一时还没办法定位，它不怎么使用，而且一会儿信号在夹岗门一带，一会儿又在柴家营那边飘浮。”老曹在电话里说。

“老曹，不能搞得再精确一点儿吗？”说完，我就有些后悔，老曹不是那种藏一手的人，幸好他看不见我的尴尬表情。

果然，老曹在电话里说：“老朱啊，技术上现在只能到这一步，下面就靠排查了。”

我赶快说：“行哎，有你划的这个范围，我们一定能找到这个家伙！谢谢啦，老伙计！”

放下电话，我一个箭步来到墙上的那张南京市区地图，在它的右下角找到了夹岗门和柴家营这两个地方。用卡尺一量再一换算，这两个地方相距不过四五公里。

根据老曹的说法，那部手机的信号一会儿在夹岗门一带出现，一会儿又在柴家营那边飘浮，那么这部手机很有可能就处在这两个地方的中间位置。只有这样，才会导致它的信号一会儿被这个基站接收，一会儿又到了另外一个基站。

我马上把这个情况告诉了林舒和派出所所长，说：“现在，这个范围一下子缩小了。我们要进一步把这个范围摸清楚，逐门逐户地排查，责任到人。”

我让所长叫来一名女民警，拿出李彩珠的手机号码，对她说：“这样，你假装是李彩珠的小姐妹，给这个号码打电话，看他接不接。如果接了，就说你找彩珠，好几天没见她了，她儿子来南京了。”

女民警把电话打了过去，按了免提，好一会儿，才传了一个男人粗鄙的声音：“你哪个啊?”

女民警照我吩咐的，说了一遍，还没说完，对方就把电话挂了，再拨打，对方已关机了。

所长见状，说：“还是让我们来排查吧。”

八

第二天，我又去了中华门派出所，老曹也在那里。整整一天过去了，有价值的线索一个也没有反馈上来。

我心里又开始着急，到底怎么回事？是不是方向又错了？

所长要向我汇报排查工作，我说：“还是先到那个地方去看看再说。”

我和老曹跟着所长，开车到了夹岗门和柴家营中间那片区域。沿路都在施工，所长说那是在修建京沪高铁，所以拆迁走的单位和村落不少。

我们来到一片居民区前，所长说：“这个地方距离夹岗门和柴家营都不远，从地图上看，是最居中的。”

我看了一下，说："这个地方住户也不多嘛，我看也就是几十户人家，怎么就排不出来呢？"

在开车回派出所的路上，我没有再说话，老曹和所长也不吭声。

想到以前在上江考棚排查尤纬、在罗廊西村排查邹志新的事，我觉得这次肯定又是哪个工作不仔细的民警把人漏掉了。

到了派出所，老曹和所长下车了，我跟老曹说："我就回分局了，反正这边有你。"又对所长说，"我再给你一天时间，明天这个时候，我再到派出所来听汇报，一个一个地讲。"

所长见我脸色不好，也不敢多说，连连点头答应。

我坐上了车，一关车门，疾驰而去。

九

又过了一天，是4月18日，距离案发正好五天。

下午，我如期来到派出所，老曹他们也刚到，正在停车。

一见我的车子，所长立即从里面跑出来，精神焕发地对我说："朱局长，那个人我们找到了！"

"真的假的？"我盼望着这个消息，但又有点儿不相信。

"千真万确，人就在所里头。"所长非常确定地说。

怕我不信，他干脆边走边说，把事情的经过跟我大致说了一遍。

昨天我离开后，所长马上把管片民警潘小明找来，劈头盖脸先将他骂了一通，然后给他下了死命令，一定要在今天上午见底。也就是说，到底有没有这个人，一定要搞清楚。

潘小明不敢多说什么，今天一大清早，连警服都没来得及换上，就堵到了那片居民区路口，拿着常住和暂住人口的资料，一家一家核对。

他来到一家小饭馆门口，趁着还没开始营业，把老板、伙计按登记资料的人口数目默念了一遍，突然发现今天多出一个人来。

他马上把老板召到跟前，问："以前你申报的都是10个人，今天怎么是11个？"

老板回头看了伙计们一眼，解释说："哦，那个人是我店里伙计的一个亲戚，有时来住几天。"说着，把那个人招呼过来，"来，把你的身份证拿出来，给潘警官看一下。"

那人一听"警官"二字，脸色大变，就想夺门而跑，潘小明伸出腿，那人"啪"的一声就摔趴在地。

潘小明拿出手铐，将其铐上，随即用对讲机呼叫派出所，开来警车把那人带回所里。

我听后还是有些疑惑，问道："那这个人到底是不是我们要找的人呢？"

所长笑了："潘小明把他押回所里，问他为什么要跑，你猜他怎么说？"

我停下脚步，有些好奇地问："怎么说？"

"他说：'我杀人了哎。'你说这家伙，这几天弄得我们满世界找，却又一下子冒了出来。"所长笑着说。

"你不去找，他能自己冒出来啊！"我瞪了所长一眼，撇下他就往派出所的审讯室走。

在一旁的老曹笑了，指着所长说：“你真不会说话！没有你们局长划的那个小圈圈，你能找出来吗？”

十

审讯室里的那个人真够猥琐的，衣衫邋遢，长相丑陋，被铐在审讯椅上，活像角落里的一只老鼠。

潘小明上前，敲了敲桌子，对那人说：“骆明财，这是我们分局的朱局长，你把你干的事儿，向朱局长老老实实交代。”

我一见潘小明，有点儿吃惊。这不是当年我刚当上刑警时的队友小潘吗？他怎么还在这里当片警？

但是现在当着那么多人的面，我也不便多问，就先在审讯桌前坐了下来，两眼盯着那个家伙说：“骆明财，你干了什么事？”

“我杀人了哎。”所长说的不错，他承认得倒挺痛快。

“你杀的哪个？怎么杀的？为什么要杀？你把事情经过原原本本地跟我们讲。我们能找到你，说明你干的事儿我们都掌握了，你别想糊弄！”我严肃地对他说。

骆明财连连点头，开始一五一十地交代。有些含混不清、颠三倒四的地方，我们进行提问核实，从下午一直问到傍晚，直到把他杀害李彩珠的经过全部搞清。

骆明财今年 27 岁，四川江油人，长期在南京打临工。因为没有固定职业，经济条件差，一直没娶上老婆。有时候，他就会到一些站街女出没的地方去解决生理需要。去年 7 月，骆明财在中华门城堡附近搭识了李彩珠。李彩珠虽然是个中年寡妇，骆明财对她倒挺中意，以后多次找她，甚至有娶她为妻的念头，其实他连李彩珠的真实姓名都不了解，只知道她叫“小王”。

到了 9 月，李彩珠以替儿子交学费为由向骆明财借了 3000 块钱，骆明财觉得自己对她有感情，便爽快答应。此后，他自认为对她有恩，便提出要她跟自己结婚，却被她拒绝。李彩珠的理由是儿子这么大了，再婚面子上不好看。而骆明财觉得她实际上是嫌自己穷，便向她索要那 3000 块钱。李彩珠却说自己每隔半年就要给儿子交学费，一下子还不出，愿以嫖资相抵。骆明财觉得这笔钱数目不小，自己攒下来也不容易，对方仅以嫖资相抵太不划算，仍向李彩珠索要。但她总以种种理由拖延。

今年 4 月 11 日，骆明财从老家四川返回南京，手头拮据，决意再次找李彩珠要回自己来之不易的那笔钱。

次日晚 10 点钟左右，他在李彩珠经常出没的中华门城堡找到她。李彩珠要带他去出租屋，他假称今天天气不错，就在外面找地方。她不知有诈，就和他从中华门铁道口沿着铁轨往前走。在近半小时的行走途中，他再次提出还钱的事，李彩珠还是一口咬定说现在没有。他便起了杀心。

到了双桥门立交桥下，从铁道边那个口子钻出去之后，李彩珠拿出避孕套，撕开一个，递给他。没料到他却拿出一张伤湿止痛膏，一下子粘在李彩珠的嘴上，并将她推倒，拿起身边的石头猛砸她的头部。

她在挣扎中扯掉了嘴上的伤湿止痛膏，大声呼救。他见状更加用力地击打，直至她的声音逐渐微弱下去。他又将她的衣服卷起，包住她的头，砸了几下，感觉她已经断气，便将她随身带的小包翻开，里面只有几张小面额现钞和一部老旧手机。

他把这些东西装进自己的口袋，又将李的裤子扒下，衣服卷起，伪造成因奸杀人的现场，将包扔在地上，匆匆离去。

听到这里，我问："你带伤湿止痛膏胶布干什么？"

骆明财愣了一下，嗫嚅着说："就是怕她叫，封她嘴的。"

我又问："那你事先做了两个打算，如果还钱就算了，不还就杀她，是不是？"

他想了一下，点点头："是。"

"你不是还想娶她做老婆吗？怎么一下子又那么恨她？"我有点儿不大相信他说的话。

"我是想让她做我老婆，但她就是不肯哎！不肯就不肯吧，还想赖掉我的钱！头天晚上我越想越气，越想越恨她，所以就事先做了一些准备。"骆明财说。

"你把她打死了，那3000块钱不是更拿不回来了吗？"

"当时我也没想那么多，一听她没钱还我，我心里就急了，气得要命，就动了手。"

爱恨转念，竟如此之快！

我在心里叹了口气，对他说："你接着说吧。"

第二天，骆明财想把手机卖掉换钱，没想到对方只肯出30块，觉得不划算，还不如自己留着用，就没卖。到夹岗村饭馆找老乡时，这个手机接到一个女人打来的电话，就是我让分局女民警打的那个。他记得以前李彩珠跟他说过，只有她儿子知道这个号码，她也从来没有什么小姐妹，心里发毛，就马上关了机。

今天一大早，潘小明来到小饭馆，一听老板称他为“警官”，他以为这个警察就是来抓自己的，本能地就想跑，结果当场被擒。被带到派出所以后，他觉得既然警察专门来抓自己，也一定知道自己的事，所以潘小明一问，他没有细想就脱口而出：“我杀人了哎！”

十一

审完骆明财，我把潘小明叫到所长室，对他说：“你怎么在这里？”

“我……”潘小明不知如何开口。

“你怎么不来找我？”我到秦淮当分局长也有一年多了，从来没人向我提起过他。

“……”潘小明有些尴尬地笑笑，仍然没说什么。

这时已是晚上六七点钟，派出所所长跑进来，让我到所里的小食堂吃晚饭，潘小明趁机跟我们打了招呼，赶紧走了。

真是岁月如梭，时光似箭。二十年前，潘小明是刑警队的骨干，干得比我好，队长一有案子首先想到交给他办。但就是那次商业机械学校的彩电失窃案，他过于武断，差点儿漏掉了案犯，队长开始对他有些不放心。几年后我到鼓楼当刑警队队长，他也当上了秦淮的刑警队副队长。再后来，我听说在一次审讯中，嫌疑人百般抵赖，拒不交代，他失去耐心，一脚把对方踢伤，最后受了处分，并被免去副队长职务，到派出所当了一名普通民警。此后，就再也听不到他的消息。今天在这种场合与他相见，我不免心生感慨。

“这个潘小明在所里表现怎么样？”我在小食堂一边吃饭，一边问所长。

所长看了我一眼，嘴里嚼着饭，像是一时说不了话，实际上是在揣摩我的意思。

我也不急不慢地往口中扒拉饭粒，等他开口。

“他嘛，老同志了，前些年因为受过处分，到所里后很低调，本职工作完成得还是可以的。”所长的回答比较审慎。

我吃完饭，放下碗筷，临走时对所长说：“这次‘4·13’案，不管怎么说，还是潘小明找到了凶手。你们商量一下，能不能给他报个个人三等功？”

十二

第二天，我先让林舒带着骆明财去指认现场。

在这个案子中，除了李彩珠的那部手机在骆明财处发现，并没有在伤湿止痛膏胶布上采集到骆明财的指纹，或其他物证。

为了把案子办成铁案，必须要尽可能找出更多的证据。让作案人指认现场，复盘作案过程，也可以作为证据。

他们走了以后，我又来到老魏的办公室。

老魏现在是分局政委，我们重新成了搭档。

老魏见我来了，一边张罗给我泡茶，一边说：“听说双桥门的案子破了？”

老魏虽然当了政委，对案子上的事还和以前一样关心。

我点点头，说："老魏啊，你现在主抓队伍建设，中华门派出所那个潘小明你还晓得啊？这个案子就是他破的！"

"真的？这个潘小明我晓得，以前当过刑警，后来受了处分，大家都不敢用。"老魏说。

"那个事过去那么多年了，还要让人家背一辈子的锅啊？如果他现在工作称职，我们为什么还要盯住受过处分这个事不放呢？工作二十多年的老同志，还让人家当普通片警，我们这些当分局领导的，也要设身处地替人家想想。"我有点儿动感情地说。

老魏连忙解释道："你看，我和你一样，是搞刑侦出身的，抓队伍建设不太在行。你讲得对，我马上和政治处、派出所商量一下，看怎么解决比较好。"

后来，经市局政治部批准，潘小明立个人三等功一次，并经分局党委研究，提任他为派出所负责刑侦的副所长。

十三

那天从老魏办公室出来，我又把局里负责宣传的小钟找来，对他说："小钟啊，你的文笔不错，帮我起草一封信。"

小钟有点儿奇怪地问："写给哪个啊？"

"李彩珠的儿子。"我说。

他更加惊讶："为什么要写呀？"

"上次他来南京，我答应过他，凶手抓到就告诉他。"我解释道。

"那写些什么啊？"小钟问。

“主要是告诉他，害死他母亲的凶手已被我们抓住。”我拿出一个装了3000块钱的信封，递给小钟，“再以我个人名义，资助他点儿学费。对了，关于案情，就说由于案件还在审理阶段，不方便透露。”

小钟写完打印好，送到我办公室。我看了一下，挺满意，就在落款处签上了自己的名字。

我觉得这样的信函，还是以个人名义好些。

小钟替我把信发出去了，钱也一块儿寄走了。

半个多月后的一个下午，我正在办公室审看近期各个所队报来的案卷，逐一在上面签署我的意见。值班室来电话，说门口有个年轻人找我。

“谁啊？”我有点儿纳闷儿，工作上的关系，一般都打我手机。

“他说他姓徐，是一个案件受害人的儿子。”

“哦，那让他进来吧！”我刚把案卷收了起来，一个年轻人就敲门走了进来。

原来是李彩珠的儿子小徐，他手里拿了一份《现代快报》，声音颤抖着说：“朱叔叔，这上面写的是真的吗？”

我接过报纸，看了一下，上面有一篇报道，标题是《杀害卖淫女的凶手骆某落网》。报道虽然没写明姓名，但是李彩珠的住处以及遇害的时间、地点都未作模糊处理，最关键的是，该文还特意提到了李彩珠有一个上大四的儿子，难怪小徐对号入座。

我心里很是恼火，是谁这么多事？

一看落款名字，原来就是那个喜欢舞文弄墨的小钟。以后得跟他说说，写新闻稿一定要注意保护当事人的隐私。

我反问小徐："你不是在合肥上学吗？怎么到南京来了？"

小徐告诉我，他们学校组织学生到几个地方实习，他选择了南京。前几天在报纸上看到这个报道，起了疑心，又觉得难以置信，特意抽空儿来找我求证。

面对他的目光，我真的难以开口。

李彩珠靠卖淫的收入供养儿子上大学，眼看儿子快毕业了，自己却死于非命。真是人生悲剧啊！

见我半晌不语，小徐又拿出一个装了钱的信封，递给我说："谢谢朱叔叔，但是这个钱我不能要。我现在通过贷款和勤工俭学，经济上基本没有问题。"

我马上把信封又塞进他的衣兜，用劲按住，不让他往回掏，随后拍了拍他的肩膀，凝视他镜片后的眼睛说：

"小徐，听你朱叔的。这个钱，是朱叔的一点儿心意，就是希望你专心学习，将来做一个对国家、对社会有用的人！"

第十二天：无处遁逃

一

一晃到了2012年，我在白下区当副区长、公安分局局长已经是第四个年头儿。

这些年，出刑事案件现场的次数少了，倒不是自己变得娇贵了，而是体力大不如前，毕竟快60岁的人了，况且市、区两级公安机关都有专门的刑侦队伍，我也不能越俎代庖啊！

9月28日那天，上下午都在市局和区政府开会。中秋和国庆双节相连，市、区两级政府都非常重视节日期间的安全保卫，分别召集各单位负责人开会，部署相关工作，而且指定要一把手参加。也不知道从什么时候开始，如果一把手不出席会议，主持召开这个会的领导就认为这个单位不重视这项工作，所以这些年我几乎天天有会。

傍晚时分，回到分局，看见一个身穿白色西服的人，正在分局接待室等我。

“这不是大伟吗？你来干什么？还穿得这么体面！”我惊讶

地问。

来人正是吴大伟。当年他女儿吴倩被甘氏兄弟绑架，是我们刑警与歹徒斗智斗勇，周旋了半个月，才从浙江安吉山区把女孩解救回来。那一次，我差点儿命丧绑匪刀下，所以大伟夫妇视我为他女儿的救命恩人，这些年没断了联系。

他今天来干什么？

看出了我的疑惑，吴大伟笑着说："朱区长，我是专程来送请柬的。"虽然是副区长，但在日常生活中，对方常常把我这个"副"字去掉，吴大伟更擅长这一套。

"送什么请柬？过节一块儿吃个饭还要请柬？"我嘲笑他。

"不是的，我女儿吴倩 10 月 2 号结婚，请你喝喜酒！"他解释道。

原来如此！"这么快，一晃就是 12 年！"我算了一下，"你女儿也二十七八了吧？"

"可不是，再不嫁人，就是剩女了！"他说。

"你女婿是干什么的？"我问。

"和你一样，是个警察。"他笑着说。

"啊？真的？"这个我倒真没想到。

"千真万确！你还记得当年我女儿说过的话吗？"他一本正经地说。

"什么话？"我一时还真想不起来。

"那回小倩被你们警察从绑匪手里解救出来后，她不是说，以后要么当警察，要么嫁警察吗？"他提醒我说。

"哦，对对，我记得她说过，还是对采访她的记者说的。"

我想起来了。

“所以啊，她这次一定要请你这个朱叔到场，给她的婚礼做个见证！”说着，吴大伟把一份烫金请柬递到我手里。

我接过请柬一看，上面的婚宴地址是金陵饭店，便开他的玩笑：“你这家伙最近是不是发大财了呀！到这么高档的地方摆喜酒。”

“哪里，金陵饭店现在不算好，它的二期亚太商务楼才高级哩！”吴大伟说。

“好！到时我去，看到底哪个高级？”我说。

二

刚送走吴大伟，就看见刑警队队长孙小虎手里拿着一个案卷夹朝我走来。

孙小虎长得眉清目秀，初次见面，人们一般都不大会想到他是一个常年与作奸犯科之辈打交道的刑警队队长。

“小虎，有事啊？”我问。

孙小虎扬了扬手里的案卷，说道：“局长，我等你半天了，有个案子想跟你汇报一下。”

“好，到办公室说。”我走到他的前面，掏钥匙开门。

孙小虎的前任就是程翔，前不久刚被提拔到另一个分局当副局长去了。孙小虎刚到白下分局不久，案子上的事，总喜欢让我帮他拿主意。

孙小虎这么做，除了自己初来乍到、对白下区的情况还不太熟之外，还有另外两个原因。一来，我当过市局刑警支队长，在侦查破案方面有些经验，也破过一些疑难案件；二来，我曾在秦淮当过局长，也算他的老领导，彼此熟悉，而且这次也是我主张把他从秦淮分局调过来的。

我让他过来担任刑警队队长，当然主要是因为从各方面看，他比较适合这个岗位，但也因为有件事让我对他的印象特别深。

2000 年 1 月 8 日下午 3 时许，秦淮区七里街发生一起杀人案件，受害人李某被掐死在出租屋家中的床上，在床边地面上发现的一支半截绿色南京牌香烟上，提取到男性 DNA。

两天后，在浙江省杭州市江干区，又发生了一起洗头房卖淫女被杀案件，受害人体内提取的精液中检验出男性 DNA。

因为缺少其他线索，这两起案件未能及时侦破，但是现场所遗留的 DNA 图谱都被及时输入数据库保存下来。随着科技信息手段的发展，2004 年通过 DNA 串并，认定南京与杭州这两起案件系一人所为，但终因缺少该 DNA 图谱的同一认定者，案件久久未能侦破。

2003 年，我从刑警支队长调任秦淮分局局长。我在长期的刑事侦查实践中，深知公安基础工作对于刑事案件侦破的重要，现在当了局长，就在各种会上反复要求基层所队，对于经我们公安机关处理的各类人员，都要及时采集该人的有关信息，不断充实数据库。

两年以后，2005 年 7 月 20 日这一天，秦淮区夫子庙街道综合治理办公室主任老林，把一个人扭送到附近的派出所。

孙小虎当时正是派出所副所长，见老林气呼呼的样子，不知发生了什么事，忙问究竟。

老林告诉孙小虎，这个人名叫崔明贵，四十几岁了，一无职业，二无老婆，成天游手好闲，有时还吸毒。今天又跑到夫子庙街道办事处来闹，说没有饭吃，要求街道给予生活补助。

街道办事处主任说："你就是不愿干活儿！但凡是个人，不管做点儿什么，哪怕捡拾点儿废品卖卖，也不至于没得饭吃啊！"

街道主任的意思明明是让他自食其力，可崔明贵偏偏正理歪听，就像得了尚方宝剑，人来疯似的，咋咋呼呼跑到街道办事处的各个办公室，把架上的、桌上的甚至当天还没有看的报纸，一股脑儿地划拉走，嘴里还振振有词，说是主任让他拿去当废品卖的。街道办事处的工作人员明知他是在胡搅蛮缠，但都不愿招惹这个泼皮无赖。

等到了街道综合治理办公室那里，崔明贵依旧不管不顾，照样乱来，甚至还要来夺老林手里正在看着的那张报纸。

这下可把老林惹火了。老林以前当过派出所所长，这种地痞流氓见多了，立马顺势把崔明贵反手一扭，押到了派出所。

老林把事情原委一说，孙小虎就明白了该怎么办了。

他先把老林劝走，然后对崔明贵进行了批评教育，警告他下次再到街道办事处扰乱办公秩序，就将给予治安处罚。

崔明贵在警察面前不敢嚣张，低着头听完训诫，以为完事了，转身就想走。

"来来来，到这里来采个血，留个指纹！"孙小虎向他招招手。

按照分局关于采集有关人员信息的要求，孙小虎给崔明贵采了指血，捺印了指纹，并及时上报。

没几天，经过与 DNA 数据库的信息比对，刑警支队很快发现，崔的 DNA 与五年前那两起案件现场提取的 DNA 图谱，可以作同一认定，遂立即派人将他拘捕。

在证据面前，崔明贵很快供认，那两起杀害两名女性的案件都是他一人所为。

此案破后，我以此为例，在秦淮分局逢会必讲，不断推动信息采集和数据库建设。一些多年未破的积案，在基层民警认真采集有关人员的信息之后，经过与数据库比对，得以破获。

孙小虎由于工作认真负责，细心机敏，很快升任所长。

前不久，老魏接任秦淮分局局长，我就和他商量，把孙小虎调过来当刑警队队长。

听老魏说，孙小虎在派出所工作多年，与辖区居民关系很好，听说他要调走，群众还舍不得，特意派代表到分局去反映，希望能把他留下。

三

孙小虎跟着进了办公室，对我说："昨天晚上 11 点左右，刑警队接到报案，报案人说她半小时前，下班骑车回家时，被一名男子强奸。"

"在什么地方？"我边走向办公桌边问。

"在东白菜园××号的二楼平台。"孙小虎在我身后说。

这是一起强奸案，报到分局刑警队后，分局可以先行侦破，需要时再上报市局刑警支队。

我转身又问："你去现场了吗？"

孙小虎点点头，说："我去了，因为是强奸案，我们还去了一个女刑警。"

"事情是怎么个经过？"我坐了下来，又指指面前的椅子，让他坐下慢慢说。

孙小虎坐下后，打开案卷，把案情从头到尾说了一遍。

受害人叫鲍建芬，1988年7月生，初中毕业，安徽绩溪县人，暂住在东白菜园××号602室，在一家美发店做收银工作。昨天22点20分，鲍建芬下班回到住处时，楼梯走了一半，听到后面有脚步声，回头一看发现是个男的。这个男子见她回头，立即快步上来把她嘴捂上，并威胁说不准叫，然后把她拖到平台上，骑在她身上，问她多大了，有没有男朋友？

鲍建芬哀求说，你不要欺负我，我身上的钱全都给你。但是那个男的说，我不要钱，我就是要搞你，说着就开始脱鲍建芬的内裤。他在脱鲍的裤子时还威胁道，你不准叫，我身上带着刀，叫的话我就杀了你，我杀过七个人，你要是配合我的话我就不杀你。

事毕，作案人把自己衣服穿好，把鲍建芬的手机放在附近的石头上，对她说，你看啊，你手机我不要你的，然后离开了现场。

等作案人离开以后，鲍建芬才穿上衣服。拿手机时，发现地上有一包香烟，也一块儿拾起。回到家里，把衣服换下洗了个澡，随后马上打电话到刑警队报案。

"我们看了一下，受害人鲍建芬右腿膝盖下方有明显的擦伤，左大腿上有淤青。”孙小虎最后说。

“受害人提供作案人的长相了吗?”我问。

“据她回忆，作案人身高一米七○左右，皮肤较黑，身材中等，脸型较瘦，头发中等，上身穿浅色衬衣，下身穿深色裤子，嘴里酒气很重。”孙小虎说。

“有没有物证?”我又问。

“有，我们带回了三个：一条受害人的裙子，一条内裤，还有作案人遗留在现场的一包香烟。”说完这些，孙小虎又补充道，“在询问时，鲍建芬特意说，她之所以报案，还因为她听施暴者说杀过七个人，觉得这个人挺危险，应该让警察把他及时抓住。”

这个女孩倒挺敏锐，也挺勇敢。我遇到过很多强奸案，如果不是人身受到威胁或重大利害冲突，很多受害人一般选择忍气吞声，不向公安机关报案，致使施暴者逃脱法律的制裁。

孙小虎刚当刑警队队长不久，这是一个有利于他锻炼成长的机会，我可以在旁帮他拿一下主意，就站起身子说：“走！你把这些物证保管好，现在带我去现场看看。”

四

现场位于白下区东白菜园××号楼梯道北侧的二楼公共平台上。

平台中间是四个天窗，四周四条通道分别通向东西南北四座楼房，楼下是一个比较大的超市。在××号楼北侧和东侧有两个自建的自行车棚，车棚之间是一个狭小的隔断。作案人应该是觉得二楼平台比较开阔，而且不断有人上上下下，就把受害人拖到车棚之间的隔断里，对她实施了强奸。

我站在这个平台上，向周围望去，东西南北四个方向，都有街巷，道路纵横交错，地形十分复杂。

这个家伙是向哪个方向跑的呢？

我问孙小虎："你们调看监控视频了吗？"这是个老城区，那时路口已经装有摄像头。

孙小虎答道："看了，我们在监控视频里发现，这个人事后走到了前面的三条巷小区，之后就不见了。因为三条巷小区里面没有监控。"

这个三条巷小区我晓得，里面有几十栋楼上万人口，如果排查的话，这么多人怎么排啊？再说晚上拍的视频图像也很模糊，很难作为排查的依据。

况且三条巷这个地方，是四通八达的，也不能排除他进入三条巷以后，穿过三条巷又到了别处。

我再问："案发前的监控录像，你们看了吗？"

孙小虎又答道："看了，从天黑以后一直到案发，这几个小时的监控录像，我们都看了。这个人从晚上九十点钟开始，就在现场附近徘徊。有个女人经过，他也曾在后面跟踪。跟了一段时间以后，发现那个女的跟熟人站在那里打招呼聊天，他觉得不便下手就离开了。"

五

从案发现场回到分局办公室，我让孙小虎把作案人遗留在现场的那包香烟拿给我。

这是一包南京产的红杉树牌香烟。我隔着物证袋上薄薄的塑料纸仔细看，发现烟盒里少了一支香烟。

“小虎啊，你知道这意味着什么?”我问。

孙小虎有点儿犹豫，不敢贸然说出自己的想法。

“一包烟有 20 支，当时是晚上，他不大可能兜里揣着一包烟，到晚上了才拆开拿出一支来抽。很可能是一天下来，烟抽完了，就再买一包。现在这包烟只打开抽了一支，说明这包烟很可能是他在案发现场附近买的，对不对?”我再问。

孙小虎连连点头，说：“对，对，局长你分析得太对了，我马上派人去查，是哪一家卖出的?”

我摆摆手，说：“你先别急，你不抽烟，可能不了解香烟专卖这个事。以前我搞过这样的案子，所以知道一点儿。这个香烟呢，是专卖的，上面有批号，某一个批号只允许某一个地区卖。如果你这个店卖了不该你卖的其他批号香烟，被烟草专卖局查到了，就会处罚你，而且处罚得很重。如果你那个数量大，法院还会以违法经营罪判你的刑。明天你去烟草专卖局跑一趟，看看这个批号的香烟在哪里出售。”

第二天是 29 日，孙小虎带人到烟草专卖局查批号，发现这个批号的香烟，是不准在南京地区出售的。

孙小虎把这个情况向我报告后，我又对他说："烟草专卖局提供的这个情况，帮助我们缩小了范围。正规商店不卖这个批号的香烟，但是不排除小烟杂店偷偷地卖。小烟杂店拆了零卖这样的事，以前我碰到过。"

我马上让他组织警力，拿着同样牌子的香烟，对周围的小烟杂店逐个进行走访调查。

当天晚上，孙小虎他们就在离现场 300 米附近的一家小烟杂店里，发现了这个批号的香烟。

而且据店主回忆，27 日晚上，他确实售出过这样一包香烟。至于那个人的长相，店主的描述和受害人所讲的也基本一致。

六

30 日那天是中秋节，平时节假日刑警队很少休息，难得一个中秋节，我就让他们歇歇，与家人团聚团聚。

但是孙小虎却说："这个家伙说他杀过七个人，我怕节日期间他再作案，不如让我们趁热打铁，把这个家伙找出来！"

听了这话，我很欣慰，干刑警的就是要有这种锲而不舍的精神。这一点，孙小虎和程翔、林舒这几个刑警队队长很相似。

我赞许地看了他一眼，稍作考虑，便说："也好！那你把队里的侦查员分成几组，以这家小烟杂店为起点，时间往前推，调看小店不同方向的视频，看他是从哪里来到这个店的。"

世界上的事，怕就怕"认真"二字；干事一认真，事情就成功了一半。

晚上，我正在家里给 92 岁的老父亲切月饼，孙小虎打来了电话，他兴奋地告诉我："朱局长，我们发现了作案人的踪迹！"

我回头看看病床上的老父亲，犹豫了一下，最后还是对电话那头的孙小虎说："你赶快拷贝一份，到分局去，我们在那里会合。"

病床上的老父亲虽然年事已高，但是头脑还是很清晰。听见我说的话，便挥挥手，示意我去办我的事。他曾长期做刑侦工作，知道办案时要争分夺秒。

我把切成小块的月饼放在小碟里端给老父亲，让老婆孩子们陪着他赏月吃月饼，自己就先走了。

我和孙小虎几乎同时到达分局办公室。

他把 U 盘插在电脑上，打开从一座大楼保安室转录下来的一段视频。

这是一家建设银行的门口，从画面上可以看到，作案人正背对着镜头，与一个像是和他很熟的人一起交谈。交谈过后，两个人分手，作案人走的方向，正是小烟杂店和案发现场的方向。视频右上角显示的时间是 21 点 40 分，为案发前一个多小时。作案人的那个熟人，也就是我们刑警称之为"关系人"的那个人，跟作案人分手以后，先是用手机打电话，打完电话后，又到建设银行的 ATM 上去操作。

看到这里，我一拍大腿，高兴地对孙小虎说："这个案子破了！"

孙小虎歪着头想了一下，也笑了："我明白了！这个关系人认识作案人，只要我们找到这个关系人，就能找到这个犯罪作案人了！对吗？朱局长。”

“对！这个人在 ATM 上操作，必然留下他的信息，你马上到银行去查，叫什么名字，电话号码多少？”我一一说明。

孙小虎有些担忧：“明天就是国庆节，我怕银行休息。”

哈，光想着案子，倒忘了今年的中秋和国庆两节连在一起。

我想了一下，说：“没得事！明天我先给银行打个电话，你再带人去，银行应该也有值班的。”

七

案子既然有了眉目，不能因为节假日而停顿，孙小虎说得对，万一那个家伙再次作案怎么办，况且他还对受害人说自己曾杀过七个人！

10 月 1 日一大早，我到各处检查节日安保工作之前，以副区长、公安分局局长的身份给那家银行营业部的经理打了个电话，请他务必配合我们调查。得到他的应允后，又马上转告了孙小虎。

我陪着市局领导和区委、区政府领导转了一上午后，刚回到办公室，孙小虎就跑来向我汇报：

“朱局长，我们几个，先到银行通过调看 ATM 上的视频和操作记录，查到了这个人的真实身份，随后又赶到电信公司，把他的通话号单全部调了出来。”

太好了，案子一下子就进了一大步！

但是我还是提醒他：“为了慎重起见，我们先不要去正面接触这个关系人。万一他不配合，说记不得、不知道，这个案件反而卡住了，甚至会惊跑作案人。你啊，还是先做外围工作，把证据搞到手。从两人交谈的视频看，作案人和关系人很熟，应该有彼此的电话，你们把通话号单上的这些号码找出来以后，一个一个地查，看这些号码的行动轨迹。如果有哪个号码在案发时间经过案发现场，那这个人很可能就是作案人!”

“那我们下午再去电信公司。”孙小虎高高兴兴地去了。

晚上，吴大伟打来电话提醒我，别忘了明天参加他女儿的婚礼。

我跟他开玩笑说：“忘不了，我正在给我们未来的警察家属准备红包呢!”

八

第二天晚上，我穿上那套以前出国考察时买的西服，和同样精心打扮的老婆一起，如期到了金陵饭店，参加吴大伟女儿的婚礼。果然如吴大伟所说，金陵饭店这几年又在老楼旁边新盖了一座 57 层的亚太商务楼，比老的金陵饭店还要气派。

大伟夫妇喜气洋洋，站在饭店门口，迎接各方来宾。一看到我们，两口子一边快步迎了上来，一边频频回头招手：“快，倩倩，你朱叔和阿姨来了!”

多年不见，身披婚纱的吴倩出落得亭亭玉立。我老婆上前握住她的手，仔细端详，不断地念叨：“真漂亮，真漂亮!”

吴大伟拽过新郎，对我说：“这就是我女婿。”

我一看乐了，这不是当年秦淮分局秘书科的小钟吗？

小钟有些腼腆地叫了一声“朱局长”，吴大伟马上纠正道：“叫朱叔！”

众人顿时哈哈大笑。

我正想问问小钟，怎么认识吴倩的，老魏和林舒他们到了。老魏由分局政委改任局长后，刑警队队长林舒则被提拔担任了分局副局长。

看到大伟夫妇和小钟吴倩这对新人，大家自然而然聊起当年那次惊心动魄的行动。

老魏对我老婆说：“嫂子，当年老朱回家你没有检查一下他的身体啊？”

见我老婆不解的样子，他指指左胸：“老朱的这个地方啊，差点儿被绑匪一刀捅进去！”

老婆大惊，忙转向我，要摸我的心口：“真的?!”

我连忙躲闪，打岔道：“老魏你那时在马路对面，怎么看得清？还是你手下两个刑警枪法好，‘啪啪’两枪，把那家伙给毙了。”

老魏有点儿得意地说：“他们当过特警，是我招来的。那次行动我估计要动刀动枪的，特地让他们一起去，还真派上用场了，哈哈！”

我故意气老魏：“他们枪法确实是好，但是你们都不晓得，当时我担心得要命，这家伙不是绑匪，倒还好办，万一这个鸟人是绑匪但没有同伙，我们到哪里去找人质啊！”

老婆见我说脏话，用拳头杵了我一下。

林舒立即给我解围："说实话，那次行动真的是太完美了，全靠朱局长在现场调度指挥。绑匪被击毙后，绩溪检察院还一个劲地赞扬我们南京警察，是不是？"

老魏又开始得意："检察院的话启发了我，所以把小倩救出来以后，我马上就在安吉现场给负责宣传的小钟打电话，让他联系南京的媒体，第二天我们回来的时候，在第一时间作了报道。"

哦，怪不得那天我回到南京，一进家门就看到了那个电视采访。

这个老魏，宣传意识比我强，他可不是当年那个在金陵饭店让我给他收拾残局的派出所副所长了！

大家正七嘴八舌，说得热闹，我却发现有个人一直在不远处盯着我看。

我正要看看他是谁，衣兜里的手机响了。

九

一看手机上的显示，原来是孙小虎。我马上闪到一旁，接听手机。

"朱局长！我们查到那个人了，受害人也辨认过了。"孙小虎在电话里兴奋地说。

"啊？这么快？讲来听听。"我走出嘈杂的酒店大堂，来到一个僻静的角落。真的，我没想到孙小虎行动这么快。

"我们先通过技术手段，查到了案发时段在案发地点出现的那个手机机主。这个人叫赵青森，1986 年出生，现在是白下区某公司的员工。”

“怎么辨认的？”现在正是中秋国庆双节，公司都放假了，受害人又是外地人，我倒要看看孙小虎是怎么做到的。

“赵青森所在的公司是放假了，但是我们通过电话联系到了经理，请他配合办案。他就让人力资源部管人事档案的人马上从家里赶到公司，向我们提供了赵青森的照片。”孙小虎在电话里说。

“那受害人鲍建芬不是外地人吗？放长假不回老家吗？”我又问。

“鲍建芬在美发店上班，这几天生意正好着呢，所以也没回去。我们到店门口，把她叫出来，把赵青森的照片和其他几个人的放在一起，让她辨认。她只看了一眼，就把赵青森指认出来了。”孙小虎的声音掩盖不住他的高兴。

这个刑警队队长，看来我没选错！

我有些出神，孙小虎继续说：“……朱局长，这个赵青森的住址，我们也在他公司查到了，就在白下三条巷××号 4 单元 307 室……”

这家伙果然住在三条巷！

接着我听见孙小虎在请示：“但是刚才我们去他住处，他邻居说他回吉林老家了，你看我们要不要去吉林把他抓回来？”

我还在考虑，孙小虎马上又说道：“这家伙说他杀过七个人，这可是要犯！我怕煮熟的鸭子飞了。”

杀过七个人，是鲍建芬听赵青森说的，不一定确有其事。真正咬人的狗往往不叫，但是也不能完全不信，轻易否定。

我飞快想了一下，说："你先跟他户籍所在地的派出所联系一下，如果在家，就请他们先帮我们扣押起来，我们带上法律文书去把他押回南京。你现在先把材料准备好，一会儿我到局里去签字。"

等我接完电话，刚想回饭店大堂，刚才一直盯着我看的那个人迎面走了过来。

十

"朱支队长，现在是朱局长吧？"来人四十出头，也是一身西服，说话带着陕西味。

"你是哪位？"他的面像倒是有点儿熟，但我就是想不起他是谁。

"我是邹志新啊！'毛涛'，你还记得吧？2000 年你从西安把我带回南京……"他微笑着说。

哦！是 12 年前因在珠江路抢劫电脑被我从西安抓回来的邹志新，"毛涛"是他作案时的假名。

我不由得脱口而出："你怎么在这儿？"记得他最后获刑 15 年，现在难道他越狱了？

我警惕地向四周看看，思索着对策。

邹志新依然微笑着，大大方方地说："朱局长，我在狱中表现好，提前释放了。"

"哦？"我有点儿不相信。

"我呢，在大学里学的是计算机，监狱里的网络啊，电脑上的小毛病，都是我帮他们搞定的，还给服刑人员开办电脑培训班，所以减了几次刑。”邹志新现在的举止倒不像坏人。

“那你今天怎么会到这里来的？”我仍然有些疑惑。

“出来以后，我用这些年研究出来的专利，卖了一些钱，在西安做些小买卖。这次到南京来，一是故地重游，二也是来进点儿货。今天是应朋友之邀，到这里吃饭，没想到刚才看到了你朱局长。”邹志新侃侃而谈，整个一自信的商人。

“哦！那你现在是回归社会，做正当职业了！”我板着的脸开始松弛下来。

他倒露出一丝尴尬之色。

“是啊！……”不过他很快恢复常态，坦然说道：“那时候年轻，不懂事，太迷信自己的小聪明了。”他指的当然是那些案子了。

“不过也挺有意思，我现在经商遇到麻烦，第一个想到的就是找你们警察。哈哈！”说到最后，他竟然笑了起来。

我看他现在心态很好，心头一松，也微笑着说：“你在里面就不恨我们这些办过你案的警察吗？”

“一开始也恨，后来慢慢想明白了，你们是职责所在，不得不为，而不是因为我们个人之间有什么恩怨，非要跟我过不去。如果我们换一个位置，我也会这么办。”他的语气倒很真诚。

到底读过大学，事情想明白了，弯子转得很快。

这时有人过来招呼他，他掏出一张名片递给我，就匆匆离去。

看着名片上的那几行字，不知怎么，我想起了杜晓东。

22年前，杜晓东就是在这里，在金陵饭店的大堂被我亲手带走的。杜晓东最后因盗窃罪被判刑7年，应该在邹志新入狱前就刑满释放了，但愿他也已经脱胎换骨，重新做人！

走进宴会厅，婚礼已经开始。

看到当年差点儿死于绑匪之手的小女生，今天成了容光焕发、光彩照人的新娘，我强烈感受到自己工作的意义，自豪感油然而生。

十一

10月4日晚，吉林方面通知我们，赵青森已被当地公安机关控制，问我们什么时候去押解。

孙小虎接到通知，马上跑来找我："朱局长，事不宜迟，我想明天一早就飞过去，把他带回来！"

我说："这个长假还剩两天了，你们几个这几天一直都没休息，要不节后再去吧？"

孙小虎直率地说："这个人不在我眼前，我心里总是不踏实，放我假我也休息不好！要不我先到吉林把案子审清了，把人带回南京，你再补我几天假，啊好？"

他这么执着，我只得依他，不过还是叮嘱了几句：

"再带两个人一块儿去，该带的法律文书啊，戒具啊，都别忘了。最重要的是安全。你当派出所所长时，打交道的多数是老百姓，做的主要是服务工作；现在你是刑警队长，面对的往往是穷凶极恶的亡命之徒，凡事不可掉以轻心。"

接着，我又简要地说了当年在绩溪解救人质时，差点儿被绑匪一刀刺中的事。

孙小虎听得很认真，频频点头。

第二天晚上，我正在老父亲床头，接到孙小虎的电话："朱局长，我们是下午到的，直接就到看守所提审了赵青森。他一看我们是南京来的，知道我们有证据，就痛快招供了。他说那天晚上，女朋友跟他提出分手，他心里很不痛快，喝了点儿酒，就想发泄一下。"

"他不是对受害人说杀过七个人吗？你问了没有？"这是个大事，绝不能漏了。

"问了！他说，那是怕那个女的反抗，编出来吓唬吓唬她的。"孙小虎在电话那头笑了。

"哦！你们先把他的DNA取了，明天飞回南京后，马上送市局刑事技术研究所检验，跟受害人内裤上遗留的精斑作比对。至于杀没杀人，就看他的DNA信息跟数据库里现存其他图谱的比对结果了。现在人在我们手里，如果真的比对上，他也跑不掉！"我一条一条耐心地跟他在电话里说。

孙小虎在那头连连答应。

挂了电话，我才突然想起会不会吵醒床上的老父亲。回头一看，他正听得出神呢！

十二

这几天，我在老父亲床边不断打电话隔空指挥，他居然听明白了我们在说什么，用微弱的声音问道："案子破啦？"

我点点头，他微笑道："你们现在有了高科技，比我那时强多啦！"

接着，老爷子望着远方，断断续续地说起了1974年下关卫生防疫站女护士被奸杀的案件：

"当时我们可是花了工夫了，整整26个昼夜哪！硬是查完了省厅指纹档案室里的指纹卡片，27万份哪！才把那个凶手从大兴安岭抓回来！"

那个案子我当然知道。

1974年6月30日，南京下关火车站附近的下关区卫生防疫站，发生了一起女护士被奸杀的案件。老爷子当时在市局担任分管刑侦的副局长，接到报案后第一时间赶到现场。死者上半身仰卧于床上，臀部紧贴床沿，大腿叉开，膝部弯曲，小腿垂直落地。粉红色衬衫被拽至乳房之上，米色长裤及花布内裤被褪至两腿踝部。死者颈部勒有一根锈铅丝，大腿分叉处的地板上滴有小摊精液。法医对尸体进行全面检验后认定：被害人系被凶手用铅丝勒住颈部，窒息而死。凶手对女尸性侵，遗留在现场的精斑经化验血型为B型。

那时没有DNA技术，单靠血型无法认定凶手。老爷子就利用在现场采集到的32枚指纹和掌纹，逐一排除，最后从遗留部位和动作姿势，确定其中一枚指纹和一枚掌纹为案犯进入现场时所留。

再后来，老爷子让五名具有指纹比对经验的刑事技术人员，到新建不久的江苏省公安厅指纹档案室，没日没夜地干，凭肉眼查完了那里所有存档的指纹卡片，最终在11月16日，认定一个名叫钟声的流窜作案人员与这两枚指（掌）纹相同。

这份指纹卡片由苏州市公安局报送省厅，进一步了解之后，确认该人在大兴安岭强奸杀人未遂后潜逃，于7月1日在苏州被羁押，已于7月18日由黑龙江警方押回。

“那是我亲自带着几名指纹专家，先坐火车从南京到上海，再从上海虹桥机场坐飞机到黑龙江去的。到了那里以后，先捺取了他的指纹和掌纹，一比对，就是他！那人马上就交代了，哈哈！”说到最后，老爷子笑了。

这种发自内心深处的笑容，我好久没见了。

老爷子今年都92了，记忆力还那么好！

那时搞案件侦破可真不容易，就是到了20世纪八九十年代，硬件设施也基本是老样子。我至今还常常在想，如果那时有监控探头，像金陵饭店盗窃案和玄武饭店骗盗案这样的案件，通过调看监控视频或人脸识别，分分钟就能找到作案人。

不过，和父亲相比，我还算幸运的。这些年，在查找犯罪嫌疑人踪迹和痕迹检验比对方面，已经比过去更快捷、更准确。

眼下这起强奸案，这才用了几天时间，不就破了吗？

随着刑事案件侦查的应用技术越来越多，如大数据、云计算、人脸识别、痕迹比对，等等，可以想见，孙小虎他们这一代刑警，在刑事案件的侦破上，必将如虎添翼。

那些胆敢触犯刑律者，在掌握高新技术的刑警面前，都将无处遁逃！

尾　声

听老朱讲完这十二个案子，屈指一算，正好过去了十二天。

这些日子，我们常常上午讲案子，下午他就开车带我到当年的案发现场，边走边看。

二十多年过去了，南京城发生了很大的变化。那座 37 层的高楼——金陵饭店，边上又建起了一座 242 米高的 57 层亚太商务楼。不过金陵饭店的内部倒没有太大变化，电梯还是那么快捷，29 秒就可以直达 36 层。

玄武饭店里里外外的变化不大，但是饭店的监控探头已经没有盲区。马路对面的圆梦歌舞厅，早已荡平，现在是一片开阔绿地，南京市规划建设展览馆坐落其中。

中华门城堡的游船码头修葺一新，秦淮河上的垃圾不再堆放在那里，来来往往的游客绝对想不到这里曾经发生过骇人的一幕。上江考棚这一带已经推倒重建，老朱说他也认不出原来的路了。

过去的珠江路电脑一条街，不再只经销电脑，而是什么时尚卖什么。当年的三维公司换了招牌，现在专卖手机，门口的电话亭已不见踪影。沿着珠江路往西，由于道路改建，七拐八拐才到了罗廊西村，但是因为楼房建得太多，我们怎么也找不到当年的那些房屋。

这些日子，老朱或是一杯清茶在手，侃侃而谈，或是带着我走东串西，指点昔日之地。讲起当年的案子，他就像在说昨天发生的事。

我有些惊讶地问他："老朱，这二三十年前的案子，你怎么记得那么清楚?"

老朱微微一笑，说："老杨，你还不了解我吗？这些案子嘛，都是我从头到尾亲手办的，它们都印刻在我的脑子里了。其实，这些年我参与侦破的案子，还有很多很多，但那些案子我只承担了其中的一部分工作，所以还是留待别人来讲比较好。"

的确，老朱就是这种实打实的脾气。当年我在鼓楼分局和他在一起的时候，就经常感受到他这种直来直去的性格。有一次一位领导对一个案子发表了明显外行的意见，老朱立即皱起了眉头，死活不开口迎合。

我一边翻看笔记，一边说："其实你讲的这些案子，它们不仅仅是你个人的办案经历，也从一个特定的侧面反映了南京市公安局刑侦工作的历史。"

老朱点点头，表示同意，接着说："说到历史，我感到欣慰的是，从我入警以后直到退休，在我手上，没有办过一起错案！我不能说我没有放跑过坏人，但是绝对没有冤枉过一个好人！"

我直率地问："放跑坏人，是不是就是没破案?"

老朱坦然地回答："是的，这是令人遗憾的！有时我们虽然尽了力，但由于种种原因，就是破不了，这样的案子也有，比如1996年的南京大学'1·19'碎尸案，至今未破。当时我是鼓楼分局的刑侦副局长，面对死者的家属，我心里真的很难过。"

"那你能告诉我，这个案子没破的主要原因吗？"

"具体原因很多，案子没破，我也不便多说，这个你是晓得的……"

我点点头，老朱不是在卖关子，这是他当刑警时养成的习惯。

但是他马上又说："不过呢，我个人认为，从警察的角度讲，主要有三个原因……"

我立即竖起耳朵。

"一个是受制于当年的技术手段。比如摄像头，如果那时也像现在这样，几个路口的监控视频一调看，分分钟就可以把那个抛尸块的人找出来。搞'3·24'案的时候，这个你也晓得，我们只有B型血样，这个血型的人嘛，太多了，血型对上了，他不承认，你还是没办法认定。这次警方还是靠DNA技术，才把这起28年的悬案破了。

"还有一个是办案人员的业务素质。同样一个对象，不同的侦查人员去调查，会得出完全不同的结论。这就像我给你讲过的南秀新村那起杀人案一样，派第一个刑警去，说不像，就空手回来了。第二个一去，不但把人带回来了，还找到了证据。

"最后就是对这个案件的分析判断。'1·19'案到底是什么性质的案件？是什么人做的？一直以来有很多不同的看法，也有不同的侦破思路。但是案子没破，这些分析和判断得不到验证，就只能重新审视，作出必要的调整。但愿它也能像‘3·24’案那样，最终找到那个凶手。”

说到这里，我想起前不久有关法院审理“3·24”一案的报道，联想起当年自己参与排查犯罪嫌疑人的情景，就问老朱：

“当时我记得你在案情分析会上说，那个可疑的人在南医教学楼厕所被校卫队员发现时，脱口而出的那句话‘对过的’，应该重视，它很有可能指的是与鼓楼区一街之隔的建邺区石鼓路一带。如今，凶手麻继钢正是在石鼓路家中被抓获的，如果当时让你负责那个地区的排查，是不是就可以找到这个麻继钢?”

老朱不假思索地说：“历史是没有如果的！不过你非要假设一下，那么我可以肯定地告诉你，那时我已是一个具有一定侦查经验的刑警队长，如果让我面对这个麻继钢，我是不会让他轻易逃脱的!”停顿了一下，老朱又说，“不过天网恢恢，疏而不漏。时隔 28 年，凶手还是落入了法网。”

说到这里，他竟叹了口气：“麻继钢也有女儿，她怎么面对这个残酷的事实?现在老天爷不但惩罚了他，又把这种惩罚延续到了他的下一代身上。”

别看老朱常年跟歹徒打交道，内心却仍然柔软。

“除了这些没破或破得太晚的案子，你还有没有别的遗憾?”我继续追问。

老朱想了一下，淡淡地说：“这倒也谈不上是遗憾，只是个人的一种愿望，如果让我一直在刑侦岗位上干下去，可能发挥的作用会更大一些。”

（作者注：2020年10月14日，南京市中级人民法院一审判处“3·24”案强奸杀人凶手麻继钢死刑。2021年1月19日，二审裁定驳回上诉，维持原判，依法报请最高人民法院核准。同年6月10日，南京市中级人民法院遵照最高人民法院下达的命令，依法对麻继钢执行死刑。）

后 记

藏青，是99式警服的颜色。我和朱建国取“藏青”为撰写本书的笔名，是因为我们都曾经是警察，那套藏青色警服一直穿到退休，我们对它有着特殊的情感；而且，本书所写，也都是以警察为主角的侦破故事。

这些侦破故事，都是曾经发生在南京的真实案例，只是为了便于阅读，我们采用了小说的写法。这种写法的好处在于：既然是小说，它就允许必要的虚构，主人公“我”并不完全等同于朱建国本人，书中的其他人物，读者也不必一一对号入座。如果读者能通过这些侦破故事，看到公安机关的使命职责和侦查工作的曲折艰辛，看到办案刑警的忠勇机智和淬炼成长，看到形形色色作案者的凶残狡诈和他们可耻可悲的下场，我们的目的就算达到了。

我和老朱已经退出工作岗位多年，一起28年悬案的告破，让我们重新聚到一起。回首当年共同经历的火热生活，让我们迸发出昔日的热情。这部侦探小说，可以看作我们“桑榆未晚”

的一次尝试。今天，时代步伐不断向前，公安工作日新月异，两个退休之人，能通过此次合作，留下一些雪泥鸿爪，是我们晚年最大的欣慰！

本书的出版，得到了不少老同事、老朋友的热情帮助，特别是中国人民公安出版社文艺分社社长易孟林同志，为本书的撰写出了很多好点子。责任编辑关欣女士对书稿的编辑加工精益求精，不惮其烦，全书为之增色。在此，我们谨向他们表示由衷的感谢！

杨斌

2021 年 7 月 8 日